Les Enfants de Roches-Noires

DE LA MÊME AUTEURE

Persil frisé, nouvelles, Val-d'Or, D'Ici et d'ailleurs, 1992.
À la recherche d'un salaud, polar, Val-d'Or, D'Ici et d'ailleurs, 1995.
Fleurs de corail, roman, Boucherville, De Mortagne, 1995.
La maison du puits sacré, roman, Boucherville, De Mortagne, 1997.
Collectif, *Quartiers divers*, nouvelles, Hull, Vents d'ouest, 1997.
Meurtres à la sauce tomate, comédie policière, Hull, Vents d'ouest, 1999.
Rapt, polar, Montréal, De Beaumont, 2000.
Collectif, *Abitibissimo*, nouvelles, Montréal, De Beaumont, 2000.
Fleur invitait au troisième, polar, Hull, Vent d'ouest, 2001.
La revanche des dieux, roman, Chicoutimi, JCL, 2002.
Rumeurs et marées, roman, Gatineau, Vents d'ouest, 2002.
Collectif, *AZ-3 - livre 1*, haïkus, Montréal, Adage, 2003.
Collectif, *AZ-3 - livre 2*, haïkus, Montréal, Adage, 2005.
Collectif, *Félinement vôtre*, nouvelles, Ottawa, Du Vermillon, 2006.
Collectif, *L'Érotique*, poésie, Bruxelles, Biliki, 2006.
Collectif, *Le sang sur la chantepleure*, nouvelles, Rosemère, Gensen, 2006.
Gabrielle en vacances au Mexique, roman jeunesse, Ville-Marie, Les éditions Z'ailées, 2007.
Crapules et Cie, roman didactique, Ville-Marie, Les éditions Z'ailées, 2008.
Collectif, *Regards de femme*, poésie, Montréal, Adage, 2008.
Météo surprise, roman jeunesse, Ville-Marie, Les éditions Z'ailées, 2008.
Collectif, *Sept contes d'Ici et d'Ailleurs*, contes, Ville-Marie, Les éditions Z'ailées, 2009.
Les Enfants de Roches-Noires, t. 1, *Ceux du fleuve*, roman, Montréal, Hurtubise, 2009.
Escapade météo, roman jeunesse, Ville-Marie, Les éditions Z'ailées, 2010.
Gabrielle et la visiteuse de l'au-delà, roman jeunesse, Ville-Marie, Les éditions Z'ailées, 2010.
Les Enfants de Roches-Noires, t. 2, *Ceux de la terre*, roman, Montréal, Hurtubise, 2011.
Collectif, *Contes, légendes et récits de l'Abitibi-Témiscamingue*, anthologie, Trois-Pistoles, Éditions Trois-Pistoles, 2012.
Collectif, *Val-d'or littéraire*, recueil collectif, Rouyn-Noranda, Éditions du Quartz, 2012.

Anne-Michèle Lévesque

Les Enfants de Roches-Noires

tome 3

Ceux de la forêt

Roman historique

Hurtubise

Catalogage avant publication de Bibliothèque et Archives nationales du Québec et Bibliothèque et Archives Canada

Lévesque, Anne-Michèle, 1939-

Les enfants de Roches-Noires

Sommaire : t. 3. Ceux de la forêt.

ISBN 978-2-89647-853-8 (v. 3)

I. Titre. II. Titre : Ceux de la forêt.

PS8573.E961E54 2009 C843'.54 C2009-941291-8
PS9573.E961E54 2009

Les Éditions Hurtubise bénéficient du soutien financier des institutions suivantes pour leurs activités d'édition :

- Conseil des Arts du Canada ;
- Gouvernement du Canada par l'entremise du Fonds du livre du Canada (FLC) ;
- Société de développement des entreprises culturelles du Québec (SODEC) ;
- Gouvernement du Québec par l'entremise du programme de crédit d'impôt pour l'édition de livres.

Conception graphique : René St-Amand
Illustration de la couverture : Marc Lalumière
Maquette intérieure et mise en pages : Andréa Joseph [pagexpress@videotron.ca]

ISBN 978-2-89647-853-8 (version imprimée)
ISBN 978-2-89647-930-6 (version numérique PDF)
ISBN 978-2-89647-931-3 (version numérique ePub)

Dépôt légal : 2e trimestre 2012
Bibliothèque et Archives nationales du Québec
Bibliothèque et Archives du Canada

Diffusion-distribution au Canada :
Distribution HMH
1815, avenue De Lorimier
Montréal (Québec) H2K 3W6
www.distributionhmh.com

Diffusion-distribution en Europe :
Librairie du Québec / DNM
30, rue Gay-Lussac
75005 Paris FRANCE
www.librairieduquebec.fr

Imprimé au Canada
www.editionshurtubise.com

À Carmelle et à Bernard

Gens de la terre et de la forêt

En lisant ce roman vous :

connaîtrez ceux de la forêt (Micmacs)

Pilip Prosper	chef de bande
Matlen Prosper	épouse du chef
Matiw Prosper	conseil de bande
Roderic Gunwa	conseil de bande
Simon Adley	conseil de bande
Ji'nmul	l'homme (inconnu)
Hannah Richard	femme-aux-herbes
Ka'lolin Sock	petite-fille d'Hannah
Duncan Beetle	chasseur micmac
Albin Noël	infirmier
Francis	sauveteur

assisterez aux réunions des Aînés

Matiw
So'sep
Sapatis
Koli

rencontrerez la famille Gabriel

Pol Gabriel (dit Gabe)	chasseur micmac
Sisi'l	épouse de Pol
Sanet	fille aînée
Tuma	fils unique
Malklit et Ma'lij	filles cadettes (jumelles)
Lasel	benjamine
Piél	fils de Sanet et de Ji'nmul
Taniél	fils de Sanet et de Ji'nmul

reverrez la famille Rioux

Paul-André (P.A.)	grand-père
Napoléon	oncle

reconnaîtrez la famille Lebel

Fabienne	mère
Nabuchodonosor dit Nador	père
Serge	fils aîné
Thérèse	fille
Françoise	fille
Madeline dite Madou	fille
Jules	grand-père
Émilie	fille de Jules

dialoguerez avec les notables

Jean-Paul Ladouceur	curé
Oona Mathias	infirmière
Gérard Ruest	maire et aubergiste
Odélie Ruest	femme de l'aubergiste

causerez avec les villageois

Alphée Arsenault	marchand général
Paulo et Josaphat Sirois	garagistes
Rose-Délima Lepage	une « du fleuve »
Rosaire Lévesque	conteur et violoneux
Henri Proteau	échevin et provocateur

et bavarderez avec les rapportés

Joseph Lafleur	codétenu de Napoléon
Jennifer Love	épouse de Paul-André
Andrew Love	fils naturel de Paul-André

Avant-propos

Des sept rangs que compte le village Roches-Noires, le rang Croche est le plus connu. Cette célébrité est due à la proximité d'une étrange forêt. Car si, sur un côté de la route, s'échelonnent des fermes, l'autre côté, vierge de toute habitation, borde un boisé plutôt dense.

Mystérieuse à souhait, cette forêt serait, selon certains, habitée par un *wendigo*. D'autres rumeurs, tout aussi populaires, tiennent le Grand Esprit micmac, gardien des arbres et du lac, pour responsable de certaines disparitions que l'on ne parvient pas à expliquer.

Sillonné de plusieurs sentiers, l'endroit semble inviter à la promenade. Il faut cependant une très bonne raison pour emprunter l'un d'eux et on ne s'y engage jamais sans un frisson, car, selon la rumeur populaire, ils sont frappés par une malédiction. Tous, pourtant, paraissent aussi bien entretenus que si on les fréquentait régulièrement. Aucune branche ne fouette le visage des imprudents, aucune racine n'affleure le sol.

Quiconque ferait fi de la malédiction en dépassant le chêne biscornu qui marque la frontière du territoire amérindien arriverait peut-être à atteindre *Saqawi'gann*[1], une agglomération habitée par les Micmacs.

Ce faisant, toutefois, l'audacieux pourrait bien ennuyer le Grand Esprit de la forêt qui se venge des intrusions,

1. Vieux campement.

dit-on, en reproduisant indéfiniment le même décor. Ainsi, l'importun se retrouverait à jamais prisonnier du même endroit.

Superstition ? Peut-être. Et peut-être pas. Sait-on jamais où le mystère peut mener ?

Prologue

Ainsi, ce fut en cette année mille huit cent vingt-huit que comparurent devant le Conseil de bande un vieux chasseur micmac et la fille qu'il avait séduite. Or il se trouvait que la fille, d'une beauté exceptionnelle, était celle du chef, et déjà promise à un guerrier.

Ce chef était un homme juste mais implacable, aussi, lorsqu'il apprit que l'incident aurait des suites, laissa-t-il le loup noir envahir son cœur et dicter ses paroles. Et, du meilleur chasseur de la tribu et de cette fille dont il était si fier, il ne voulut plus se souvenir que de la faute.

— Toi, chasseur à l'œil vif et au pied agile, tu as trahi ton frère, en t'emparant de mon trésor et en le souillant. Et toi, fille indigne, tu as trahi ta promesse et accepté que cet homme te fasse l'enfant. Je vous maudis tous deux, vous et vos générations à venir.

Alors la fille se jeta à genoux et implora le pardon de son père. Le chef demeura inflexible. Pointant un doigt impératif vers la forêt, il indiqua sa décision de ne point céder.

— Je vous condamne à habiter la forêt où un grand chêne abritera votre faute jusqu'à l'arrivée d'un enfant de notre race qui saura attraper une étoile filante avec ses mains et la garder pour les jours de pluie.

Ainsi fut-il fait.

Les amants s'enfoncèrent dans la forêt où ils s'abritèrent sous le grand chêne. La fille pleurait chaque jour sans pouvoir s'arrêter. Le chasseur disait alors :

— Quand l'enfant sera né, nous le porterons au chef, ton père, et il nous pardonnera.

Mais quand vint au monde l'enfant, il était bossu, laid comme le péché, la face et le corps couverts de poils d'animaux.

— Jamais père ne voudra reconnaître cet enfant comme son petit-fils, pleura encore la mère.

Et tant étaient abondantes ses larmes qu'elles séchèrent en une butte de sel dont se nourrissaient les animaux sauvages.

Et tant était grand son chagrin qu'elle en mourut.

Et tant était grand le désespoir du chasseur qu'il se jeta dans le lac.

L'enfant vécut dans les bois, se nourrissant de racines et de petits animaux. Il ne savait pas qu'il était laid et aurait bien voulu jouer avec d'autres enfants. Mais ceux qui l'apercevaient étaient saisis d'horreur et s'enfuyaient à toutes jambes. Alors, il jura de se venger en attaquant tous ceux qui se trouveraient sur son chemin.

Telle est la légende de la naissance du *wendigo*, qui vient des ancêtres et est racontée par les Aînés encore et toujours. Telle est la vision des récits micmacs : un mythe né du réel, une histoire vraie, mais colorée du tempérament onirique et de la vie spirituelle de ce peuple.

PREMIÈRE PARTIE

Saqawi'gann

La spiritualité est la capacité de voir les liens
qui unissent tous les êtres
qui forment le cercle de vie.

Georges Sioui
Historien des Premières Nations
L'Encyclopédie canadienne

Chapitre 1

L'homme

Printemps 1947

Quand l'homme reprit connaissance, sa première sensation fut celle d'une violente douleur dont il n'arrivait pas à déterminer le siège. Tout son corps semblait n'être qu'un immense brasier dont les étincelles parvenaient jusqu'à son cerveau.

La douleur était tellement intense qu'elle ne laissait aucune place à d'autres sensations. Ni l'odeur de la terre mouillée par la fonte des neiges, ni la senteur des épinettes chauffées par le soleil n'arrivaient à se frayer un chemin jusqu'à ses sens. Il ouvrit les yeux. Aussitôt, la forêt se mit à tourner en farandole autour de lui. Il gémit.

— Vous en faites pas, on va vous sortir de là, dit une voix, d'un français fortement teinté de l'accent des Sauvages.

Sortir d'où ?

Quelque chose ou quelqu'un obstruait le passage de la lumière. Rêvait-il ? Peut-être. Sa conscience allait et venait entre le concret et l'irréel. Même la douleur fluctuait. Parfois faible, presque inexistante, elle reprenait de la force, s'emparait de tout son être, le faisait basculer dans une vague qui broyait sa chair.

Faire abstraction de la douleur était impossible. Pour la supporter, il la décomposa. Ce bras à l'os brisé n'était pas le sien; cette hanche blessée lui était étrangère. Le corps endolori qui gisait là était celui d'un inconnu. Il n'était rattaché à son esprit que comme un accessoire.

Il referma les yeux et fit un effort surhumain pour tenter de bouger. Ses membres lui refusaient tout service.

Une dure barre transversale lui meurtrissait le dos. Et soudain, il comprit. Il était étendu sur une sorte de traîneau tiré par deux inconnus. Épuisé, il perdit à nouveau connaissance.

Cependant que les sauveteurs utilisaient toutes leurs forces pour traîner le brancard de fortune, car l'homme était lourd, une tempête se leva. Brusque, inattendue en cette fin d'avril, la neige tourbillonnait, changeait de direction poussée par le vent d'ouest jusqu'à pénétrer dans la bouche et les yeux. Duncan, un des chasseurs, affirma dans son langage musical et inaccessible à l'homme blessé:

— Une tempête aussi forte à ce temps-ci de l'année, c'est rare qu'on voie ça.

Gabe, son compagnon, conclut:

— Va falloir s'arrêter ici pour la nuit, on n'a pas le choix.

À l'aide d'une hachette, les trappeurs construisirent un abri de branches de sapin et s'y réfugièrent avec le blessé. Pendant deux jours et deux nuits, la tempête fit rage. La neige virevoltait tant et tant qu'on ne voyait ni ciel ni terre. De grandes bouffées de froid traversaient les aiguilles de sapin et se heurtaient à la figure et aux mains des hommes. Dans leur abri de fortune, les chasseurs grelottaient. Impossible de faire du feu sans enflammer aussitôt leur abri. Le blessé gémissait. Gabe constata:

— Si la tempête arrête pas, on va le perdre.

Duncan ne répondit pas. Ses lèvres remuaient en une prière silencieuse. Plus bavard, Gabe dit encore :

— Je sais pas ce que je donnerais pour pouvoir fumer une bonne pipe.

Presque complètement enfoui sous les branches qui couvraient son corps, le blessé se souleva à moitié et prononça un seul mot : « Madone ! » Après quoi il retomba sur sa couche, comme épuisé par l'effort fourni.

— As-tu entendu, Gabe ? Il prie. C'est comme ça que les Blancs nomment la mère de Dieu.

— On ne sait pas. Il a pas ses esprits. Des prières, quand tu sais pas ce que tu dis, je sais pas si ça compte. Regarde, il a les lèvres sèches. Il te reste un peu d'eau ?

Duncan prit sa gourde et versa quelques gouttes d'eau entre les lèvres serrées du blessé. Il sortit ensuite et remplit une gamelle de neige. Celle-ci fondrait et donnerait l'eau indispensable à la survie.

Plusieurs lièvres gisaient, raidis, sur le sol de l'abri. Dans l'impossibilité de les faire cuire, il ne restait plus aux hommes que quelques morceaux de poisson séché pour se sustenter. Après avoir vainement tenté d'en faire avaler au blessé, les chasseurs mâchèrent leur maigre pitance. Ils se roulèrent ensuite en boule pour trouver le sommeil.

Le lendemain au réveil, le paysage avait changé. La neige recouvrait tout en un manteau uniforme. Il faudrait aux trappeurs toute leur science, tout leur instinct pour repérer les sentiers cachés sous la blancheur.

Quelques heures plus tard, ils pataugeaient dans une boue formée de neige fondante et de terre et qui maculaient leurs bottes, rendant la marche d'autant plus pénible qu'il leur fallait traîner le blessé, toujours inconscient.

Ils mirent un jour entier avant d'atteindre leur but : un village qui semblait sorti tout droit d'une illustration en sépia. Dans des sonorités étrangères aux Blancs de la terre et de la mer, les brancardiers de fortune renseignaient les curieux.

— On l'a trouvé dans un fossé, de notre côté du grand chêne. Il était quasiment enterré. Si ça n'avait pas été du vent qui venait de l'ouest et qui faisait voler la neige, on l'aurait pas vu.

— Faudrait faire venir un docteur.

— Commence par aller chercher Hannah. Elle doit avoir des herbes pour le soulager.

Pol Gabriel, Gabe pour les intimes, se hâta vers la maison de sa grand-mère, chamane et guérisseuse du village. Essoufflé, il la renseigna en quelques mots.

— Il est très malade, je pense.

— J'arrive.

De sa grand-mère et de la mère de sa grand-mère, la vieille Hannah avait hérité du secret des herbes utilisées par son peuple pour soigner. Courbée par l'âge, elle se rendit auprès du malade et observa longuement l'homme toujours étendu sur son brancard improvisé avant d'émettre un sombre diagnostic.

— Je sais pas si je vais pouvoir le garder en vie. Il est brisé en morceaux, c'est pas sûr que je sois capable de les recoller. Gabe, tu vas aller me chercher des bouts de bois, longs comme ça, égaux et droits. On va en profiter pendant qu'il est inconscient pour lui mettre des attelles. Ensuite, portez-le-moi à la maison. On va le coucher dans le lit du fond.

L'homme qu'on transportait était emmailloté dans une couverture tellement serrée qu'on aurait dit une momie. Des gamins qui virent passer le brancard ne purent s'empêcher de rire à voir le blessé dont on ne distinguait pour ainsi dire que le visage.

— Hannah ! Pourquoi l'as-tu attaché de même ? As-tu peur que ton blessé se sauve ? Ou te cherches-tu de l'ouvrage ? Où l'as-tu ramassé, celui-là ?

Avec bonne humeur, la femme-aux-herbes lança :

— Allez voir ailleurs, vous autres ! Attendez pas que je me fâche et que je vous change en carcajous !

Aussitôt, les ricaneurs se dispersèrent. Ce n'est pas qu'ils croyaient vraiment aux menaces, mais on ne sait jamais. Quoi qu'il en soit, il ne faisait pas bon contrarier la femme-aux-herbes qui avait la réputation d'être un peu sorcière sur les bords.

Chapitre 2

Niskam – le Créateur

Après avoir remis le sort de l'étranger en mains sûres, Gabe et Duncan se séparèrent. Ils avaient été absents plusieurs jours et se réjouissaient de retrouver femme et enfants.

Gabe entra chez lui, où il fut accueilli par des cris de joie.

— Papa, papa !

Ses deux cadettes, Malklit et Ma'lij, se jetèrent à corps perdu dans ses bras.

— Ah ! les plus belles filles du campement !

Après les avoir serrées très fort, Gabe les déposa par terre et regarda autour de lui.

Sanet, l'aînée, était occupée à préparer le repas. Son fils Tuma était assis par terre et s'appliquait à reproduire un dessin sur un bout de bois, avec un vieux canif émoussé. Il était tellement concentré qu'il ne leva même pas la tête pour regarder son père. Ce dernier fronça les sourcils, contrarié par l'attitude indifférente de son fils. L'enfant, âgé de quatorze ans, était à un stade où déjà les garçons prennent une part active aux occupations masculines. Comme les autres hommes de la tribu, Gabe avait voulu transmettre ses connaissances sur le comportement des espèces animales à son fils. Il l'avait amené à la chasse afin de lui apprendre à devenir un vrai Micmac, un homme fort et habile.

— Un bon prédateur doit pouvoir reconnaître les pistes, les traces de broutage et les excréments de chaque espèce.

L'enfant n'avait manifesté aucun intérêt pour ces notions, pourtant si essentielles à la survie. Désespéré, le père l'avait interrogé :

— Comment vas-tu faire pour te nourrir dans la forêt si tu ne sais pas chasser ?

Tuma n'avait pas répondu. Paresseux ? Non, pourtant. L'adolescent accomplissait volontairement les travaux qu'on lui imposait à la maison quand son père était absent. Mais Gabe avait du mal à s'habituer à l'idée que Tuma ait constamment la tête dans les nuages, qu'il semble si éloigné du mode de vie traditionnel de son peuple.

— C'est prêt, papa.

Dérangé dans ses pensées par l'appel de Sanet, il s'approcha de la table et demanda :

— Où est ta mère ?

— Couchée. C'est pour aujourd'hui.

Son fils ! Gabe avait tant prié le Grand Esprit pour que le nouveau-né soit un fils. Un vrai ! Un fils qui aurait les mêmes intérêts que son père, qui aimerait la chasse, la pêche, un fils dont il pourrait être fier. Il demanda :

— Je vais chercher la sage-femme ?

Sanet secoua la tête et répondit :

— C'est pas encore le moment.

La famille prit place à table. Sanet servit à chacun une bonne portion de soupe aux pois et aux pommes de terre sauvages.

Gabe mangeait lentement, en homme qui connaît l'importance de refaire ses forces. Puis il inclina la tête en direction de son aînée pour la remercier. Il se leva et allait sortir quand un cri provenant de la chambre l'arrêta.

Après avoir fait un signe de tête à son père pour indiquer que les services de Bella, la sage-femme, étaient maintenant nécessaires, Sanet se dirigea vers la chambre. Gabe sortit en courant. Il lui fallut tout de même un bon moment pour arriver devant la cabane de la sage-femme, à l'autre bout du campement. Essoufflé, il frappa sur le montant et hurla presque :

— Bella ! Bella ! Viens vite ! L'enfant sera bientôt là et Sisi'l a mal !

Guère impressionnée, la sage-femme dit d'une voix calme :

— Reprends ton souffle, Gabe. Je connais mon affaire.

Gabe n'osa insister de peur de vexer Bella, dont le caractère pouvait facilement devenir mauvais si on la contrariait. Il retourna chez lui, s'assit sur le sofa et alluma une pipe. Pour la première fois, il serait présent dans la maison alors que sa femme accouchait.

La nuit fut ponctuée de cris étouffés. Sisi'l serrait les dents sur sa douleur. Ses cris s'achevaient en un long gémissement pour recommencer aussitôt. Gabe aurait voulu se boucher les oreilles, ne plus entendre cette plainte en crescendo. Cela ne s'arrêterait donc jamais ?

Au petit matin, la famille Gabriel s'était agrandie. Lasel était une petite fille malingre, criarde au point où Gabe trouvait toutes les raisons de s'éloigner le plus possible de son domicile.

La fin avril se faisait exceptionnellement douce, comme pour se faire pardonner cette tempête où les jeunes trappeurs et leur blessé avaient failli mourir. L'air diffusait des effluves de terre mouillée; la glace des lacs faisait place à une eau où se reflétait un ciel pur.

Chaque jour, Gabe s'informait de l'état de l'homme rescapé. Dès le seuil franchi, il interrogeait Hannah:

— Puis?

— Puis rien. C'est toujours pareil. Le soir, quand la fièvre monte, il marmonne des choses incompréhensibles. Il prie, aussi. En tout cas, c'est ce que je pense. C'est la seule chose claire. Il s'assoit à moitié et crie: «Madone!» Ensuite, il retombe dans le lit. J'ai peur qu'il ait quelque chose de brisé en dedans. Si oui, je peux pas l'aider. Moi, je soigne seulement les blessures qu'on voit. Pour les autres, il faudrait que je puisse entrer dans son esprit et, ça, je peux pas. Il y a seulement une personne qui peut le soigner de l'intérieur et c'est lui-même. Je lui donne encore deux jours. Si son état s'améliore pas, j'appellerai Albin Noël, le *malpaléwískw*[1]. Il est pas docteur, mais c'est tout comme.

Découragé, Gabe sortait de chez sa grand-mère. Il lui semblait qu'il s'était attaché à cet homme qu'il avait arraché à une mort certaine. Comme il allait se résoudre à retourner chez lui, malgré les cris du bébé, il rencontra Matiw Prosper, un des Aînés du village. Ce dernier s'avança vers lui et lui serra la main.

— Félicitations!

Puis, voyant que son interlocuteur avait la mine sombre, il s'enquit de son état.

— Qu'est-ce qui va pas? Es-tu déçu d'avoir une autre fille?

— Non, c'est pas ça. C'est juste qu'on dirait que l'homme qu'on a ramené il y a trois jours veut pas guérir.

— Et ça t'inquiète? Pourquoi?

1. Infirmier.

— Je me comprends pas moi-même. Cet homme-là, je l'aime autant que s'il était l'un de mes enfants. Pourtant, je le connais même pas, je lui ai jamais parlé et, malgré ça, j'ai mal en pensant qu'il va peut-être mourir.

Matiw sourit.

— À ta place, je m'en ferais pas trop. C'est normal. Cet homme-là, tu l'as volé à la mort. Un peu comme si tu l'avais mis au monde une deuxième fois. Des affaires comme ça ne peuvent pas faire autrement que de créer un lien entre toi et lui. Alors, c'est pas surprenant que tu sois touché de voir qu'il est toujours inconscient.

Gabe haussa les épaules.

— Au fond, c'est peut-être mieux comme ça, tu sais, Matiw. Je suis un Micmac, un Sauvage, comme disent les Blancs. Peut-être qu'il voudra même pas me parler s'il guérit.

— S'il veut pas te parler, c'est son problème à lui, pas le tien. Toi, tu as fait ce que t'avais à faire en le ramenant au village malgré la tempête. Mais, tu sais, c'est pas parce que c'est un Blanc qu'il voudra pas te parler. Les Blancs sont comme nous : il y en a des bons et des moins bons. Cet homme-là, peut-être que c'est le Créateur qui te l'a envoyé. Tu te rappelles la légende ?

— Oui.

Certes, Gabe se souvenait de cette histoire qui avait bercé son enfance comme celle de beaucoup d'enfants micmacs. Cependant, il ne se lassait pas d'entendre l'Aîné la raconter. Ce que ce dernier fit.

— Il y a longtemps, un jeune homme et son grand-père vivaient ensemble dans les bois. Ils étaient très pauvres.

« Une nuit, le jeune homme rêva que le Créateur était venu lui rendre visite. Quand il se réveilla le lendemain matin, il le dit à son grand-père. Le grand-père avait fait le même rêve. Ils y virent un bon signe.

«Le jeune homme et son grand-père préparèrent un festin pour recevoir le Créateur. Mais comme ils n'avaient pas beaucoup de nourriture, ils firent une soupe et du pain.

«Dans la matinée, quelqu'un frappa à la porte. Quand le jeune homme ouvrit, il vit deux petits enfants. Ils étaient maigres et avaient faim, alors le vieil homme leur donna à manger. Ils aidèrent à nettoyer, puis le vieil homme les renvoya sur leur chemin.

«Vers midi, quelqu'un d'autre vint frapper à la porte. C'était un étranger, un tout jeune homme. "Oh! s'il vous plaît, j'ai tellement faim! Y a-t-il un travail que je peux faire pour vous en échange de quelque chose à manger?" "Entrez, dit le grand-père, je vais vous donner un peu de soupe." Le visiteur mangea la soupe, remercia ses deux hôtes et se mit en route pour le prochain village.

«Peu de temps après, quelqu'un d'autre vint frapper à la porte. "Ce doit être le Créateur", déclara le petit-fils. Mais, quand il ouvrit la porte, il se trouva devant un homme d'âge moyen. L'homme avait faim et froid. "S'il vous plaît, pouvez-vous m'aider? J'ai tellement faim." "Eh bien, il ne nous reste presque plus de nourriture et nous attendons de la visite, mais je peux vous donner un peu de pain", dit le grand-père.

«Le visiteur mangea le pain et but de l'eau. Il était très heureux et se remit en route.

«Il commençait à faire sombre à l'extérieur, et le Créateur n'était pas encore venu pour voir le grand-père et son petit-fils. Vers huit heures, quelqu'un vint frapper à la porte. Le grand-père ouvrit et vit un vieil homme. "S'il vous plaît, donnez-moi quelque chose à manger. Je suis trop faible pour me rendre à un autre village", dit le vieillard.

« Le grand-père fut tellement déçu que ce ne soit pas le Créateur, qu'il claqua la porte au visage du vieil homme. "Va-t'en !", cria-t-il. Dans la cour, le vieillard glissa et tomba de faim et de faiblesse. Voyant cela, le grand-père et le petit-fils furent très gênés de leur manque de cœur. Ils coururent dehors et aidèrent le vieillard à entrer dans la maison où ils lui donnèrent un peu d'eau et ce qui restait de soupe et de pain.

« Le grand-père et le petit-fils étaient fatigués, alors ils allèrent dormir. Le Créateur vint de nouveau les visiter dans leurs rêves. "Où étiez-vous ? Pourquoi n'êtes-vous pas venu nous voir aujourd'hui ? Nous avions préparé une fête pour vous."

« Le Créateur répondit : "Je suis venu vous voir à quatre reprises et, chaque fois, vous m'avez donné à manger. De ce jour, vous n'aurez plus jamais faim." »

Et l'Aîné de conclure :

— L'étranger à qui tu as sauvé la vie, peut-être que c'était le Créateur. Et tu sais que le Créateur ne fait pas de distinction entre les Sauvages et les Blancs.

Rasséréné, Gabe sourit à son tour.

— En tout cas, toi, Matiw, tu es un bon Sauvage. Merci.

— Quand tu voudras, Gabe. Je suis toujours là.

Chapitre 3

La maladie de l'âme

Le blessé passa plusieurs jours entre le sommeil et l'inconscience. Les potions de la vieille Amérindienne rendaient son mal plus supportable et lui permettaient ainsi de reprendre peu à peu contact avec son environnement.

— Où c'est que je suis ?

— Ma maison. Moi, Hannah.

Elle avait glané quelques mots de français ici et là lors de rares contacts avec les Blancs de Cabano ou des visites du père Martineau. Mais sa mémoire de vieille femme n'était plus assez vive pour lui permettre le souvenir de ces mots étranges.

— Que c'est que je fais icitte ?

— Vous, pas rappeler ? Attendez… Tuma va expliquer.

Elle disparut et le blessé retomba sur sa couche, épuisé. Lorsqu'il ouvrit un œil, il se trouvait en présence d'un grand garçon qui le regardait avec curiosité. Ce dernier prit la parole et le blessé fut surpris de reconnaître un parler familier.

— Vous avez eu un accident. C'est mon père Gabe, avec Duncan, un autre trappeur, qui vous ont ramassé, à moitié mort, proche du Lac-au-Sorcier. Vous êtes chanceux que les hommes soient allés piéger dans ce coin-là. Autrement, vous étiez bon pour passer tout droit ; personne vous aurait trouvé, c'est certain.

— Le Lac-au-Sorcier ? Que c'est que je faisais là ?

— Ça, y a seulement vous qui pouvez le savoir. Mais vous êtes en sécurité, pour maintenant. Hannah voudrait savoir de quelle place que vous venez. Du bord de la Rivière-du-Loup ? Ou bien d'une place dans les terres ? Voulez-vous qu'on envoie quelqu'un avertir votre famille que vous êtes ici ?

— Je me rappelle pus trop d'où c'est que je viens. Je pourrais rester encore ? Dis à Hannah que je paierai.

La guérisseuse parla à son arrière-petit-fils, qui continuait à servir d'interprète.

— On en parlera quand vous vous sentirez mieux, traduisit-il en guise de réponse. Quand vous serez plus fort, si vous voulez rester, on trouvera à vous occuper. La seule chose que vous pourrez pas avoir dans ma maison, c'est de la boisson. J'en ai pas. Pis j'en veux pas.

Surpris, l'homme demanda, en se tournant vers Hannah :

— Pourquoi vous me dites ça ?

— Quand on vous a trouvé, vous sentiez la boisson à plein nez. C'est peut-être pour ça que la souvenance vous revient pas.

— La souvenance… si je farme les yeux, je peux voir un chemin de terre. Des maisons d'un bord, des arbres de l'autre. Une grande maison, itou, avec une galerie toute le tour. Une maison que j'ai déjà vue.

— Une maison de famille ? Sus une terre ? Peut-être que c'est là que vous restez ? Gardez les yeux fermés pour voir d'autres images. Imaginez que vous rentrez dans maison.

Mais se concentrer exigeait un trop grand effort. Il perdit à nouveau connaissance. Alors, Hannah conclut :

— Il doit s'être frappé la tête en tombant. C'est pour ça qu'il a de la difficulté à se rappeler. Mais pour le moment, il faut avant tout le soigner.

— Je peux vous aider ?

La vieille sourit. Rien ne réjouissait autant son arrière-petit-fils que de pouvoir fureter, humer les herbes mises à sécher, toucher les racines ou tout simplement regarder partout autour de lui dans la cabane pleine de trésors.

— Si son état ne s'améliore pas, avait dit Hannah, j'appellerai Albin Noël.

Né d'une mère micmaque et d'un père blanc, Albin Noël avait étudié tant le chamanisme que la médecine des Blancs. Il était infirmier et travaillait à l'hôpital de Rimouski. Selon plusieurs Micmacs, il en savait pas mal plus que bien des docteurs.

Appelé en consultation, le jeune infirmier s'en était d'abord étonné. Il fallait que le problème soit grave, car il était rare que la femme-aux-herbes déclare forfait. Il était vrai que l'homme était un Blanc, ce qui pouvait expliquer pourquoi Hannah n'arrivait pas à le comprendre.

— Dis à ta grand-mère que je serai là samedi. C'est mon jour de congé.

Tuma, à qui Hannah avait confié la mission de communiquer avec l'infirmier, raccrocha et courut chez la guérisseuse avec son message. Il avait dû se rendre au bureau du chef pour téléphoner, car Hannah se méfiait de cette installation qui permettait aux gens de communiquer à distance à l'aide de fils. « Comme si on avait besoin de ces affaires modernes pour se comprendre », songeait-elle, tout en reconnaissant que le téléphone pouvait parfois être utile.

Le samedi suivant, fidèle à sa promesse, Albin se présenta chez la femme-aux-herbes. Avant de le mener près du malade, Hannah lui offrit du thé, comme le voulait la politesse. Ils discutèrent en micmac.

— Toujours pas de femme dans ta vie ? l'interrogea-t-elle avec un clin d'œil.

— Non. J'avais rencontré la femme parfaite, mais elle ne veut pas de moi.

— Tiens donc ! Je la connais ?

— Eh oui. La femme parfaite, c'est toi, Hannah !

— Ah ! Ah !

Albin continua.

— Quand j'aurai une amie, je te promets que tu seras la première à le savoir. Ça te va ?

— Oui, répondit-elle avec chaleur. Maintenant, viens voir mon malade.

Fractures ou fêlures, Hannah était parfaitement capable de s'en occuper. « Mais, songeait-elle sans ironie, celui-là, c'est dans sa tête qu'il y a quelque chose de brisé ».

Cependant le jeune infirmier se déclara impuissant à soigner l'âme.

— As-tu fabriqué une roue de médecine ?

— Bien sûr !

Du doigt, Hannah montra l'objet sans lequel les soins prodigués ne pourraient être efficaces. Sur une table basse étaient disposées des pierres en forme de cercle à quatre rayons. Les points de jonction entre le cercle et les rayons représentaient les points cardinaux, symbolisant les quatre étapes de la vie humaine : l'âge de l'apprentissage, l'âge de l'accueil, l'âge du polissement de la personnalité et l'âge de la sagesse. Après avoir progressé vers la mort, on entrait dans le monde des grands-pères et des grands-mères. Un cercle sans fin, comme celui de la vie éternelle.

— Tu as fait tout ce que tu pouvais, Hannah. Je ne crois pas qu'un docteur pourrait en faire plus. Le reste ne dépend pas de toi, mais de lui. Je ne peux pas te dire non plus s'il retrouvera la mémoire.

— En tout cas, il se rappelle la religion, j'en suis sûre : il appelle tout le temps la Madone.

Cette déclaration n'impressionna pas Albin outre mesure.

— La religion vient du cœur ; la mémoire, de la tête d'abord. Des fois, on fait ou on dit ce que personne ne nous a montré, comme si c'était inscrit en nous depuis longtemps. Tu comprends ?

— Je suis pas certaine, non.

— Je vais essayer de t'expliquer. Prends la roue de médecine que tu as faite. Comment savais-tu quelles couleurs il fallait mettre ?

— Euh… tous les Indiens savent comment faire une roue de médecine, voyons !

— Tu as raison. On le sait parce que nos ancêtres le savaient ainsi que leurs ancêtres avant eux et cet héritage fait partie de nous. Il s'agit de la mémoire atavique, Hannah. C'est une mémoire qui s'intègre à celle de notre propre vécu.

Hannah écoutait, les yeux grands ouverts d'étonnement tandis qu'Albin poursuivait :

— Même si j'ai étudié les leçons de la vie par la médecine des Blancs, les croyances des Micmacs font partie de moi. Or tu sais comme moi que le corps et l'esprit sont inséparables. Tu as parlé aux plantes avant de les utiliser ; il faut maintenant entrer en contact avec l'âme de ton malade. Je ne sais pas si tu vas y arriver. Ton blessé va peut-être se souvenir un jour, peut-être pas. Il ne faut pas forcer les choses. On sait jamais. Tant qu'on n'a pas marché dans les mocassins de quelqu'un, on ne connaît jamais vraiment ce qu'il a dans le cœur.

Albin partit. Hannah effleura du doigt la roue de médecine. Le blessé gémit. Il sembla à la guérisseuse que son visage prenait une teinte moins cireuse. Elle se concentra et enveloppa le blessé d'une onde spirituelle qui le protégerait contre les fuites d'énergie.

Après avoir purifié la pièce où reposait le malade, elle s'assit à son chevet et implora *Glooscap*, héros mythique des Micmacs, de bien vouloir protéger l'homme et de lui permettre, à elle, de le sauver. Il vivrait. Il le fallait.

Chapitre 4

Conseil de bande

La femme-aux-herbes était sans âge. Un visage de pomme ridée, un sourire de guingois dans une bouche où manquaient plusieurs dents, telle était l'apparence de celle dont le métier était de soigner. Appliquant un baume sur une longue écorchure sans doute causée par une branche, Hannah remuait silencieusement les lèvres et priait les dieux de ses ancêtres de rendre la santé à cet homme dont elle avait la charge.

Ce matin-là, elle décida de faire part de ses préoccupations à l'Aîné. Qui pouvait bien être cet homme dont les herbes guérissaient le corps, mais dont l'esprit demeurait fermé ?

— Ça fait quatre mois qu'on l'a trouvé. Sa blessure à la hanche est presque complètement guérie. Il sera bientôt apte à se tenir debout sans aide et à se servir de son bras. Mais il ne se rappelle toujours pas son nom, ni l'endroit d'où il vient. Qu'en penses-tu ?

Matiw Prosper lança en boutade :

— Peut-être qu'il a été puni pour avoir tué inutilement un animal ?

Hannah sourit.

— Tu sais bien que ce sont des histoires, Matiw, tout comme celles que tu racontes aux enfants toutes les semaines.

— Tuer inutilement un animal peut porter malchance. Ça s'est déjà vu.

— Porter malchance… peut-être. Mais pour mon blessé, c'est la chance qui est venue à lui. Les hommes vont pas souvent poser des pièges près du Lac-au-Sorcier. Tu sais aussi bien que moi que c'est pas un coin tellement fréquenté. Allez donc savoir ce que l'homme faisait là… S'il ne se le rappelle pas, c'est peut-être parce que, justement, il préfère oublier. Toujours est-il qu'il va falloir prendre une décision. Je le garde chez moi jusqu'à ce qu'il soit complètement guéri. Mais après, si l'on ne découvre pas d'où il vient, que va-t-il arriver ?

— Je peux pas t'aider. Il faudrait en parler à mon frère.

— Bon, je vais attendre qu'il revienne de sa pêche.

Au retour du chef Pilip Prosper, la vieille Hannah alla frapper à sa porte, laissant son étrange patient sous la garde de sa petite-fille.

L'adolescente se désignait elle-même comme étant Ka'lolin et tant sa grand-mère que les gens du village avaient fini par adopter le prénom dont la sonorité rappelait d'ailleurs la langue micmaque.

Sa grand-mère partie, l'adolescente s'approcha du blessé et lui parla dans une langue à la fois rustique et familière.

— C'est moi que je vas rester avec toi pendant que grand-mère fait une commission.

L'homme regarda cette adolescente, presque une enfant, qui penchait sur lui une poitrine naissante et un visage pur.

— Comment tu t'appelles ?

— Mon nom, c'est Ka'lolin.

— Ka'lolin comment ?

— … Juste Ka'lolin.

— T'as pas d'autre nom ?

— Ah ! ça ? Mon aut' nom, c'est Sock.

Sock… Ça veut pas dire chaussette, ça ? Chaussette… Matachaussette. Où c'est que j'ai ben pu entendre ce nom-là, moi ? En tout cas, alle a pas l'air vite vite, celle-là…

— Ka'lolin va aider avec les boutons de ta chemise, Ji'nmul. Pace que tu es juste avec un bras.

— Comment tu m'as appelé ?

— Ji'nmul. Ça veut dire *l'homme*. C'est ma grand-mère qu'a donné ce nom pour toi.

— C'est une drôle de langue, ça. Vous parlez toutes de même ?

— Ka'lolin parle fançais avec les Blancs. Au catéchisse, le père Martineau, il veut pas qu'on parle micmac. Mais au campement, on parle comme qu'on veut.

Intrigué, l'homme l'interrogea :

— Et Tuma, lui ? Le celui qu'est venu parler avec moi, c'est qui ?

— C'est mon tante.

— Ton tante ? Tu veux dire ton oncle ?

Ka'lolin rit.

— Non ! non ! C'est mon… c'est moi qu'est son tante.

Elle continua en zozotant.

— Le village a plusieurs Aînés. Des vieux, des sages, tous respectés. Mais pas un raconte aussi bien les histoires que Matiw.

Les yeux de Ka'lolin brillaient tandis qu'elle évoquait les soirées où, autant pour les adultes que pour les enfants, Matiw savait faire revivre la magie du passé.

Ka'lolin regardait cet étranger que sa grand-mère avait recueilli. L'homme était grand, beau, avec des cheveux grisonnants. « C'est dôle, y fait chaud quand y est là », songeait-elle.

Incapable qu'elle était de se projeter dans l'avenir, son esprit se plaisait à imaginer que les choses ne changeraient jamais, que l'homme serait toujours là, que toujours sa grand-mère en prendrait soin. Puis, constatant qu'il s'était assis dans la berçante et avait fermé les yeux, elle reprit son travail de vannerie, tressant la paille odoriférante avec habileté pour former un panier de fantaisie. Son travail serait bientôt terminé et mis en vente à la coopérative de Gesgapegiaq.

Au domicile du chef Pilip Prosper, Hannah prit d'abord poliment des nouvelles.

— T'as fait bonne pêche ?

— Oui. Le monstre du lac a été généreux.

Il émit cette réponse sans la moindre ironie. Car la présence d'un monstre dans le lac Pohénégamook était connue de tous ceux, Blancs ou Amérindiens, qui habitaient la région.

Les premières apparitions de la bête ont été signalées au début du XXe siècle, quand des personnes affirment avoir aperçu un étrange monstre dans les eaux du lac. Puis, au début des années 1940, une jeune fille a dit que le monstre ressemblait à un « dragon médiéval ». Selon elle, le monstre était très grand et de couleur verte.

Si les résidants de la région croyaient en grande majorité à l'existence du monstre, les étrangers, eux, étaient plutôt incrédules. Le secret du lac Pohénégamook, dont le nom en langue amérindienne signifie *lac moqueur*, n'était pas près d'être éclairci.

— Je suis bien contente pour toi, dit Hannah au chef.

Pendant que Matlen, la femme du chef, déposait sur la table deux tasses d'un thé noir comme de l'encre, Hannah fit part de ses réflexions concernant son malade.

— Tu sais que je garde Ka'lolin avec moi depuis que sa mère est morte. Mais j'ai peur pour elle. C'est une innocente et elle regarde l'homme comme s'il était un dieu.

— Ah ! oui, Ka'lolin… Quel âge a-t-elle, déjà ?

— Presque seize ans.

Elle avait les larmes aux yeux, l'Hannah, rien qu'à penser que sa petite-fille, dont l'âge mental avoisinait les six ans, pourrait s'amouracher de l'inconnu.

Le chef demanda encore :

— Et lui ? Il se rappelle vraiment rien ?

— Rien. Ses yeux sont comme un feu de camp éteint. Il doit y avoir encore des braises, mais pour les faire reprendre, il faudrait… je sais pas quoi… On devrait peut-être appeler la police ?

Après un temps, le chef répondit :

— Je vois pas pourquoi on mettrait la police dans cette affaire-là. Si l'homme était recherché, la police provinciale serait déjà venue ici.

Hannah n'était pas convaincue.

— Sans être recherché par la police, peut-être que sa famille est inquiète pour lui ?

— S'il venait du coin, on en aurait entendu parler. Autrement, on ne pourra pas retrouver sa famille. Il peut venir de n'importe où. Les petits villages sont nombreux, par ici, et le long du fleuve. Peut-être qu'il s'est perdu, mais peut-être aussi qu'il a choisi de changer de vie et de nous le cacher… Nous ne pouvons pas décider pour lui. Garde-le encore un peu, jusqu'à l'automne, et ensuite j'irai lui parler.

Vint septembre, avec ses pluies bénéfiques, son soleil généreux. Fidèle à sa promesse, Pilip Prosper se rendit chez Hannah pour converser avec cet homme, qui avait peut-être perdu sa souvenance à tout jamais.

Ji'nmul était maintenant complètement rétabli physiquement.

Insensible à l'aura de naïveté qui enveloppait l'homme, Pilip, qui connaissait relativement bien la langue des Blancs, l'interrogea :

— Voulez-vous qu'on aille voir la police ensemble pour essayer de retrouver votre famille ?

— Je pourrais pas rester icitte à place ? Je m'adonne ben avec Hannah. Je pourrais travailler pour elle.

Mais Hannah n'avait pas besoin d'un homme à temps plein. Aussi le chef et Ji'nmul convinrent-ils que, avec l'accord du Conseil de bande, Ji'nmul deviendrait l'homme à tout faire du village. Il se frotta les mains de satisfaction.

— Vous le regretterez pas. Vous allez voir que je suis pas manchotte.

— Manchotte ?

— Maladrette, si vous aimez mieux. Je suis pas maladrette.

Le chef ne comprit pas plus cette expression que la précédente, mais il conclut que son interlocuteur devait savoir se servir de ses mains.

Le même soir, Pilip convoqua les membres du Conseil de bande pour leur exposer la requête de Ji'nmul. Siégeaient à cette assemblée quatre membres, en plus de Pilip : Pol

Gabriel, Matiw Prosper, Roderic Gunwa et Simon Adley. Assis en rond, ils commencèrent par la prière. Tous s'adressèrent avec ferveur au Grand Esprit pour lui demander de les éclairer. La prière terminée, comme le voulait la coutume, le chef passa du tabac à la ronde et chacun alluma sa pipe. Puis, après avoir exposé la requête de Ji'nmul, il tendit le bâton de parole à son voisin de gauche, Pol Gabriel.

Gabe accepta le bâton, sachant qu'ainsi son opinion serait prise en considération et qu'il pourrait s'exprimer sans être interrompu avant de passer le symbole de ce privilège à son voisin.

— Cet homme-là, Duncan et moi, on l'a sauvé de la mort. Je ne vois pas pourquoi on le rejetterait seulement parce qu'il ne se souvient pas de son passé. Si on lui demande de partir, c'est comme si on le condamnait à mourir encore une fois.

Matiw Prosper intervint à son tour.

— Si on le laisse rester, notre communauté pourra s'en trouver enrichie de plusieurs façons. Ji'nmul travaille aussi bien le bois que nous, si ce n'est mieux. Je l'ai moi-même vu réparer une petite table boiteuse dans la maison d'Hannah. Il pourrait faire de même pour nous, et montrer aussi aux jeunes comment faire. Les meubles de la salle du Conseil doivent presque tous être réparés.

Avant même d'avoir le bâton de parole en mains, Roderic Gunwa manifesta son désaccord.

— Nous enrichir ? Elle est bien bonne, celle-là ! Personne ne se rappelle donc de l'enseignement des Aînés ?

Et d'une voix solennelle, il récita :

— Dans les temps anciens, *WakanTanka*, le Grand Esprit, a réuni les quatre races de l'humanité. Aux hommes blancs, il a donné le feu. Aux hommes jaunes, il a donné l'air. Aux hommes noirs, il a donné l'eau. Aux hommes rouges, il a donné la terre. Quand l'homme blanc est arrivé sur les terres indiennes, il a demandé à l'homme rouge de lui acheter ses terres. L'homme rouge lui a répondu: «Je ne peux te vendre la terre, car elle ne m'appartient pas, je n'en suis que le gardien.» L'homme blanc a dit: «Si elle ne t'appartient pas, alors je la prends.» Toi, Pilip, comment sais-tu que cet homme n'est pas ici pour nous voler nos terres? Comment oses-tu nous demander de le garder ici, dans le village? En tout cas, moi, je suis contre.

La déclaration était faite avec une hargne qui ne correspondait pas au caractère des Micmacs, pacifistes par excellence, ce que lui rappela le chef.

— Et toi, as-tu oublié qu'un Micmac ne doit jamais accuser faussement? Un vrai Micmac est celui qui fait montre de dignité en toutes circonstances, qui reste toujours calme, qui se prive de ses possessions au profit des pauvres, des malades, et qui est généreux et hospitalier avec les étrangers...

Roderic leva les yeux au ciel, l'air de dire: «Laisse tomber les sermons.» Mais depuis que Pilip avait été élu chef, trois ans auparavant, Roderic avait toujours fait opposition à tout ce qui était proposé. «Jaloux», se dit Pilip. «Il ne réfléchit pas avant de parler, songea Matiw. Il ne ferait pas un bon chef.»

Simon Adley se prononça à son tour.

— Je vois pas comment Ji'nmul pourrait voler nos terres, même s'il est Blanc. Cependant, il ne connaît rien à nos coutumes. L'hospitalité a ses limites. Il faudrait qu'il adopte notre manière de vivre et je doute que les Blancs en soient capables. Prenez le père Martineau, par exemple. Si on l'écoutait, on croirait que nous ne savons pas vivre. Il faudrait taire notre nature micmaque pour contenter un Blanc...

Pilip ne donna aucun argument ni en faveur, ni contre la demande. Il se contenta de dire :

— On va voter. Pol, il reste ?

— Oui.

— Matiw ?

— Oui.

— Roderic ?

— Non, non, et non. Comme je vous disais tout à l'heure…

— Simon ?

— Non.

Gabe savait que le chef pouvait trancher d'un côté ou de l'autre. Aussi s'étonna-t-il de l'entendre dire :

— Bon, c'est décidé. Ji'nmul doit partir. Je le lui ferai savoir demain.

Matiw Prosper, frère du chef, n'était pas du tout content.

— Pourquoi as-tu fait appel au Conseil de bande, si ton idée était faite ?

Le chef ne répondit pas autrement qu'en se remettant debout. La séance était levée.

Ji'nmul savait que son destin se jouait en cette soirée. Lui permettrait-on de rester ou devrait-il partir ? Pour aller où ? Il avait la vague impression que s'il devait s'en aller, il courrait un danger.

Inconsciente des pensées de l'homme, Hannah vit que sa petite-fille regardait Ji'nmul avec de grands yeux affamés de tendresse. Elle se promit de la surveiller de près. Elle soupira. Ka'lolin avait un cœur d'enfant dans un corps de femme. Une combinaison dangereuse.

Chapitre 5

Ka'lolin

Le lendemain de la réunion, le chef se leva mécontent. Il devait ce jour-là chasser un homme du campement, ce qui lui déplaisait souverainement. Un homme qui n'avait rien fait de mal et dont le seul défaut était d'être un Blanc.

La veille, il n'avait pas répondu à son frère qui lui demandait d'expliquer sa décision. Mais avec deux membres du Conseil de bande contre la demande de Ji'nmul, il n'avait pas le choix. S'il décidait de le garder, il exposait l'homme à la hargne de Roderic qui risquait de monter une cabale et d'embrigader d'autres hommes du village. Or un chef ne peut risquer la mésentente entre les membres de sa communauté.

Avant d'exécuter la corvée, le chef but un thé fort. Après quoi il se prépara à se rendre à la cabane de la guérisseuse.

Ce matin-là, en dépit des recommandations de sa grand-mère, Ka'lolin s'enfonça seule dans le sous-bois dans le but de cueillir des bleuets. Elle adorait ce fruit, dont sa grand-mère tirait des plats savoureux.

Les rayons d'un soleil encore chaud traversaient les arbres et diffusaient une lumière agréable. Ka'lolin rit à l'idée de la surprise d'Hannah quand elle lui apporterait un contenant plein de petits fruits bleutés. Elle chercha d'abord à l'orée du bois sans trouver de fruits. Elle en conclut qu'il lui fallait s'enfoncer plus avant dans la forêt. Pas un instant elle ne se rappela la conversation avec sa grand-mère.

— Ne va jamais seule dans la forêt, Ka'lolin. C'est compris ?

— Pouquoi ?

— Parce que c'est dangereux. Tu pourrais rencontrer le Kwi'kwa'ju[1], le carcajou.

— Pouquoi ?

Hannah avait renoncé à donner des explications dont elle ne savait pas si elles seraient comprises. Elle s'était contentée d'arracher à sa petite-fille la promesse de lui obéir.

Ji'nmul s'était éveillé tôt. Il savait que son sort s'était décidé la veille et attendait nerveusement le verdict du Conseil de bande. Comme le chef tardait à venir, il était de plus en plus convaincu que sa demande avait été rejetée. Graduellement, au cours des mois précédents, il s'était attaché à ces gens qui vivaient en accord avec la nature. Il craignait de devoir partir et quitter ceux qui étaient devenus son univers.

Qu'il avait soif ! Il aurait tout donné pour un seul verre d'alcool. Mais il savait qu'Hannah n'en avait pas dans la cabane. Pour rendre l'attente plus supportable, il décida d'aller marcher dans le village. Comme il sortait de la cabane, il vit Ka'lolin disparaître dans les arbustes qui longeaient la partie nord du village.

Où c'est qu'a s'en va, donc elle, de bonne heure de même ?

1. Esprit maléfique.

Curieux, il suivit l'adolescente de loin en claudiquant. Ka'lolin suivit d'abord un sentier, se baissant à l'occasion, sans trouver de baies. Sans se décourager, elle poursuivit son chemin et, d'un air décidé, pénétra plus avant dans la forêt.

Ji'nmul perdit l'adolescente de vue. Il regarda le soleil maintenant plus haut et songea que Pilip devait sûrement être rendu à la cabane d'Hannah. Comme il allait rebrousser chemin, il entendit un craquement suivi d'un grand cri.

Il y avait maintenant près de deux heures qu'Hannah et Pilip attendaient le retour de Ji'nmul quand la vieille femme se leva en disant :

— Ka'lolin s'amuse sûrement au ruisseau. Je vais lui demander si elle a vu Ji'nmul.

Le ruisseau était l'endroit où les enfants aimaient barboter lorsqu'il faisait chaud. Il était peu profond et ne présentait aucun danger, même pour les bambins.

La vieille femme alla jusqu'à l'endroit où elle savait trouver toute la marmaille et où il était probable que, malgré son âge, Ka'lolin ait rejoint les plus jeunes. Cependant, elle ne vit pas sa petite-fille et aucun gamin ne l'avait vue ce jour-là.

Quand Hannah revint à la cabane, l'inquiétude se lisait sur son visage.

— Aucune trace d'eux. Pilip, penses-tu que… ?

— Qu'ils sont ensemble ? Non, je ne crois pas. Mais tu connais Ji'nmul mieux que moi. Quelque chose te fait penser qu'il pourrait s'en prendre à ta petite-fille ?

Hannah cacha son visage dans ses mains.

— Oui… non… pas vraiment. C'est juste une enfant… Qu'est-ce qu'on va faire ?

Le chef se leva brusquement. Il avait l'habitude des situations d'urgence et ne tergiversait pas.

— Commençons par questionner tout le monde du village ; peut-être que quelqu'un a vu Ka'lolin ou Ji'nmul. Sinon, on lancera des recherches. De toute façon, Ka'lolin peut pas être bien loin. Pour Ji'nmul, c'est plus difficile à savoir. Il boite encore et ne peut pas courir, mais peut-être a-t-il retrouvé sa mémoire et est-il retourné chez lui ?

Mais Hannah secoua la tête. Elle savait trop bien que son protégé tenait à rester au campement. Il ne serait certainement pas parti soudainement, sans au moins faire ses adieux.

— On va les trouver, t'en fais pas, Hannah.

Toute au plaisir de cueillir des bleuets, Ka'lolin n'avait pas vu à temps que le terrain était coupé d'un profond précipice. Trébuchant sur une racine, elle était tombée tout au fond, une jambe repliée sous son corps. Malgré la douleur très vive, elle ne se plaignait pas, n'appelait pas au secours. Elle se contentait de gémir, les bras en croix, comme un oiseau qui serait tombé du ciel.

Poussé par le cri et le bruit de la chute, Ji'nmul cherchait. Il regardait dans tous les sens, mais sa recherche ne donnait aucun résultat. Pourtant, quelque chose n'allait pas, il en était convaincu. Ka'lolin ? Mais où pouvait-elle donc bien être ?

Il continua de marcher et arriva au bord de la fosse dans laquelle il faillit tomber à son tour. Il n'eut que le temps de se retenir par une branche qui, heureusement, résista à son poids. Remis sur pied, il se pencha et vit enfin l'adolescente.

— Ka'lolin ? Bouge pas, je viens te chercher.

Il se rendit toutefois vite compte que les parois du précipice étaient trop abruptes et qu'il lui serait impossible de descendre sans risquer lui-même une chute. Il fallait des cordes auxquelles se retenir et, surtout, avec lesquelles on pourrait remonter l'adolescente qui gémissait doucement. Il cria encore :

— Ka'lolin ? Tu m'entends ? Je vas aller au village chercher du monde. On va te sortir de là, ça sera pas long.

Mais l'adolescente avait peur. Une peur viscérale, une peur d'enfant qui craint le monstre dans le placard. Si le carcajou de sa grand-mère la trouvait et la dévorait ? Ou peut-être le *wendigo* allait-il la transformer en loup-garou ?

— Non ! Pars pas ! Laisse pas moi seule…

Mais Ji'nmul demeura sourd à sa prière. L'important était d'aller chercher du secours. Il sortit du sous-bois et, boitant toujours, reprit le sentier qui menait au village tandis que Ka'lolin pleurait toutes les larmes de son corps. Blessée, abandonnée, elle allait mourir toute seule. « Jamais plus je vois grand-mère, pensait-elle, ni Ji'nmul. »

Celui auquel elle pensait se hâtait du mieux qu'il pouvait vers le village. Pendant ce temps, au campement, le chef allouait à chacun des chercheurs un secteur à ratisser.

C'est ainsi que Ji'nmul, qui n'avait pas franchi deux cents pieds, se trouva face à face avec Roderic. Avec hargne, ce dernier persifla dans un français difficile.

— Toi quoi faire ici, dans le bois, Ji'nmul ? Après Ka'lolin ? Où toi l'as laissée ?

Sourd à l'ironie, Ji'nmul gesticulait.

— Vite ! Vite ! Est tombée dans un trou. Est blessée. Faut l'aider.

L'autre insinua :

— Tombée ? Où ? Toi l'as poussée ? Toi l'as laissée tu-seule ?

Indifférent aux accusations de son interlocuteur, Ji'nmul le bouscula et courut dans le sentier, tout à l'urgence de secourir l'adolescente. Essoufflé, il parvint au village, suivi de près par Roderic.

Mais tous les hommes valides étaient dans la forêt, occupés à la recherche, et le village était vide de ceux qui pourraient aider. Alors Ji'nmul se tourna vers les adolescents.

— Trouvez de la corde, ben longue, pis venez avec moi…

Roderic l'interrompit aussitôt.

— Moi y aller.

— Tu pourras pas tu-seul !

— Moi y aller !

Fort heureusement, Pilip revint vers le campement, tout déconfit de n'avoir trouvé ni Ji'nmul, ni Ka'lolin. Il vit les deux hommes discuter. Le soulagement éprouvé à voir que Ji'nmul n'avait pas quitté le village disparut bien vite. Il s'avança vers les hommes.

— Ka'lolin ?

Roderic lui répondit aussitôt, dans la langue de son peuple.

— Ji'nmul dit qu'elle est tombée dans un trou. Il va falloir des cordes pour la remonter.

Le chef ne comprit rien à cette histoire embrouillée.

— Un trou ? interrogea-t-il, en passant aisément du micmac au français. Tu étais dans le bois avec Ka'lolin ?

Les deux hommes se mirent à parler en même temps, l'un en français, l'autre en micmac. Cela créa une cacophonie telle que le chef se boucha les oreilles pendant un bon moment.

Ce geste calma les deux hommes qui baissèrent le ton. On s'expliqua et le chef indiqua qu'il y avait des cordes dans la remise accolée au bureau du Conseil de bande.

Bien vite, les trois hommes se mirent en marche pour aller secourir Ka'lolin. Au bord du précipice, tous trois penchèrent la tête et distinguèrent l'adolescente immobile. «Morte ou inconsciente?», se demanda le chef. Roderic ne se posa pas de questions, mais chercha le moyen de descendre. Avant que Ji'nmul ait pu le prévenir, il trébucha à son tour et agrippa instinctivement la main qui se tendait vers lui. Sans se soucier des élancements qui assaillaient son genou et sa cheville, Ji'nmul remonta Roderic à bout de bras.

Le chef gronda dans la langue de leurs ancêtres.

— À quoi penses-tu, Roderic? Un accident ne te suffit pas? Si Ji'nmul n'avait pas été là, tu serais tombé aussi. Si tu veux descendre, on va t'encorder.

Solidement ceinturé, Roderic descendit dans le précipice à mesure que le chef et Ji'nmul donnaient du mou à la corde. Parvenu au fond, il se pencha sur l'adolescente et remarqua la jambe repliée sous le corps. Les mains en porte-voix, il cria à son chef:

— Je pense que sa jambe est cassée. On ne peut pas la remonter comme ça, il faut un brancard. Ji'nmul pourrait peut-être aller chercher de l'aide au village?

Le persiflage avait entièrement disparu de son ton. Il était conscient que, sans celui dont il avait rejeté la présence, il serait lui-même tombé et à coup sûr gravement blessé.

Il faudrait de longues heures aux secouristes accourus pour remonter la blessée et celui qui se voulait son sauveteur.

N'eût été le tragique de la situation, le chef aurait souri. Il savait maintenant que Ji'nmul pourrait rester au village, comme il le désirait.

Chapitre 6

Tous pour un

Tout juste trois jours après l'incendie de Rimouski, qualifié de « Nuit rouge » par les journaux, un cri d'alarme se fit entendre à Cabano.

— Au feu !

— Le feu est pris au moulin à scie !

— Ça brûle, c'est effrayant !

Trois gamins couraient dans la rue, s'époumonant, jusqu'à ce que le chef Prosper, de passage dans le village, leur barre la route.

— Vous avez fini de crier ? Ce n'est pas parce qu'il y a eu un feu à Rimouski qu'il va y en avoir un ici.

Mais tout de suite, l'odeur de fumée envahit ses narines et il comprit que l'alerte était justifiée.

Rien ne stimule autant l'imagination des enfants que le spectacle d'un incendie. Toutefois, leur air excité incita le chef à se demander si les adolescents n'étaient pas pour quelque chose dans l'épaisse fumée qui montait vers le ciel. Or parmi ces gamins se trouvait Ma'sl, l'aîné des fils de Claude Battiste, un Micmac ayant épousé une Blanche et dont la famille habitait à Cabano.

Cabano ravagé par un incendie

La Presse, *9 mai 1950*

La situation à Cabano s'aggrave d'heure en heure. Les Chemins de fer nationaux y ont envoyé des trains spéciaux de la Rivière-du-Loup et d'Edmuston (sic). *Des pompiers de ces deux villes, ainsi que de la Rivière-Bleue, sont allés au secours.*

[...]

L'incendie de Cabano gagne sans cesse du terrain. Il s'est déclaré vers 10 heures ce matin. À 2 heures 45 cet après-midi, il avait détruit 150 habitations ou bâtisses plus considérables, parmi lesquels 3 hôtels, et s'attaquait au couvent du village.

L'incendie aurait été allumé par une étincelle de l'incinérateur de la scierie Pelletier. 100 pompiers de diverses municipalities (sic) *sont venus se joindre aux villageois et aux volontiers* (sic) *des paroisses voisines pour combattre l'incendie.*

M. Émilien Morin, maire du village de Cabano, à 50 milles de Rimouski, a aujourd'hui ordonné à toute la population de ce village de quitter les lieux. M. Morin a demandé aussi l'aide de l'armée canadienne et de la Croix-Rouge.

[...]

Le village compte environ 3 mille habitants. Il est situé près de la frontière du Nouveau-Brunswick, Rivière-du-Loup, Notre-Dame-du-Lac, Madawaska, Squatteck (sic), *Edmonston* (sic), *tous des endroits près de la voie ferrée du Témiscouata.* [...]

Selon les témoins, la rue Saint-Georges et la rue Saint-Philippe sont détruites, ainsi que la moitié de la rue Désy, la moitié de la rue Principale, sur la grande route de la Rivière-du-Loup à Edmonston (sic). *La voie ferrée est restée intacte.*

L'honorable Brooke Claxton, ministre de la Défense nationale, a annoncé à la Chambre des communes que l'armée sera envoyée au secours du village incendié.

Le chef revint au campement avec la nouvelle de l'incendie. Pendant un repas communautaire, on discuta de la situation, et la possibilité d'un incendie criminel fut soulevée.

— Es-tu certain de ça, chef?

— Certain, non. Mais je pense que Claude devrait avoir une discussion sérieuse avec son garçon.

Tuma leva la tête vers le chef et demanda à parler.

— Ma'sl sniffe de la colle.

Cette déclaration tomba comme un couperet dans l'assemblée. Surpris, Gabe demanda à son fils d'une voix sèche:

— Comment sais-tu ça, pour Ma'sl?

— La dernière fois qu'il est venu avec son père, il en avait, de la colle. Il a demandé si on en voulait.

— J'espère au moins que tu touches pas à ça, toi...

— J'ai essayé une fois. Ça fait tout drôle dans la tête. Mais je comprends pas pourquoi ça vous dérange tant que ça. C'est pas grave.

Les adultes se rembrunirent. L'usage de diverses drogues commençait à se répandre chez les leurs. Les adolescents respiraient de la colle contact, du diluant à peinture ou de l'essence à briquet. Ils se promenaient, les yeux vagues, la langue molle, apathiques, naviguant dans un monde artificiel.

Pilip répéta qu'il parlerait au père de Ma'sl.

— Si Ma'sl a allumé le feu, est-ce que c'était parce qu'il était drogué ou parce qu'il a été entraîné par ses amis?

En tout cas, il faut absolument que Claude y voie. En attendant, qu'est-ce qu'on décide pour le feu ?

Ce sous-entendu laissa les convives songeurs, mais, plus que tout, une grande inquiétude se lisait sur leurs visages. Jusqu'où se rendrait cet incendie qui risquait de se propager à la forêt ? Dans cette période de sécheresse, les arbres secs constituaient un terrain de propagation idéal, surtout qu'on retrouvait beaucoup de conifères dans la forêt.

Quatre familles micmaques avaient des parents, issus de mariages interethniques, qui habitaient à Cabano, dans la rue Désy ou dans les environs. Au campement, l'inquiétude était vive. Il fut convenu que des hommes se rendraient sur place afin d'estimer les pertes et d'aider leurs compatriotes. Lorsque Pilip fit appel aux membres de la communauté, tous sans exception se portèrent volontaires pour se rendre à Cabano. Pilip désigna Gabe pour l'accompagner.

Dès le lendemain, les hommes se mirent en route. À Cabano, la fumée était omniprésente. L'odeur prenait à la gorge, rendant la respiration difficile. Les émissaires du campement constatèrent toutefois avec soulagement qu'une seule maison abritant des membres de leur tribu avait été réduite en cendres. Celle de Claude Battiste. Son fils, Ma'sl, marchait, tête basse, comme s'il ne parvenait pas à comprendre pourquoi leur maison n'existait plus.

— On pensait pas que ça tournerait comme ça…

Étonné par cette remarque, Claude regarda son fils d'un air interrogateur.

— Tourner comme quoi ?

— Rien. J'ai parlé sans penser.

Le visage ravagé de son fils, sa difficulté d'élocution racontaient une autre histoire. Claude se promit de pousser plus avant la conversation dès qu'il en aurait le loisir. Mais pour le moment, il fallait prendre une décision.

Interrogés par les hommes du campement, les sinistrés déclarèrent déjà ne pas vouloir reconstruire sur l'ancien site. Abandonnant la carcasse calcinée par le feu, ses habitants rejoignirent le vieux campement micmac.

Avec les dix nouveaux arrivants, la communauté de *Saqawi'gann* comptait maintenant un peu plus de cent vingt membres.

La communauté se déplaçait tous les printemps au bord du fleuve pour s'adonner aux activités saisonnières. Cette année-là, l'incident du feu de Cabano retarda la migration de quelques jours.

Comme chaque année, le printemps était consacré à la fabrication et à la réparation de canots qui serviraient pour la pêche. Les gamins s'agitaient autour des chantiers, couraient dans tous les sens sans qu'aucun des hommes manifeste d'impatience. Ainsi, sans vraiment s'en rendre compte, les enfants apprenaient simplement en regardant les aînés travailler. Parfois, on les envoyait chercher de l'eau ou un outil. Fiers de leur importance, ils obtempéraient immédiatement.

Pendant la belle saison, les femmes cueillaient des petits fruits qu'elles feraient ensuite sécher pour les conserver. Les soirées se passaient à coudre des vêtements chauds pour l'hiver en utilisant les peaux et les fourrures d'animaux.

Septembre marquerait le retour dans les terres, la construction d'abris pour les nouveaux venus et le début de la chasse à l'orignal.

Des quatre coins du village, les coups de marteau retentirent dans l'air chaud. On coupait, on sciait, on équarrissait. Construction d'abris pour les familles nouvellement arrivées, fabrication de canots, de cadres de raquettes : chacun travaillait au bien-être des membres de la communauté.

Chez les Blancs comme chez les Micmacs, on fait les mêmes gestes. Toutefois, les croyances ne se rejoignent pas. Car si les Blancs considèrent toujours que la Terre leur appartient, les Micmacs demeurent profondément convaincus que ce sont eux qui appartiennent à la Terre.

DEUXIÈME PARTIE

Le rang Croche

Chapitre 7

Le retour

Les années cinquante

Occupé qu'il était à vérifier des caissons de légumes en partance pour Lévis, Fabien Rioux, le chef de gare de Roches-Noires, ne remarqua pas la femme habillée de noir qui descendait du train, accompagnée par un adolescent boutonneux et efflanqué, à la chevelure flamboyante. L'étrange couple contourna la gare et se dirigea vers un édifice d'où pendait l'enseigne annonçant l'entrée de l'Auberge du Pendu.

Sur place, la femme dit à l'aubergiste: « *One room, please* », en montrant du doigt sa poitrine et celle de l'adolescent pour indiquer qu'elle désirait une seule chambre pour les deux.

L'aubergiste, dont les connaissances en langue anglaise étaient rudimentaires, comprit tout de même la teneur de la demande et le geste qui l'accompagnait. Il prit un formulaire d'enregistrement et le tendit à la femme. Celle-ci se contenta d'y inscrire deux noms: Jennifer Love et Andrew.

Gérard Ruest se demanda ce qui pouvait bien attirer une Anglaise à Roches-Noires. Il regarda l'adolescent prendre l'unique valise de carton et suivre sa mère à l'étage, jusqu'à la chambre sept. Intrigué, il se promit de téléphoner à son ami Paul-André Rioux, qui parlait anglais, et de lui demander de passer à l'auberge. Car, si peu curieux qu'il fût, Gérard se posait des questions sur cet étrange couple. Aurait-il été plus à l'aise qu'à son habitude, il aurait parlé, par l'intermédiaire d'un interprète, de la présence à l'auberge d'un grand chien noir qui annonçait la mort. Mais cette grande femme au visage fermé l'intimidait. De ses yeux noirs profondément enfoncés dans leurs orbites émanaient des ondes bien plus menaçantes que celles véhiculées par la légende chère à l'aubergiste.

Belle, la femme l'était, incontestablement. D'une beauté tout aussi inquiétante qu'elle était fascinante. Et Gérard Ruest n'était pas du tout certain d'apprécier la présence de cette nouvelle cliente.

Dans la chambre sept, la femme fit signe à l'adolescent de déposer la valise sur le lit, l'ouvrit et en retira une lettre qu'elle fourra dans un sac à main informe. Ensuite, sans échanger un seul mot, les deux clients de Gérard redescendirent, sortirent de l'auberge et commencèrent à arpenter la rue principale.

Ils entrèrent au magasin général, où la femme retira la lettre de son cabas et montra l'adresse de l'expéditeur à Alphée Arsenault.

— P.A. Rioux ? Vous voulez savoir où c'est qu'y reste ?

Le fils hocha affirmativement la tête. Alphée sortit de derrière son comptoir et se dirigea vers l'arrière-boutique, suivi par ses étranges visiteurs. Il ouvrit la porte du magasin, fit signe au couple de s'approcher et montra du doigt un chemin poussiéreux.

— C'est pas compliqué, vous prenez le rang Croche, vous marchez deux milles pis vous êtes rendus. C'est une grosse maison en bardeaux verts avec une enseigne sur le devant où c'est que c'est marqué : Ferme Rioux. Vous pouvez pas la manquer.

Puis, constatant qu'il parlait tout seul au milieu du silence des inconnus, il se tut.

Sans un mot, Jennifer et Andrew prirent le chemin indiqué.

Dans le rang Croche, la ferme Rioux était tout, sauf une ferme. La maison abritait une ribambelle d'habitants unis par les liens du sang. Il fallait, pour s'y retrouver parmi tous ces cousins, gendre, enfants, grands ou petits, connaître la famille depuis toujours. Ainsi, l'aïeul, Paul-André Rioux, et sa descendance, la famille Lebel avec leurs quatre enfants, et enfin Johanne, fille de Paul-André venue sur le tard, ne représentaient qu'une partie de la population de la ferme Rioux. Et encore, c'était sans compter un chiot, cadeau du grand-père à son petit-fils, une chatte qui mettait bas tous les six mois et une perruche, donnée par Fabienne à sa fille Françoise.

Tous ces Rioux semblaient ployer sous le joug d'épreuves répétées.

En cette fin de journée, Fabienne Lebel faisait part à son mari des inquiétudes que lui causait le comportement bizarre de Serge, le fils aîné.

— Y est toujours fourré dans son coin, pas moyen d'y tirer un mot.

— De quoi tu te plains ? S'y parle pas, ça doit être parce qu'y a rien à dire, c'est toute.

Enfant solitaire, toujours absorbé dans ses pensées, Serge se sentait souvent incompris, ce dont témoignait son visage triste. S'il arrivait souvent que l'on souligne sa ressemblance frappante avec son père, Serge n'en avait pas moins l'impression de ne pas appartenir à cette famille où il se sentait de trop. Il était un intrus ignoré, un enfant dont la place était indéterminée, comme en suspens, un enfant ni aimé, ni détesté. Absent.

Avec le temps, il avait appris à se fondre dans le décor ou à disparaître pour de longues heures sans que personne s'aperçoive de sa présence, ou s'inquiète de son absence. Il partait se promener, allait rêver près de la rivière ou encore dans la forêt interdite. Solitaire, il tournait autour du grand chêne et interrogeait les arbres ou les écureuils dans son esprit. Son désir de percer le secret de la forêt était intense, presque impérieux.

Restait le grand-père, qui parlait volontiers de sa vie passée. L'adolescent écoutait religieusement son aïeul raconter la vie de ces gens venus avant lui, tracer un morceau d'histoire.

Ainsi, Serge savait que plusieurs personnes avaient quitté la maison paternelle, volontairement ou non. Il interrogeait inlassablement son grand-père.

— Poléon, vous l'avez jamais revu ?

— Jamais. Je sais même pas s'il est encore en vie.

— Florence, elle ?

Florence… Deux ans auparavant, le marchand général était allé à Montréal pour réapprovisionner son stock. De retour à Roches-Noires, il s'était rendu chez son ami Paul-André pour lui dire qu'il avait rencontré Florence dans la rue. Malgré les précautions prises par Alphée pour ne pas le vexer, P.A. avait vite compris que sa fille faisait le trottoir. Mais ce n'était pas une chose à dire à un enfant.

— Elle itou est partie, pis je sais pas où c'est qu'alle est.

Les autres membres de la famille passés en revue, Serge implorait :

— Contez-moi encore comment c'était, pépère, dans votre jeune temps.

Les paroles du pépé offraient tout un monde à l'imagination du jeune garçon. Quand l'aïeul ne serait plus là, Serge partirait ; il en avait déjà pris la décision.

Chapitre 8

Saqawi'gann – Le loup noir

Lorsqu'elle étudiait en infirmerie, Oona Mathias s'était rendue chez les Malécites à Cacouna pour tenter de retracer ses origines, sans succès. Elle n'y apprit rien qu'elle ne savait déjà, soit qu'elle avait été laissée à l'abandon sur le perron du couvent de Roches-Noires alors qu'elle n'était encore qu'une toute petite fille, prononçant quelques mots en français et d'autres d'une langue étrangère que les sœurs avaient à l'époque associée à celle des Malécites.

Puis, elle fit une rencontre qui allait non seulement transformer sa vie, mais réorienter ses recherches.

À l'hôpital de Rimouski, où elle travaillait, un jour qu'elle se dirigeait vers la salle d'opération transportant un plateau d'instruments chirurgicaux stérilisés, elle fit un faux pas et renversa le contenu du plateau sur le plancher de terrazzo. Un bruit de tonnerre avait suivi. Des portes s'étaient ouvertes sur des curieux qui s'étonnaient de ce tintamarre.

Un homme vêtu de blanc s'était approché, le visage crispé de colère. Regardant l'étudiante avec des yeux sévères, il s'était exclamé :

— Vous ne pourriez pas faire attention ? Regardez-moi ça ! Il va falloir stériliser tous ces instruments une nouvelle fois.

Confuse, le visage rouge de honte, Oona n'avait pas répondu. L'homme avait renchéri :

— Eh bien, qu'est-ce que vous attendez ? Ramassez-moi ça en vitesse et allez les porter à stériliser. Vous croyez qu'on n'a que ça à faire, vous attendre ? À cause de votre maladresse, tout notre horaire est chamboulé.

La mauvaise foi de l'homme était telle qu'Oona redevint un instant celle qui avait appris à se défendre en travaillant au presbytère avec l'insupportable Clémence Bigot.

— Si vous êtes si en retard que ça, aidez-moi ! À deux, ça ira plus vite.

Pendant un long moment, le jeune homme n'avait rien dit et Oona commença à craindre d'être renvoyée de l'école d'infirmières. Mais, tout à coup, un petit sourire plissa les lèvres de l'homme.

— Excusez ma mauvaise humeur. La journée a mal commencé pour moi. D'accord, je vous aide.

Le midi, au réfectoire, Oona avait raconté l'incident à ses compagnes.

— En tout cas, celui-là, il se prend pour un autre. Jamais vu un gars aussi désagréable.

Sa compagne avait répliqué :

— Je sais de qui tu veux parler. C'est un infirmier qui travaille en salle d'op. Il s'appelle Albin Noël. Les docteurs disent qu'il aurait pu faire un médecin s'il avait pu étudier plus longtemps. Mais c'est vrai qu'il est orgueilleux. Tiens-toi loin de lui, c'est tout ce que je peux dire.

Et Oona, en se levant de table, avait répondu :

— C'est bien mon intention.

Comme elle allait sortir du réfectoire, plongée dans ses pensées, elle se heurta à une grande montagne blanche qui éclata de rire.

— Décidément ! Nous sommes destinés à nous rencontrer ! Je vous fais tant d'effet que ça, mademoiselle, pour que vous me tombiez dans les bras à chaque rencontre ?

Elle haussa les épaules et passa son chemin. Comme elle se hâtait vers la salle de cours, il éleva la voix :

— Mais attendez ! Quand est-ce qu'on se revoit ?

Il l'avait invitée au restaurant, puis au cinéma, et ils étaient vite devenus inséparables.

Quelques années plus tard, Oona avait parlé de sa quête d'identité à son amoureux.

— Les sœurs m'ont raconté que j'avais été trouvée sur le perron du couvent de Roches-Noires quand j'avais à peu près trois ans.

Étonné, il avait demandé :

— Et tu es restée là, sur le perron ?

— On m'a dit que je pleurais là, toute seule. Les sœurs m'ont recueillie, elles ont essayé de me faire parler. Il paraît que je disais seulement quelques mots de français. J'ai pensé que mon père devait être un Blanc. Je connaissais aussi des mots dans une langue étrangère. Probablement du malécite.

— Te rappelles-tu encore de certains de ces mots étrangers, même si tu n'étais qu'un bébé ?

— Eh bien… Ça fait longtemps, tu sais, et j'ai oublié beaucoup de choses. Mais je me rappelle d'une femme penchée sur moi qui disait : *Elumea.* Je ne sais pas pourquoi ce mot-là m'est toujours resté en tête.

— *Elumea*… Je retourne à la maison…

— Comment sais-tu ce que ça veut dire ?

— Eh bien, parce que c'est du micmac, ça, Oona, pas du malécite !

— Il n'y a pourtant pas de Micmacs, par ici.

Albin avait souri.

— Tu te trompes. Il y a un campement au bord du lac Pohénégamook, tout près de la frontière du Nouveau-Brunswick.

Oona n'avait pas caché sa surprise, soudainement muette.

— L'homme qui t'a abandonnée, ce ne serait pas ton père, par hasard ?

— Je ne sais pas.

Albin avait réfléchi, puis proposé à sa fiancée :

— La semaine prochaine, t'es en congé ? Tu vas venir avec moi jusqu'au campement. On va aller voir la chamane, Hannah. Elle sait communiquer avec les esprits. Je pense qu'elle pourrait t'aider.

Alors qu'Oona et Albin entraient dans la cabane de la femme sans âge, un adolescent en sortit sur un bref échange en micmac.

— Merci, Hannah. Je peux revenir demain ?

— Quand tu veux.

La fierté et la tendresse d'Hannah pour son arrière-petit-fils éclairaient son regard. Ce dernier venait régulièrement la regarder travailler, préparer les herbes pour les faire sécher, et lui poser des tas de questions.

Hannah se tourna vers ses visiteurs, le visage accueillant.

Après avoir souri à l'adolescent, Albin annonça, sans qu'Oona puisse saisir le sens des mots étrangers :

— Je t'avais promis de te présenter ma fiancée, Hannah. Elle s'appelle Oona. Et elle a besoin que tu l'aides.

La vieille femme écouta attentivement ce que lui raconta Albin : la quête inutile, les heures passées à compulser livres et registres malécites. Hannah hocha la tête. Oui, elle allait aider.

— Je dois me préparer. Revenez dans deux jours.

Les fiancés allèrent dormir chez Pilip Prosper, le chef, à qui Albin présenta une nouvelle fois sa future femme. Pendant la veillée, Oona les interrogea :

— Hannah a dit qu'il fallait qu'elle se prépare. Qu'est-ce que ça veut dire ?

— Avant de faire appel aux esprits, elle doit prier et jeûner, répondit son amoureux.

Fatiguée par les émotions de la journée, Oona s'endormit rapidement tandis que le chef et Albin fumèrent une pipe en silence. Finalement, passant du français au micmac, le chef s'enquit :

— Ta fiancée veut-elle un mariage religieux ?

— Oui. D'abord, elle a été baptisée, ensuite ses amies à Roches-Noires sont catholiques. Alors, elle tient au mariage à l'église.

— Et toi ?

Albin eut un grand sourire.

— Moi ? Si elle est contente, je suis content aussi. Mais j'aimerais bien que So'sep nous marie à la façon micmaque. Oona ne connaît pas ses origines, mais se marier chez les Micmacs lui donnerait un sentiment d'appartenance. Elle ferait enfin partie d'une tribu. Tu crois que So'sep acceptera de nous marier ?

— Je vais lui en parler, mais je ne vois pas pourquoi il refuserait.

Deux jours plus tard, les fiancés se rendirent chez Hannah. Oona était troublée. La vieille femme allait-elle vraiment pouvoir l'aider à trouver ses origines ? Toute sa vie, Oona s'était interrogée en silence sur sa véritable identité. Les injures qu'on lui lançait à l'époque ne la troublaient pas particulièrement, mais la sempiternelle question : « Qui suis-je vraiment ? » lui rongeait le cœur. Si Hannah ne trouvait pas, Oona devrait-elle se résigner à n'être qu'une personne ordinaire ? Pourtant, elle demeurait profondément convaincue de posséder certains pouvoirs dont elle ne connaissait pas l'origine.

En pénétrant chez Hannah, la première chose que vit Oona fut une roue de médecine. Elle ne connaissait pas au juste le rôle de cette roue, mais elle sentait qu'elle était importante. Elle demeurait immobile en attendant les explications de la chamane. Cette dernière commença à parler d'une voix solennelle, tandis qu'Albin traduisait chacune de ses phrases.

— La Médecine de la Terre, c'est l'énergie, une force vitale inhérente à la Nature ; la médecine d'une personne, c'est ce qui est en dedans d'elle. La roue de médecine permet d'établir l'harmonie entre les forces terrestres. Toi, jeune fille qui cherche ton passé, rappelle-toi que la vie est une transformation dans le temps. L'avenir se prépare dans le présent, mais à partir de l'héritage du passé. La Médecine de la Terre montre que nous ne sommes pas prisonniers de choses immuables ; elle incite au changement pour nous permettre de devenir ce qu'on doit être.

Ce discours troubla encore plus Oona, qui ouvrit la bouche pour poser une question, mais la referma aussitôt, car Hannah avait fermé les yeux et semblait plongée dans un rêve. À mi-voix, Albin prévint sa fiancée :

— Elle entre en communication avec les esprits. Il ne faut pas la toucher ni lui parler.

Il fallut un long moment avant que la chamane parle. L'attente se prolongea à tel point qu'Oona en vint à se demander si Hannah n'était pas tout simplement endormie. Comme elle s'apprêtait à demander ce qui se passait, la vieille femme se mit à parler alors qu'Albin traduisait ses propos à voix basse.

— Je vois une femme, un bébé dans les bras… La femme est très faible… elle laisse tomber l'enfant par terre… Un homme se penche… Il n'est pas content… La petite fille lève le bras, elle protège son visage…

La séance de spiritisme et de voyance fut longue et pénible. Hannah en ressortit tellement épuisée qu'elle dut s'étendre un instant. Puis elle se releva et raconta son voyage dans le monde des Esprits.

— J'ai interrogé le Créateur, le Soleil et le Vieux Sage. Ils disent que tu as été conçue dans la violence. Ton père était un de ces Blancs qui viennent chasser sur nos terres et s'emportent s'ils n'arrivent pas à tuer. Ils ne voient rien, sont incapables de trouver une piste ou de sentir la présence d'un animal. À la fin d'une journée de chasse, ton père a vu ta mère qui trempait ses mains dans l'eau de la rivière pour laver son visage. Elle était belle, ton père était fort. Tu es née de cette union, une union sans amour, une union contraire aux préceptes et aux coutumes de notre peuple. Tu as été prénommée Oona par ta mère, morte quelques années après ta naissance. Ton père n'a pas voulu s'embarrasser de toi, alors il t'a abandonnée sans jamais se soucier de ton sort.

Après qu'Albin eut traduit cette dernière phrase, Oona demanda :

— Ma mère était une Micmac ?

— Oui, car les Esprits m'ont répondu. Si tu n'avais pas été des nôtres, ils seraient demeurés silencieux.

Avec amertume, Oona conclut :

— Je comprends. Je suis une Sauvagesse. C'est pour ça que mon père m'aimait pas.

Alors Hannah redevint solennelle et Albin l'imita pour rapporter ses paroles à sa belle.

— Un sage Aîné a un jour raconté : "Tout le monde a deux loups dans sa tête, un noir et un blanc, un mauvais et un bon. Le loup noir, c'est ce qui est mauvais, la colère, le mensonge, la tristesse, la hargne. Le loup blanc, c'est tout ce qu'il y a de bon en nous : la vérité, l'humilité, la bonté, la générosité." Un petit garçon s'est levé devant l'Aîné. Oh, il ne devait pas avoir plus de sept ou huit ans. Il lui a demandé : "Comment fait-on pour que le méchant loup parte ?" L'Aîné a répondu : "C'est toi qui décides. Le loup qui reste, c'est celui que tu nourris." Il ne faut pas nourrir le loup noir, Oona. Ce n'est bon ni pour toi, ni pour ceux qui t'entourent.

Chapitre 9

P.A. et la sorcière noire

Fabienne préparait le souper tandis que Jules pis moi on fumait une pipe. Juste comme on allait commencer à manger, le téléphone avait sonné. C'était Gérard Ruest, qui voulait me parler.

J'y avais lancé, comme ça :

— Bonjour, monsieur le maire !

— Arrête de m'étriver, P.A. Je t'appelle pas comme maire, je t'appelle comme ami. Une petite partie de cartes à soir, ça te dirait-tu ? On demanderait à Alphée itou.

— Une partie de cartes en semaine ? Toi, mon ratoureux, je te vois venir. Tu dois avoir d'autre chose derrière la tête.

— C'est vrai. Un petit service à te demander. J'ai une cliente icitte qui parle anglais… Je t'en dirai plusse à soir.

— Bon, ben, c'est d'adon. M'en vas être là après souper.

Y en a qu'appellent ça un pressentiment…

Gérard avait parlé d'une cliente anglaise. Ça m'a fait penser à quand j'étais aux *States* avec Jennifer. Je m'ai demandé de que c'est qu'a pouvait faire astheure… Était-tu encore aussi belle que dans mes rêves ? A faisait-tu encore pousser des fleurs au ras sa maison, alle allait-tu encore se promener au quai ? J'avais beau avoir aimé Madone, des bouttes, je m'ennuyais ben gros de Jennifer, même si c'est certain qu'était pas un ange, elle.

Je m'étais passé de l'eau dans face avant d'aller à l'auberge jouer aux cartes. Comme que j'allais saluer Fabienne pis Jules pis partir, v'là que ça frappe à porte.

Des fois, on dirait que toutes les affaires arrivent ensemble. C'était de la visite. De la visite que j'attendais pas pantoute. Tellement, que j'ai rasé de tomber sur le derrière.

— Jennifer ?

— *Hello*, Frenchie !

Était toujours aussi belle avec ses cheveux longs jusqu'aux fesses, ses yeux noirs pis un corps qu'y avait pas beaucoup de femmes qui pouvaient l'accoter.

Était pas tu-seule, alle avait un grand gars avec elle. Je leur ai fait signe de s'assire, toutes les deux.

J'avais des questions, encore des questions, je savais pas par où commencer. Ça fait que je m'ai remis à l'anglais, qu'était pas trop rouillé, pour y demander :

— Qu'est-ce que tu viens faire ici, Jennifer ?

— Tu parles d'une question ! Je suis venue te voir, Frenchie. Tu n'as pas l'air content…

— Non, ce n'est pas ça. C'est juste que… je ne sais pas trop comment te dire ça… Mettons que tu tombes mal !

La face y a changé.

— Comment ça, je tombe mal ? Je suis venue te présenter Andrew. Il faut bien que tu le connaisses.

— Ton fils ?

A m'a regardé drette dans les yeux, pis alle a dit, pareil comme si était enragée après moi :

— C'est ton fils aussi.

Ah ! ben ça, c'est la meilleure ! J'avais un autre garçon pis je le savais pas. Je l'avais jamais vu. Je pourrais pas dire ce que ça m'a faite. J'avais perdu un fils, pis v'là qu'y m'en venait un autre quand je m'y attendais pas.

— Je ne le connais pas, cet enfant-là.

— Tu vas le connaître. C'est pour ça qu'on est ici. Pour que ton fils apprenne à connaître son père et pour que moi, je retrouve mon homme. Tu m'as manqué, Frenchie.

Les garder icitte ? Jamais de la vie ! Ma famille me le pardonnerait pas, rapport au scandale. Rapport à l'argent, itou. J'étais rendu intéressant astheure que j'avais fait le motton avec mes meubles. Mais ça, Jennifer le savait pas. Malgré que j'y avais envoyé de l'argent de temps en temps quand j'étais certain que Madone pouvait pas le savoir. Par après, quand Madone est morte, j'ai arrêté les lettres, je sais pus trop pourquoi. Comment qu'alle avait faite pour trouver mon adresse ? J'y ai demandé.

— Avec tes lettres, j'ai vu le nom du village sur le tampon. Je savais que c'était un petit village. J'étais certaine que tout le monde te connaissait. C'est le marchand général qui m'a montré où tu restais.

Attends que j'y parle, à Alphée Arsenault ! Y va avoir ma façon de penser. Y avait pas d'affaire à dire à Jennifer où c'est que je restais sans me demander si j'étais d'adon. Une surprise comme ça, j'aurais pu m'en passer.

En attendant, que c'est que je pouvais faire avec elle pis son gars ? J'arrivais pas à crère que c'était à moi, ce grand tarla-là. Ben juste si y se décrottait pas le nez.

— Tu dis que tu es venue pour me faire connaître Andrew. C'est fait. Tu peux retourner à Salem. Je vais t'envoyer de l'argent jusqu'à ce qu'il gagne sa vie. Toi, tu as ta maison de pension, tu peux vivre avec ça.

Par chance que Fabien était pas icitte. Y a été marié assez longtemps avec une Anglaise, y comprend l'anglais astheure.

Fabienne, elle restait là, plantée comme un piquet, sans comprendre ce qui se passait.

Jennifer m'a regardé d'un drôle d'air.

— Si je comprends bien, ta famille n'est pas au courant que nous sommes mariés ?

— Chut ! Non, mais t'es folle de dire ça devant mes enfants ? Ils ont beau ne pas comprendre l'anglais, il y a des mots qui sont faciles à reconnaître. C'est sûr que non, mes enfants ne le savent pas, et j'ai bien l'intention que ça reste comme ça. Quand je t'ai mariée, Madone vivait encore. M'aurais-tu vu leur dire que j'avais une autre femme aux États-Unis ? C'est clair que je me serais directement retrouvé en prison. Et que le curé m'aurait excommunié. Même si je suis maintenant veuf, je ne peux pas te garder, Jennifer. Reste un peu à l'hôtel si tu veux ; j'irai te prendre tous les jours pour te montrer le coin ; je paierai ta chambre, mais tu ne peux pas rester ici, à la maison.

Tu vois ? Je le savais que ton passé te rattraperait ! Va falloir faire face à musique, astheure. T'auras pas le choix, mon idée. Est venue pour rester, celle-là. Pis ç'a quasiment l'air que c'est elle qui décide. Comme Madone. T'as toujours choisi des femmes qui te menaient par le boutte du nez, mon P.A.

Ma conscience se trompait pas. Jennifer s'est levée toute d'une traite.

— Je suis venue pour rester. Pour vivre avec mon mari. Tu peux dire ce que tu veux à tes enfants, mais je m'installe dans ta maison, et dès ce soir.

— Jennifer ! Je viens juste de te dire que je ne pouvais pas te garder.

— Arrange-toi comme tu veux, mais je ne bouge pas d'ici.

Je savais que c'était mieux de pas la faire fâcher si je voulais pas qu'a me jette un sort. Je l'avais déjà vue faire quand qu'était contrebarrée. A pouvait te rendre infirme d'un coup, juste comme ça. J'ai ben été obligé d'y dire :

— C'est correct, je vais te garder pour un bout.

— Non. Pour tout le temps.

— On en parlera plus tard… Fabienne, Jules – que je leur ai dit en françà en me tournant vers eux autres –, je voudrais vous présenter Jennifer Love. C'est elle qui m'a ramassé à moitié mort de faim quand j'étais aux *States*.

Jules s'a avancé pour y serrer la main, pis Fabienne est restée là, plantée deboutte.

— Jennifer pis Andrew vont rester quèques jours icitte. Y ont faite un long voyage, on peut pas leur refuser l'hospitalité.

— Où c'est que vous voulez que je les mette, son père ? Y a pas de place. Toutes les chambres sont occupées, vous le savez ben.

— T'as juste à prendre la chambre de Johanne. Elle, a peut coucher avec tes filles, pis Andrew avec Serge. Je suis certain que tu vas trouver un moyen de toute arranger. Je m'en vas sus Gérard, à l'auberge, mais je reviendrai pas tard.

Jennifer suivait nos paroles sans comprendre en tournant la tête d'un bord pis de l'autre, comme si on avait joué au ping-pong. Fabienne, elle, était pas contente pantoute.

— Vous allez toujours ben pas nous laisser tu-seuls avec eux autres ? On comprend pas un mot d'anglais, parsonne, vous le savez.

— J'ai promis à Gérard… Ah ! et pis t'as raison. M'en vas rester à maison.

Quand j'ai téléphoné à Gérard pour y dire que je pouvais pas y aller parce que j'avais de la visite des *States*, y a parti à rire.

— Ça serait-tu mes clients d'après-midi qui seraient chez vous, des fois ?

— En plein ça. Tu comprends, cette femme-là, c'est elle qui m'a pensionné quand j'étais aux États. Je peux pas y refuser l'hospitalité.

C'est comme ça que Jennifer s'avait installée chez nous. Ç'a pas été une traînerie que les deux femmes se sont chicanées. Fabienne avait beau pas parler l'anglais, Jennifer avait beau pas comprendre le françа, y en avait toujours une des deux qui criait « *No! No!* » ou ben donc « Non ! Non ! »

Toujours est-il qu'un beau midi, en mettant la table, Fabienne a éclaté.

— Vous rendez-vous compte, son père, de toute l'ouvrage que j'ai ? J'arrive pus. Pas rien que ça : votre Jennifer veut toute runner, a déplace toute dans maison, a veut toute faire à sa manière, pis, sa manière, c'est pas la mienne. Son gars fait rien de ses dix doigts, on dirait quasiment que Poléon est revenu. Andrew est aussi lâche que mon frère était. Ça fait que là, son père, je suis sérieuse. C'est elle ou ben c'est moi. Je peux pus endurer ça.

— Fabienne…

— Ah ! non, son père, essayez pas de me faire entendre raison. Si vous tenez à garder Jennifer, pourquoi c'est faire que vous allez pas rester dans maison à mononcle Damien avec elle ?

— Tu y penses pas ! La maison à Damien, c'est sacré. Et pis tu sais ben que je peux pas rester tu-seul avec elle. Pense aux convenances…

— Les convenances, astheure ! Pensez-vous que je suis aveugle pis sourde, son père ? Pis pensez-vous que je le sais pas qu'a va vous retrouver dans votre litte la nuite ? Me semblait que vous tentiez sus Rose-Délima Lepage ?

Par chance qu'alle avait pus de souffle, parce qu'était partie pour la gloire, Fabienne. Un peu plus pis alle accusait Jennifer de toutes les péchés de la terre. Mais les péchés, ou plutôt le grand péché, c'est moi que l'avais faite. Jennifer était ma femme, je l'avais mariée, j'y avais fait un enfant, je pouvais pus m'en dédire. Mais si je faisais avaler ça à famille, j'étais pas mieux que mort.

Jennifer nous regardait parler. A voyait ben que Fabienne était en joual vert, mais a comprenait pas pourquoi.

— Qu'est-ce qu'elle a, ta fille ?

Ça commençait à être fatigant de toute dire en anglais.

— Elle dit que tu fais tout pour la contrarier et que ton gars ne nous aide pas avec les chevaux.

— Mon garçon ? Tu parles de notre fils ? Mais toi, Frenchie, qui crois-tu qui ait raison ?

Jennifer s'attendait à ce que je prenne pour elle, Fabienne itou. C'était malaisé pour moi. Au moins, Fabienne, a comprenait pas quand qu'on se parlait, Jennifer pis moi.

— Je pense, Jennifer, que c'est vrai que tu fais les choses différemment de Fabienne. Ce n'est peut-être pas pour la faire fâcher, mais c'est quand même ce qui arrive.

C'est là que Jennifer m'a quasiment assommé.

— Je suis ta femme, Frenchie. C'est moi la maîtresse de maison. Ce serait plutôt à ta fille de s'adapter, tu ne penses pas ? Si je ne me trompe pas, tu n'as encore mis personne au courant de notre situation ?

— Je ne peux pas, tu comprends, Jennifer ? Si je dis qu'on est mariés, ça va faire un scandale dans la paroisse, personne ne voudra plus me parler, je vais être obligé de partir d'ici. En plus, t'as vu comme on est tassés dans la maison ? Non, je ne peux pas dire qu'on est mariés et je ne peux pas te garder non plus. Il va falloir que tu retournes à Salem.

C'est là que le chat a sorti du sac.

— Je ne peux pas retourner à Salem, Frenchie… J'ai soigné une petite fille en y donnant des herbes, mais elle est morte, et on dit que c'est moi qui l'aurais tuée. Si j'y retourne, c'est la prison qui m'attend.

Que c'est que tu choisis, P.A ? La prison pour Jennifer ou ben donc l'enfer pour toi ? Envoye, décide !

Chapitre 10

Tu veux ou tu veux pas, Rose-Délima ?

Faut savoir que ben avant que Jennifer débarque comme un cheveu sus la soupe, y s'était passé des affaires que je pensais que parsonne avait eu connaissance de. Mais j'ai ben vu que je me trompais, rapport que Fabienne escouait la tête comme si a pouvait pas crère que c'est que j'avais dit.

— Oui, ma fille. M'en vas aller rester dans maison à côté de chez nous. Ça va faire une place parfaite pour moi pis Ros…

— Pour vous pis Rose-Délima, son père ? Pensez-vous que je le sais pas que vous pensez à vous remarier ? Je suis pas aveugle. J'ai ben vu comment vous la regardez quand qu'on est à église.

— Ça, ma fille, c'est mes affaires !

— Non ! Vous pouvez pas dire ça. Pis vous pouvez pas faire ça ! La mère d'une folle finie ! Vous savez ben que, sa Fleur-Ange, alle a pas toute sa tête à elle. Toute le village va mourir de rire. Pis nous autres, la famille, avez-vous pensé à nous autres ? De quoi c'est qu'on va avoir l'air ?

Ouais. Ça, c'était avant que Jennifer arrive. J'avais jamais été aussi mal pogné. Faut dire que Fabienne avait eu raison quand qu'alle avait dit que je tentais sus Rose-Délima. Même que mon affaire était déjà ben partie quand que Jennifer est arrivée.

En premier, j'avais été voir le curé pour savoir de quessé qu'y en pensait. J'étais pas certain qu'y aimerait l'idée de marier deux vieux, mais en toué cas, on verrait ben ce qu'y dirait.

Quand j'ai sonné au presbytère, j'étais pas gros. Mais le curé m'a ben reçu.

— Tout d'abord je veux vous informer, Paul-André, que madame Lepage est venue me voir il y a quelques jours, pour me faire part de vos intentions. Personnellement, je n'ai aucune objection à célébrer ce mariage. Vous êtes libres tous les deux, vos enfants sont autonomes, alors, quoi de plus normal que d'unir vos destinées ?

— De même, vous seriez d'adon pour qu'on se marisse ?

Y m'a regardé drette dans les yeux.

— Personnellement oui, je viens de vous le dire. Cependant, madame Lepage m'a fait part de certaines craintes qu'elle éprouvait...

— De quoi qu'alle a peur ? Ça serait-tu qu'a pense que je suis pas honorable ?

Le curé avait l'air d'un gars qui regrette d'avoir trop parlé.

— J'ai conseillé à madame Lepage de vous faire part elle-même de ses préoccupations et je suis certain que vous pourrez la rassurer. Vous n'avez rien à cacher, n'est-ce pas ? Alors, allez la voir, ouvertement. J'ai toujours été contre les commérages et si jamais on vous fait des remarques sur vos fréquentations, vous répondrez que votre curé, lui, les approuve.

J'avais écouté le curé au moins pour une affaire : j'avais été frapper à porte sus Rose-Délima drette en sortant du presbytère. C'est son garçon, Bernard, qu'avait rouvert la porte.

— Monsieur Rioux ? Qu'est-ce qui nous vaut l'honneur ?

— Euh… ça serait-tu possible de parler à ta mère ? J'arais de quoi de ben important à y dire.

Mon idée, c'était que le Bernard y savait pourquoi que j'avais affaire à sa mère. Y a rien dit là-dessus, mais ça y paraissait dans face qu'y savait de quoi.

— Sa mère est pas icitte, monsieur Rioux. Est partie au couvent des sœurs à Rimouski faire une retraite fermée. Vous pourrez pas la voir avant l'autre dimanche. M'en vas y dire que vous êtes passé.

Je m'étais retrouvé dehors aussi sec, les bras pendants, ma demande en mariage serrée entre les dents. Une semaine, c'est long en saudit. Pourquoi c'est faire que Rose-Délima se posait des questions sus moi ?

Quand qu'avait sorti de sa retraite, j'avais retourné la voir. En la questionnant, j'avais fini par savoir de que c'est qui la travaillait de même.

— Apparence que tu te poses des questions. À cause ?

— Que c'est qui m'inquiète, c'est que si tu décides de partir pour les États, comme t'as faite dans le temps que Madone était là, je vas avoir l'air d'une vraie folle.

— En v'là une affaire, astheure ! Voir si je serais pour partir en sauvage juste après mon mariage.

J'ai rasé de tomber sus le dos quand qu'a m'a dit que, dans le temps, ça s'était parlé en masse, au village, que j'avais parti.

— Même que le monde disait que t'étais parti avec une mauvaise femme, pis que Madone était aussi ben de faire son deuil de toi.

J'en revenais pas.

— Pis Madone, elle, de que c'est qu'a disait ? A parlait pas que j'y avais demandé de s'en venir avec moi ? Que je m'avais trouvé une bonne job sus les gros chars, pis que je l'attendais ?

— Écoute, P.A., quand t'es parti, Madone attendait du nouveau. Alle a jamais rien dit à savoir qu'était supposée d'aller te rejoindre. En toué cas, pas à ma connaissance, même si, dans ces temps-là, le monde du fleuve pis les ceusses de la terre se parlaient quasiment pas. Non, toute le monde plaignait Madone d'avoir marié un sans-cœur qui l'avait plantée là.

J'y ai conté toute de que c'est que j'avais dit aux filles après que Madone a mouru. Toute ! Les lettres qu'avaient traîné dans le tiroir à *post office*, l'argent que j'avais envoyé à Damien…

— Je peux pas faire avec toi comme que j'avais faite avec Madone, te montrer les lettres. Je les ai pus. Mais tu dois ben te douter que si Madone m'a laissé y faire un enfant quand j'ai reviendu, c'est parce qu'a me crèyait, elle. Toi, Rose-Délima, me cré-tu ?

J'ai ben vu qu'a branlait encore dans le manche, ça fait que j'en ai rajouté.

— Tu sais, si c'était juste de la couchette, je pourrais faire comme qu'y en a ben d'autres, aller dans une mauvaise place. Mais je te respecte pis je me respecte mieux que ça. Tu le sais, Rose-Délima, que je couraille pas, rapport que par icitte, ces affaires-là, c'est connu quasiment aussitôt que l'idée t'en vient.

— Ça, t'as raison, tu tiens ta place, P.A. Mais y a d'autre chose que je peux pas te dire. Si je dis oui, serais-tu d'adon pour qu'on reste au village avec mes enfants ?

Je l'avais pas vue venir, celle-là ! Rester dans la maison pis coucher dans le litte à Pierre-Paul Lepage, on peut pas dire que ça me tentait ben gros. C'est là qu'y m'était venu une idée.

— Que c'est que tu dirais, si on allait rester sus Damien, à place ? Là, au moins, on arait une vie privée. La maison est encore solide, prends-en ma parole. Et pis t'arais ben plus de place pour faire un jardin. Même planter des fleurs. Les femmes aiment ça, d'habitude, planter des fleurs.

Mais a pousseront jamais aussi vite que quand Jennifer les plantait… — Que c'est qui te prend ? T'as toujours dit que jamais parsonne resterait dans maison à Damien. T'as changé ton idée ? — C'est pas ça, mais j'ai pas envie pantoute de rester avec ses enfants pis ses petits-enfants. — Bonne chance, P.A. Parce que mon idée que pour y faire accepter ça, t'es pas rendu. Non, t'es pas rendu pantoute.

— Je sais pas trop, P.A. Je sais pas si je vas être capable de me passer de regarder le fleuve. Icitte, y a une belle véranda toute vitrée que je peux m'installer dedans l'hiver avec mon tricotage. L'été, j'ai juste à faire quèques pas pour aller au bord de l'eau. Je te l'ai déjà dit, ça. M'en aller rester dans le rang Croche, m'en vas m'ennuyer du fleuve sans bon sens.

C'est vrai que d'une manière, alle arait de la misère à se passer du village itou.

— Dans le rang Croche, drette à côté de la maison, je te retournerais un beau grand coin pour planter toute ce que tu voudrais.

— Ah ! je sais que je serais ben traitée. Mais faut que je parle encore au prêtre. Y a des affaires qu'y faut que je règle avant de te donner une réponse.

Coudon, a faisait-tu exprès pour se trouver des défaites ?

— Bon. Disons qu'on se donne du temps pour toute décider, d'un bord comme de l'autre.

On a pris arrangement pour rien que se fréquenter, le temps de se faire une idée.

— Pour astheure, c'est toute ce que je peux te dire, P.A. Pis je sais pas non plus quand c'est que je vas pouvoir te donner une autre réponse. Après toute, on n'est pas pressés.

Ça faisait pas ben mon affaire, rapport que faudrait que je fasse carême encore un bon boutte. J'arais ben voulu avoir quèqu'un dans mon litte pour l'hiver, mais coudon, ç'avait l'air que Rose-Délima, ça la démangeait pas autant que moi. À moins qu'alle aye eu quèqu'un d'autre dans l'idée ? Les femmes, des fois, c'est compliqué en saudit.

Ben astheure, y avait pus ni si, ni ça, fallait que j'oublie Rose-Délima pis que je m'occupe de Jennifer.

Chapitre 11

Projcts

J'avais dit à Jennifer que j'étais pour penser à notre affaire, pis que j'essaierais de trouver un moyen pour nous sortir d'embarras. Sûr et certain que je pouvais pas demander conseil au curé, y a beau être moderne, y arait ben pensé que j'étais damné pour avoir été marié à Madone pis à Jennifer en même temps.

Ça fait que, le dimanche après-midi, je suis été sus Alphée Arsenault. On est amis depuis longtemps, lui pis moi. J'espérais qu'y aurait peut-être une idée, on sait jamais.

Ç'a mal commencé. Quand j'ai dit à Alphée que j'avais eu deux femmes, y s'a mis à rire.

— Sacré P.A. ! Tu te sauves de Madone, pis tu t'en vas aux *States* en marier une autre. Deux femmes ! C'est comme rien, tu dois aimer ça, avoir des problèmes.

— Bon, c'est correct. Je suis pas venu icitte pour faire rire de moi. Je m'en vas.

— Voyons, P.A. ! Entends donc à rire. Je faisais juste t'asticoter un peu. Assis-toi, on va parler ! Assis, je te dis, tête de mule !

J'y ai conté toute l'histoire à grandeur, sans rien oublier. Pourquoi que j'avais parti de Roches-Noires, comment que j'avais abouti aux *States*, pis comment que j'avais connu Jennifer.

— Tu dis qu'alle a fait mourir une petite fille en voulant la soigner? Moyenne guérisseuse, ça! Alle arait pas de clients par icitte en toué cas.

— Ben justement, à Salem non plus ils veulent pus la voir. Y disent plutôt qu'est une sorcière. Pis avec ce que j'ai vu le temps que j'étais là, je suis pas loin de crère que c'est vrai. J'ai vu des affaires pas ordinaires, Alphée. Les fleurs qui poussent quasiment tu-suite après qu'on les a semées, un verre d'eau qui vire en sirop, une coupure qui guérit tu-seule, un arbre mort qui retrouve ses feuilles…

— T'en mets pas un peu trop, là, P.A.? Mon idée que c'est des affaires que tu voyais quand que t'avais pris un coup de trop.

— Peut-être. En seulement, si y se passe des affaires de même par icitte, le monde va pas dire qu'est sorcière, y vont dire qu'est possédée.

— Oui, t'as raison.

— Je suis pas sorti du bois, pis elle non plus. Que c'est que tu ferais à ma place, toi, Alphée?

— Laisse-moi jongler… Je sais! Pourquoi que tu la maries pas icitte, à église?

— T'es-tu sourd? Je viens de te dire qu'on est déjà mariés.

Alphée avait la face fendue jusqu'aux oreilles.

— T'es marié, oui, mais parsonne le sait, même pas le curé. Que c'est qui t'empêche de te marier encore une fois? Comme ça, ta Jennifer rentre dans ta maison la tête haute. Tu pourrais même adopter son gars, rapport que c'est le tien.

— Ouin… pour l'adoption, je sais pas, mais pour le mariage, moi, je tentais sus Rose-Délima, pis je tente encore. On a commencé à se fréquenter, déjà, pis on s'est promis un à l'autre. Jennifer, c'était bon pour quand j'étais aux *States*. Si je l'arais pas mariée, arait fallu que j'y paye une pension, pis, dans ce temps-là, j'avais pas une *token*. J'envoyais toute ce que je gagnais à Damien pour les enfants.

Y en pouvait pus, l'Alphée ! Y riait tellement qu'y était quasiment plié en deux.

— Veux-tu ben me dire que c'est que tu trouves drôle de même ?

— P.A. Rioux qui s'est marié pour l'argent ! Celle-là, c'est la meilleure ! J'ai déjà entendu parler des femmes qui se marissent pour l'argent, mais un homme, jamais ! T'es un drôle de numéro, sais-tu, P.A. ? Tu maries une femme pour pas y payer une pension à cause que t'envoies ton argent à ton autre femme. Ha ! Ha ! Ha !

— Veux-tu ben…

J'ai pas pu continuer. Le fou rire m'a pogné moi avec. On faisait juste se regarder, Alphée pis moi, pis ça recommençait. J'en avais mal dans le corps.

Toujours est-il que, tant qu'à être au village, j'ai décidé d'aller voir le curé tu-suite. Aussi ben trancher dans le vif, comme qu'y disent. Pis de toute manière, je voyais pas ben ce que j'arais pu faire d'autre.

C'te fois-là, j'étais pas gros dans mes culottes. Le curé allait ben penser que j'étais une tête en l'air qui savait pas de quessé que je voulais, mais j'avais pas le choix.

— Vous comprenez, monsieur le curé, cette femme-là, c'est elle qui m'a donné chambre et pension quand j'étais à Salem. A m'a gardé même quand j'avais pas assez d'argent pour la payer. Pour astheure, a voudrait venir rester par icitte. Ça fait que comme je peux pas la garder chez nous encore longtemps rapport aux commérages, j'ai pensé qu'on pourrait se marier. Comme ça, parsonne arait rien à dire sus nous autres.

Je me doutais ben qu'y serait pas trop content.

— Je comprends votre point de vue, mais vous avez presque promis le mariage à Rose-Délima Lepage. Vous ne pouvez tout de même pas être marié à deux femmes en même temps !

Si vous sauriez, monsieur le curé…

— … Vous allez devoir faire du nettoyage dans votre vie, Paul-André. Je vous plains. Car quoi que vous décidiez, vous allez blesser profondément une femme. Un mariage avec cette Jennifer, dont vous me parlez, peut causer des problèmes. Pour Fabien, passe encore, mais Fabienne tient votre maison depuis la mort de sa mère. Je crains qu'elle ne voie pas l'arrivée de cette étrangère d'un très bon œil.

— Les deux femmes se chicanent déjà, mais ça arait été pareil avec Rose-Délima. Fabienne pense que j'ai pas le droit de me remarier. Mais, au moins, si Jennifer est maîtresse de maison par mariage, va ben falloir que Fabienne la respecte.

Le curé s'appelle pas Ladouceur pour rien. Y parle jamais fort. Mais on comprend ce qu'y veut dire pareil.

— Précisément, si les deux femmes se querellent déjà, vous croyez que votre remariage arrangera les choses ?

Y a des affaires, de fois, qui sont pas comprenables.

— Je suis pas certain de vous suive, là, monsieur le curé. Quand j'ai venu vous voir pour Rose-Délima, vous étiez d'adon pour nous marier. Pis astheure, vous pensez que ça marchera pas.

— Épouser quelqu'un de Roches-Noires, c'est une chose. Tout le monde connaît madame Lepage et nous savons qu'elle est honorable. Mais nous ne savons rien de votre Jennifer. Surtout que, si je ne me trompe pas, Fabienne était très attachée à sa mère. Je vous suggère de réfléchir, monsieur Rioux.

— Savez-vous, monsieur le curé, c'est tout réfléchi. Vu que je suis déjà au village, si j'en profitais pour vous payer la dispense des bans tu-suite ?

— Vous êtes bien pressé, Paul-André ! Et puis, il faut d'abord que je rencontre madame, que je fasse venir son extrait de naissance des États-Unis. Je suppose qu'elle est protestante ? Si c'est le cas, je ne pourrai pas vous accorder de dispense pour les bans. De plus, il faudra vous marier dans la sacristie, pas dans l'église. Cela étant dit, n'oubliez pas que vous devrez faire une confession générale avant le mariage.

Ayoye ! J'avais complètement oublié ça, moi, la confession générale. De que c'est que je vas ben pouvoir faire ? — Je t'avais ben dit que ton passé te fesserait drette dans le front, à un moment donné. — Tu me l'avais dit, tu me l'avais dit... Va falloir que je jongle à mon affaire. Le mieux, je pense, ça serait de sauter ce boutte-là, quand je serai au confessionnal. — Sauter ce boutte-là ? T'es aussi ben de pas te confesser pantoute, dans ce cas-là. Au moins, comme ça, tu mentiras pas. — Si je le dis pas, ça sera pas une menterie, ça sera rien pantoute. — Ah ! oui ? Rappelle-toi, à petite école, ce que les sœurs disaient : quand tu caches quèque chose, on appelle ça un péché d'omission. — La petite école, c'est pas mal loin. Non, je vas faire comme j'ai décidé : je dirai rien. — Ta confession comptera pas. — Je le sais ben. Mais si je dis au curé de que c'est qui s'est passé dans le temps, y va refuser de me marier. — Fais donc à ta tête, d'abord. — C'est en plein ça que je vas faire.

Ma conscience a accoutumance de m'achaler ; ben, des fois, trop, c'est trop !

— Pis moi qui pensais que vous étiez à mode !

— Je dois suivre les préceptes de notre sainte Église, Paul-André ! Ce n'est pas moi qui décide. Je peux toujours en référer à l'archevêché, mais je doute que cela change quelque chose.

J'ai retourné à maison pas trop content. Si le curé écrivait à Salem, c'est pour le coup qu'y sarait qu'on était déjà mariés. Ah ! ben, peut-être que non, après toute. Vu qu'on s'était pas mariés catholiques. Ben, que je marie Jennifer à Roches-Noires ou ben que je la marie pas, c'était pour faire des problèmes. Si c'était pas une, ça serait l'autre qui crierait. J'en ai eu la preuve drette le lendemain. Fabienne avait décidé de faire du lavage.

— Son père, dites donc à votre Jennifer qu'a me donne son linge sale à elle pis à son gars. Tant qu'à laver, je suis aussi ben de toute faire en même temps.

J'ai fait ce que Fabienne me demandait, sans me douter que ça allait causer autant de trouble. Jennifer s'a mis à dire que Fabienne savait pas laver comme du monde, qu'alle aimait mieux faire son lavage elle-même pis qu'a voudrait ben que Fabienne se mêle de ses affaires.

J'ai même pas eu le temps de traduire que Fabienne montait déjà sus ses grands chevaux.

— Juste à y voir la face, je suppose qu'a veut pas me donner son linge parce qu'a trouve que je lave pas à son goût ? Son père, va falloir que vous faisiez quèque chose. C'est pus vivable icitte dans.

Tant qu'à ça, alle avait pas tort, ma fille. Fallait que je prenne les moyens pour arrêter la guerre, sans ça, y aurait des blessés... J'ai dit à Fabienne de pas faire de cas du linge sale à Jennifer. A s'a mis à parler tout bas, mais je l'ai entendue quand même :

— ...C'te femme-là, j'y fais pas confiance deux minutes. Alle a une face qui me revient pas. A s'est amenée dans place sans avartir, pis là, faudrait qu'on y donne toute. Ben moi, je suis pas d'adon, pis si le père veut la garder, va falloir me passer sus le corps. J'aime encore mieux qu'y marisse Rose-Délima…

Ayoye ! Je pensais pas que c'était si grave que ça.

— P.A. ? Viens donc icitte, un peu !

C'était Jules qui m'appelait. Jennifer pis moi on est allés dans l'atelier.

— As-tu vu ça ? Regarde ben dehors, le garçon à Jennifer. Y aide Nador avec les jouaux. Y les monte, pis y les fait courir. Y est pas mal bon à part de ça. Je suis ben content rapport que ça fait moins d'ouvrage pour Nador.

Avec Jennifer, on les a regardés toutes les deux. C'est vrai qu'y était bon, Andrew. Je l'ai dit à Jennifer pis, par après, j'ai dit que j'avais trouvé le moyen de mettre les affaires en place.

— On va faire comme si on n'était pas mariés, et on va faire un mariage catholique ici, au village. Comme ça, tu seras officiellement ma femme et personne ne pourra rien nous reprocher. Qu'est-ce que tu en penses ?

Jennifer s'a mis à rire.

— Pourquoi pas ? Je n'aime pas trop les prêtres, mais, si c'est ça qu'il faut, on va le faire. Il faudra aussi que j'apprenne le français. Tu connais quelqu'un qui pourrait me montrer ? Je comprends quelques mots ici et là, mais c'est pas assez pour prendre ma place dans la famille, non ? D'autant plus que ta fille ne se gêne pas pour parler en mal de moi, parce qu'elle ne se rend pas compte que son ton en dit long…

Ben coudon, ça avait ben l'air que c'était décidé.

— En attendant le mariage, il faudra que vous fassiez un effort pour vous entendre. Je verrai ce que je peux faire après.

Aller rester sus Damien ? J'y avais pensé pour quand que, Rose-Délima pis moi, on aurait été mariés… Pourquoi c'est faire que Jennifer est revenue, itou ? Rose-Délima, j'arais fini par y faire dire oui. Et pis, c'était quèqu'un de par icitte, comme que le curé disait…

Moi qui as passé mon temps à dire que la maison était hantée, de que c'est que le monde du village allait penser ? Et pis j'étais pas certain que les fantômes étaient toutes partis de cette maison-là. En seulement, j'avais pas envie d'agrandir encore la maison familiale, que déjà c'était rendu aussi grand qu'un couvent. Que c'est que je pouvais ben faire, donc ? Je cré ben que, finalement, y avait pas d'autres solutions, faudrait ben rester sus Damien, à moins que je dise à Fabienne de s'en aller, pis ça, je pouvais pas. Ça fait que j'ai toujours ben annoncé à Jennifer :

— Je pense que je vais me lancer dans la peinture et la réparation. J'espère juste que le fantôme de mon frère ne viendra pas nous hanter.

— Très bien ! De toute façon, moi, les fantômes ne me font pas peur ! Je vais y parler, à ton frère ! Et comme ça, au moins, je n'aurai pas à écouter ta fille.

— Tu ne feras pas de mal à mon frère, quand même ?

— Voyons, P.A., tu me connais !

Justement…

Ouin… Ben moi ça me faisait peur que Jennifer aye pas peur. On sait jamais, si le fantôme se fâchait…

Rose-Délima pis moi, on s'était quasiment promis un à l'autre, pis ça itou, c'était pas facile à arranger. En fait, que c'est que Rose-Délima était pour penser de mon mariage avec Jennifer, je l'ai su pas longtemps après.

— On peut dire que c'est une chance que j'aie pas dit oui tu-suite quand tu me l'as demandé ! J'arais ben dû me douter, itou, que t'étais un bel écœurant. Demander une femme en mariage pis quasiment y promettre la lune, tu devrais avoir honte. Que c'est que j'ai faite au Bon Dieu, moi, pour rencontrer du monde qui me trahit ? Déjà, mon premier mari, pis astheure, c'est ton tour. Apparence que tu t'es trouvé quèqu'un d'autre, pis que ce quèqu'un là, ç'a pas l'air de la déranger pantoute de rester avec un homme quand qu'est même pas mariée avec. Disparais de ma vue, pis montre-toi pus à maison chez nous. Parce que mon Bernard demanderait pas mieux que de te régler ton compte. Pourquoi c'est faire que tu m'as offensée de même, P.A. ? Je t'avais rien faite, moi !

— Écoute, Rose-Délima, c'est pas ce que tu penses…

Alle avait les yeux ben rouges, la belle Rose-Délima.

Chapitre 12

Le mort qui marche

Tu-suite après le dîner, Jennifer a décidé d'aller au village pour faire connaissance avec l'endroit.

— Va te promener si tu veux, Jennifer, mais fais tout de même attention à ce que tu dis à ceux que tu rencontres.

— Dire quoi ? Je ne parle pas français et les villageois ne comprennent pas l'anglais. Ne t'inquiète pas, je ne ferai rien pour compromettre ta réputation, Frenchie.

Est arrivée à ferme en riant, les yeux pétillants. C'est vrai qu'à ben regarder, était pas laitte, la Sauvagesse. Alle avait affaire à ma fille.

— Est-ce que ça te tenterait de coudre une robe de mariée, Fabienne ?

Fabienne a fait la grimace.

— J'ai pas ben ben le temps, sais-tu, Oona. Y a quèqu'un qui se marie dans le village ? J'ai entendu parler de rien.

La Sauvagesse riait toujours.

— Te rappelles-tu, Fabienne, quand j'ai dit que j'allais me trouver un beau docteur et puis que j'allais le marier ?

Fabienne était ben surprise.

— Tu te maries ? Avec un docteur en plusse ? Comment qu'y s'appelle ? Ça fait-tu longtemps que tu le fréquentes ? C'est drôle, j'ai vu Marie-Berthe pas plus tard qu'y a deux jours et pis a m'a rien dit. Envoye, parle, Sainte-binne !

— Wo ! wo ! pars pas en peur ! Reprends ton souffle, Fabienne. Je marie pas un docteur, mais c'est tout comme. Mon promis est un infirmier. Je l'ai connu à l'hôpital, pendant que je faisais mon cours. Marie-Berthe a été la première informée, naturellement ! Mais je lui avais demandé de ne rien dire, je tenais à t'annoncer la nouvelle moi-même. On se marie à l'automne. On va rester à Roches-Noires, on va voyager tous les jours à Rimouski. Est-ce que je t'ai dit que j'allais travailler jusqu'à tant qu'on aie des enfants ? Tu vas être marraine du premier, naturellement ! À moins qu'on aie des jumeaux ; il y en a dans la famille d'Albin. La vie est belle, tu trouves pas, Fabienne ? Et puis, ma robe de mariée ? Penses-tu trouver le temps de la coudre ? Il y aurait aussi six robes de demoiselles d'honneur à faire.

— Six ! Tu fais les choses en grand, si je comprends ben. Qui c'est, les demoiselles d'honneur ?

— Eh bien de mon côté, il y aura toi, deux de mes compagnes à l'hôpital. Du côté d'Albin, ses trois sœurs.

Je les écoutais faire des plans pour le mariage pis je me disais que la Sauvagesse avait ben de la chance d'être jeune. Si que je me marierais avec Jennifer, je ferais pas les choses en grand de même.

— *Te marier ? Tu penses rien qu'à ça, coudon, P.A. ? T'as pas peur que ton passé te ressoude dans face ? On sait jamais, le passé, c'est ben traître. Ça revient quand tu t'y attends pas. — Ah ! toi, achale-moi pas ! Mon passé va rester où c'est qu'il est. — Hum… à ta place, je serais pas si sûr. —* Never mind, *que je te dis ! Je commence à être pas mal tanné, là. T'as beau être ma conscience, ça te donne pas le droit de m'asticoter.*

Y avait de quoi qui chicotait Fabienne dans ce que la Sauvagesse disait.

— T'as pas parlé de Marie-Berthe. Tu penses pas que ça va y faire ben de la peine si tu la prends pas comme demoiselle d'honneur ?

Mais la Sauvagesse avait réponse à toute.

— T'inquiète pas, je l'ai pas oubliée. Marie-Berthe va être ma dame d'honneur. Et puis, tu acceptes de les faire, les robes ?

— Ben, c'est oui ! Que c'est que je ferais pas pour toi ! Envoye ton monde icitte, je vas prendre les mesures. T'as-tu pensé au matériel que tu veux pour ta robe ? Pis pour celle des demoiselles d'honneur ? T'aimerais-tu qu'on aille à Rimouski toutes les deux pour choisir les patrons ? À mon idée, tu devrais habiller les filles d'honneur en bleu. C'est une couleur qui t'avient ben…

Je me préparais à aller fumer une pipe dehors quand c'est que la Sauvagesse a dit quèque chose qui m'a fait jongler.

— Accepteriez-vous d'être mon témoin, monsieur Rioux ? Vous savez que je n'ai pas de famille. Ou plutôt que, si j'ai une famille, je ne la connais pas.

Ça demandait du pensez-y ben… Servir de père pour un mariage, c'est un honneur. En seulement, que c'est que le monde du village allait penser ? D'un coup y pensaient qu'on était de la parenté, avec la Sauvagesse ?

J'ai fini par dire oui, je sais pas trop pourquoi.

Par après, la Sauvagesse a dit quèque chose qui m'a quasiment jeté à terre.

— Albin est un métis micmac et il respecte les coutumes de son peuple. Alors, nous allons d'abord nous marier à l'église le matin, mais, l'après-midi, nous allons aussi nous marier devant un Aîné de la tribu des Micmacs. Tu es bien sûr invitée aux deux mariages, Fabienne. Vous aussi, monsieur Rioux.

J'ai pas parlé de Jennifer pis d'Andrew. Rapport que je savais que si qu'y venaient aux noces, c'est certain que le monde parlerait.

Ça couraillait partout dans maison. Oona s'était entendue avec Fabienne pour que toute le monde vienne s'habiller icitte avant de partir pour l'église. Parce que rapport qu'elle pis son futur étaient pour rester au village, alle avait demandé de pouvoir se marier à Roches-Noires.

— Comme pour exorciser tout ce que j'ai dû endurer quand je travaillais au presbytère.

J'ai pas compris le mot, mais je pense que, ce qu'a voulait dire, c'était qu'a voulait effacer les mauvais souvenirs du temps du curé Bigot pis de sa sœur Clémence. Fabienne a compris la même affaire que moi.

Le grand jour était arrivé. Dans les chambres en haut, ça riait, ça criait.

« Ma brosse ! Qui a pris ma brosse ? » « Louise, viendrais-tu m'aider à me zipper ? » « Mon Dieu ! Je me suis trompée de fond de teint. Que c'est que je vas ben pouvoir faire ? C'est pas la bonne couleur pantoute. » « Lucie, tu me prêtes ton rouge à lèvres ? »

Ça sentait l'eau d'odeur, la pourde, l'affaire collante que les filles se mettent dans les cheveux : le *spray net*. Finalement, ça se sentait que la Sauv… que mademoiselle Mathias était contente de se marier.

En plus de servir de père à Oona, j'avais été nommé chauffeur pour la journée. J'ai parti pour l'église avec une première gang de demoiselles d'honneur. J'ai faite un autre voyage, pis, en darnier, j'ai été mener la garde qu'était la dame d'honneur avec la mariée elle-même.

On avait laissé les enfants à maison avec leur père. Nador pouvait pas venir, y avait une pouliche qu'était malade, y attendait le vétérinaire. Y avait promis de surveiller les petits. Jennifer pis Andrew ont resté eux autres itou. C'était mieux de même pour le parler du monde.

Serge a braillé quand qu'y a su qu'y pouvait pas venir avec nous autres sus les Sauvages, mais Fabienne a tenu son boutte, pis pour une fois, j'étais d'adon.

J'ai resté après l'église, rapport qu'après, c'était encore moi qui chauffais le char des mariés jusqu'au campement pour le mariage sus les Micmacs. Drôle d'idée qu'alle avait eue là, la petite mamz'elle. Je veux dire la petite madame. Quand qu'est sortie de l'église, était mariée « devant Dieu et les hommes », mais pas devant les Micmacs, faut crère.

Faut dire que j'étais curieux de voir ça, un mariage de Sauv... Faut absolument que j'arrête de dire ça !

Un mariage micmac, finalement, c'est ben différent de notre mariage à nous autres. Toute le monde qui reste au campement était là. Y ont faite assire Oona pis d'autres filles en avant. Là, Albin a commencé à chanter pis à danser au ras Oona. Ça, c'était pour dire que c'était elle qu'y avait choisie pour la marier.

Par après, le celui qui fait le mariage pis qui remplace le prêtre, comme qui dirait, s'a avancé pis y a pris les futurs mariés par les épaules pour leur dire de s'avancer en avant. C'est un vieux qu'a les cheveux blancs pis la peau toute chessée. Un Aîné, comme y disent. C'est eux autres, les Aînés, qu'enseignent aux jeunes, itou. En leur contant des légendes pour leur apprendre la géographie pis l'histoire de que c'est qui s'est passé sus les Micmacs dans les vieux temps.

Les Sauvages, y font pas mal plus de cas de leurs vieux que nous autres. Icitte, les vieux sont traités comme du monde spécial, rapport qu'y ont de l'expérience, y sont sages, autrement dit.

Les femmes avaient des garnitures dans les cheveux, les hommes portaient des colliers. Ben oui ! Des colliers avec des perles de couleur, mais parsonne avait l'air de trouver ça étrange. Y en avait avec des *coats* en cuir avec des franges, itou.

Le celui qu'était prêtre a parlé pas mal longtemps dans sa langue. On comprenait rien, nous autres, mais ça avait l'air que son *speech* était bon, parce que les Micmacs riaient.

Quand que le mariage a été fini, c'était le temps des danses. Toutes les invités sont allés dans une grande tente qu'avait été placée là, esprès. C'était grand, encore plus que la salle du sous-sol de l'église chez nous, à Roches-Noires. Pis ç'a commencé à swigner. Moi, j'avais mal à ma jambe, ça fait que j'ai venu pour m'assire pis regarder les danses. Ben là, j'ai eu un coup de poing dans le front en voyant le dossier de la chaise. C'était beau en pas pour rire ! Y avait des dessins brodés avec de la couleur que les yeux te viraient quasiment à l'envers.

— T'as vu, Fabienne ? Toi qu'aimes la broderie, tu serais-tu capable de faire ça, des dessins de même ?

— Jamais de la vie, son père ! C'est pas du fil qu'y prennent, touchez-y, c'est ben plus raide.

Sus les entrefaites, y a une femme qu'est venue s'assire au ras nous autres.

— Vous regardez les chaises ? C'est nos artisanes micmaques qui font ça. On commence à être connues.

A parlait françа pareil comme nous autres. Mieux, même.

Fabienne, elle, a voulait toute savoir.

— Que c'est que vous prenez pour la broderie ?

La femme riait.

— C'est des piquants de porc-épic teindus avec des couleurs.

Moi, je me pensais que ça serait toute une affaire si que je pourrais en avoir pour mettre sus les meubles que je fais. Ça fait que j'ai pas niaisé avec la *puck* pis j'y ai demandé, drette de même :

— C'est des saudits beaux dessins. Vous en vendez-tu, des fois ?

— Oui, oui. Des fois, y a des ébénistes de Québec qui en achètent.

— Dans ce cas-là, je vas revenir une autre fois, quand qu'y ara pas de noces. C'est quoi, votre nom ?

— Matlen.

— Comment que je vas faire pour vous trouver ?

A parti à rire.

— Ici, tout le monde se connaît. Vous aurez juste à dire mon nom et il y a quelqu'un, c'est certain, qui vous montrera où je reste.

J'ai resté assis pis j'ai regardé les danses. Ben, c'est là que j'ai passé proche de parde le nord.

Y avait un vieux avec les cheveux toutes blancs qu'est rentré dans la danse avec une fille qu'était pas mal plus jeune, pis y a commencé à stepper. Ben, vous me crèrez si vous voulez, mais y ressemblait à Damien. Comme deux gouttes d'eau.

Damien sus les Micmacs ? Ça se pouvait pas, voyons ! Damien était défunté le soir des fiançailles à Fabien, ça faisait un bon boutte de ça.

Quand que la danse a arrêté, Fabienne est venue s'assire à côté de moi. Était essoufflée, rapport qu'alle avait pus l'habitude de swigner autant.

— De que c'est qu'y se passe, son père ? On dirait que vous avez vu un revenant !

A pouvait pas mieux dire.

— C'est quasiment ça. Regarde donc l'homme qu'est là-bas, au ras la table. Tu trouves pas qu'y ressemble à què-qu'un qu'on connaît ?

— Ah ! ben, ah ! ben. On dirait mononcle Damien. Si qu'y serait pas si maigre, ça serait son portrait tout craché. Vous savez-tu qui c'est, son père ?

— Non, j'ai pas d'idée. Sauf que je pense pas que ça peuve être mon frère.

— On va toujours ben voir ! Attendez un peu, j'ai une idée.

Fabienne s'est levée pis alle a partie du bord de la mariée. Je l'ai vue qui a parlé à Oona, pis que, elle, par après, est allée voir son mari, pis que, lui, y est allé parler à une femme pas mal vieille. Albin m'a montré avec son doigt, pis ces deux-là sont venus me voir.

— Vous voulez savoir comment s'appelle l'homme là-bas ? La communauté lui a donné le nom de *Ji'nmul*. Ça veut dire l'Homme.

— Y a pas d'autre nom ? Pourtant, Oona nous a dit que les Micmacs avaient des noms comme nous autres : Breton, Battiste, Noël, Gabriel…

— Vous avez raison, pour les noms de famille, mais on les utilise rarement, ici. Elle, à côté de moi, c'est Hannah, notre guérisseuse.

Alle a commencé à parler, mais comme j'comprenais rien, Albin me traduisait quessé qu'a me disait au fur à mesure.

— Mon autre nom, c'est Richard. Je suis chamane. Mais l'Homme, lui, n'a pas d'autre nom. Il a été trouvé par des trappeurs il y a plusieurs années et il ne se rappelait plus du tout son passé. Il n'a jamais pu nous dire son nom, ni d'où il vient. Je l'ai soigné quand on l'a retrouvé ; il était bien mal en point… C'est presque un miracle d'avoir réussi à le sauver. On l'a adopté, et il fait maintenant des petits travaux pour la communauté.

Ça se pouvait-tu que Damien aye pardu la mémoire pis que ça seye pour ça qu'y était jamais reviendu à Roches-Noires ? Mautadit Damien, va ! Y était pas mort, pis y trouvait quand même moyen d'avoir un fantôme. Je comprenais pus rien, moi.

La vieille Hannah voyait ben que je jonglais pas mal fort.

— Vous le reconnaissez ?

— Je sais pas quoi vous dire. Y ressemble ben gros à mon frère Damien qu'a disparu en 47, proche de l'érablière, sauf qu'y est pas mal plus maigre. Y se rappelle de rien pantoute ? C'est vrai que, dans le temps, y prenait un coup pas mal fort. Si c'est lui, y restait dans une grande maison, au ras chez nous. Mais je suis pas certain de mon coup. C'est la même face, mais pas les mêmes yeux. La fille qui dansait avec, c'est qui ?

Après que le nouveau marié ait eu fini de traduire, alle a dit :

— C'est sa femme, Sanet. C'est la fille de Gabe, l'un des trappeurs qui ont trouvé l'Homme, justement.

Ça faisait drôle de voir un vieux de même marié avec une jeunesse. Ça leur fait donc rien, les femmes micmaques, de marier un gars qu'a le double de leur âge ?

— Je pourrais-tu y parler, à votre homme ?

— Je vais lui dire de venir.

La vieille femme a partie du bord de la grande table où c'est qu'y avait le lunch de noces, pis alle a parlé à l'homme. Y a levé la tête, y a fait signe que non, pis y s'en est venu sus mon bord. Je l'ai regardé en pleine face.

— Damien ? Damien Rioux ? C'est-tu toi, mon frère ?

— Non, c'est pas moi. Moi, je m'appelle Ji'nmul.

Les cheveux m'ont dressé drette sus la tête ! C'était ben la voix de Damien, mais y avait pris l'accent des étranges quand qu'y parlent en françà ! Pis, plusse que je le regardais, plusse que je me disais que ça pouvait pas être autrement. C'était ben mon frère qu'était là, devant moi.

— Arrête tes folleries. Tu t'appelles Damien Rioux, tu restes à Roches-Noires, dans le rang Croche. T'as une maison drette à côté de la mienne.

Y m'a regardé comme on regarde un étranger. Pis y m'a tourné le dos en haussant les épaules, y s'en est été rejoindre sa femme.

La vieille Hannah est revenue me parler, avec le mari d'Oona pour la traduire.

— Alors ? C'est votre frère ?

Comment c'est que je pouvais y dire ça, donc…

— C'est lui, pis c'est pas lui en même temps. Y s'est fait un grand changement dans sa tête, en tous cas.

— Si vous étiez un Micmac, monsieur, je vous conseillerais de pas insister. La mémoire est fragile. Peut-être que c'est mieux que Ji'nmul se rappelle pas. Peut-être aussi que c'est ce qu'il souhaite. Parfois, forcer les choses peut les briser. J'y pense, vous avez dit que votre frère habitait une maison près de chez vous ? C'est que, dans les premiers temps, quand je le soignais, il parlait d'une maison dans son délire. Une maison où il voyait des gens. Ça avait l'air de le contrarier sérieusement. Il décrivait l'intérieur de la maison, mais n'arrivait pas à en décrire l'extérieur. Le chef Prosper lui a offert de l'emmener à Roches-Noires et à Rimouski pour voir s'il reconnaîtrait cette maison, mais il a jamais voulu. C'est comme s'il avait peur de reconnaître quelque chose…

— Peur ? Ça doit pas être Damien Rioux, dans ce cas-là. Mon frère avait peur de rien, ni de parsonne.

Albin était ben *blood*. Y continuait à toute traduire de quessé qu'on disait, quand ben même que c'était le jour de son mariage pis qu'y devait peut-être ben avoir plus le goût de fêter que de parler.

— Rioux, vous dites ? Je crois qu'un Rioux a déjà marié une Micmac il y a bien longtemps. Ça pourrait expliquer bien des choses ! C'est loin, mais… Écoutez, on en reparlera, parce qu'un mariage, c'est fait pour s'amuser et manger. Là, les danses commencent.

— Jusse commencer ? Ça fait pourtant un bon boutte de temps qu'y dansent !

Hannah a parti à rire. Je crèrais ben qu'a se moquait de moi.

— Oh ! non, c'est loin d'être fini ! Tout à l'heure, un homme dansera seul, et il y aura aussi les chants. Ensuite suivront les conteurs et d'autres danseurs accompagnés de tams-tams.

— *Never mind !* Ça va-tu durer longtemps ?

— On ne peut jamais savoir… Quatre ou cinq jours, peut-être.

Ah ! ben ça, parzempe ! Y doivent avoir mal aux pieds en si vous plaît à stepper pendant quatre-cinq jours. Moi, je serais mort avant ça !

Avant de partir avec Albin, la vieille a ajouté :

— La semaine prochaine, je parlerai à So'sep, l'Aîné qui a célébré le mariage, et je vous ferai savoir ce qu'il en pense.

Or, parfois, je vous le répète, il est préférable de ne pas forcer les choses…

Rien faire ? Coudon, si c'était mon frère, je voulais le savoir. Mais si Damien était en vie, pourquoi c'est faire qu'y hantait sa maison ? C'est juste les revenants qui font ça, non ?

On revenait de la noce. Plus que je jonglais à Damien, plus que j'étais en saudit. Fabienne itou, était jongleuse. Finalement, a s'est décidée à demander :

— De quoi c'est que vous allez faire, son père ?

— Pour Damien ? M'en vas te le dire, ce que je vas faire. Je vas aller sus un notaire à Rimouski, pas à Roches-Noires. Je vas rapporter que ça fait plusse que sept ans que Damien a disparu, que ça veut dire qu'y est mort pour la loi, pis m'en vas faire mettre les papiers en ordre pour la terre pis sa maison.

Rien qu'à y voir la face, c'était clair qu'était pas d'adon.

— Mettre la terre à votre nom ? Vous pouvez pas faire ça, son père, ça serait pas correct astheure que vous savez que votre frère est pas mort.

— J'ai pus de frère, Fabienne. S'y veut pas me reconnaître, je vois pas pourquoi c'est faire que je continuerais à me bâdrer de lui. Hantée ou pas, la maison est à moi astheure. Ben plus que ça, m'en vas aller rester dedans. On va toujours ben voir qui c'est qui mène, moi ou ben donc les revenants.

Fais donc pas ton jars, P.A. T'as toujours dit que ton frère était mort, pis astheure que tu l'as retrouvé en vie, à place d'être content, tu veux le tuer ? — Yes sir, *c'est en plein ça que je vas faire.* Watche-*moi ben aller ! Drette demain, je téléphone à Rimouski pour voir un notaire.*

J'ai toute conté à Fabien. Je voulais avoir son idée. Après toute, c'est mon plus vieux pis y a ben de la cocologie.

— On va y aller ensemble, si vous êtes d'adon, son père. Faut tirer ça au clair tu-suite. Quand c'est que ça vous adonnerait ?

La semaine d'après, y est venu avec moi au campement pour parler à Damien.

— Vous vous rappelez pas, mononcle ? Comment c'est que vous preniez soin de nous autres quand qu'on était petits pis que le père était pas là ?

Pas un mot de son corps.

— Tu vois de que c'est que je te disais, Fabien ? C'est ben clair que cet homme-là est mort. Ah ! son corps est là, mais son idée est morte. On dirait qu'y veut pas se rappeler. Tu comprends-tu, astheure, pourquoi que je veux aller sus le notaire ?

— Je peux pas y crère, son père. Mononcle ? Mononcle Damien ? Vous vous rappelez pas votre maison dans le rang Croche ? Que c'était la plus belle maison du rang, pis même du village ? Est encore belle, le père icitte s'en est occupé comme y faut. Mononcle ? C'est moi, Fabien, votre neveu. Pourquoi vous voulez pas me parler ?

Y avait rien à faire. Fabien pis moi, on a rencontré So'sep, le celui qu'avait marié Oona pis son infirmier. Y était avec Matiw, un autre Aîné, et pis, heureusement, les deux parlaient français.

— Vous comprenez-tu ça, vous autres, comment ça se fait que mon frère est vivant pis que sa maison est hantée ?

Matiw Prosper était de la même idée que moi.

— Je pense que celui qui était votre frère est mort, monsieur Rioux. Celui qui est ici est un autre homme. Il a laissé la vie qu'il menait à Roches-Noires. Mais il devait être assez attaché à sa maison pour que, de temps à autre, il projette son corps pour y retourner. C'est bien un Rioux, mais n'avez-vous pas dit que votre mère était une Pictou ? C'est un nom micmac. Est-ce votre famille qui descend de la nôtre, ou le contraire ?

Personne le saura jamais.

Chapitre 13

Saqawi'gann Mourir d'aimer

Étendue sur sa couche, Ka'lolin pleure toutes les larmes de son corps. Elle a mal à toutes ses fibres. Elle ne comprend pas très bien la nature de son mal. Tout ce qu'elle sait, c'est que le loup noir a envahi son esprit.

Pas une seule fois, Ji'nmul ne l'a fait danser pendant la noce. Pourtant, elle connaît toutes les danses, elle y excelle même. Tandis que cette mijaurée de Sanet… Ka'lolin la hait avec passion. Elle voudrait la détruire, la voir se tordre de douleur. De la même douleur que celle qui la dévore en ce moment. Elle souffre, pourquoi Sanet ne souffrirait-elle pas également ? Ce ne serait que justice. « La jalousie est un vilain péché », a dit un jour le père Martineau.

Jalouse ? Non, pas jalouse, moi. Pas ma faute. Sanet aime Ji'nmul, Ji'nmul aime pas Sanet. Sanet est méchante. Je vais la tuer, bon. Elle a volé Ji'nmul.

Ka'lolin se rappelle sa joie, lorsque sa grand-mère lui a appris que Ji'nmul allait rester pour toujours dans la communauté. Son esprit simple s'était réjoui, sans qu'elle fasse le lien entre son sauvetage et la décision du chef. Ji'nmul ne partirait pas, c'était là le plus important.

— Tu vas rester toute la vie, toujours ?

— Oui, je vais rester ici. Promis.

Il serait toujours avec elle, il la protégerait, la bercerait comme autrefois sa grand-mère.

Puis, jour après jour, Ji'nmul quittait la maison d'Hannah pour aller effectuer des travaux chez d'autres membres de la communauté.

— Tu as promis pas partir.

— Je pars pas, Ka'lolin. Je vais juste travailler. Je vais revenir.

C'était une poutre qui ne tenait plus, un perron bancal, un agrandissement de la cabane devenu nécessaire par suite de l'élargissement de la famille. Au hasard des unions et des naissances, chaque chef de famille désirait un espace habitable plus grand et plus confortable.

Or tous appréciaient l'aide apportée par Ji'nmul. Chaque chef de famille tenait à le remercier en lui offrant un verre de bagosse. Ou deux. Ou trois. Ainsi, il arrivait de temps à autre que Ji'nmul rentre chez Hannah en titubant, au grand déplaisir de la vieille femme.

Chaque matin, au départ de Ji'nmul, Ka'lolin fondait en larmes, jusqu'à ce que sa grand-mère, agacée, perde patience.

— Tu n'es plus un bébé, Ka'lolin. Ji'nmul travaille et tu sais bien qu'il reviendra ce soir. Je ne veux plus t'entendre pleurer, tu entends ?

Et Ka'lolin, chagrinée par le ton ferme de sa grand-mère, se remit à pleurer. Hannah secoua la tête. Qu'allait-elle faire de cette enfant ?

Sisi'l est morte en mettant au monde un sixième enfant, un fils, ce fils tant désiré par Gabe.

— Sisi'l est morte. L'enfant est mort.

Assis sur une chaise droite, le corps raide, le visage entre les mains, Pol Gabriel répète inlassablement ces deux phrases. Il est inconsolable malgré les efforts de Sanet, sa fille aînée, qui a pris son frère et ses sœurs en charge.

— Papa, on va manger !

— Pas faim.

Sanet perd patience.

— Si vous buviez moins, aussi, la faim reviendrait.

Mais Gabe n'a cure des remontrances de sa fille. En signe de deuil, il a pris des ciseaux et coupé ses cheveux presque au ras de la tête, en mèches inégales, ce qui lui donne une allure étrange. Il a refusé la bénédiction proposée par le père Martineau, a conduit Sisi'l en terre dans le petit lopin réservé à cet effet au campement. Depuis, il semble avoir perdu tout intérêt.

De son côté, Ji'nmul a mal du mal de son ami. Aussi propose-t-il à Hannah, alors que Ka'lolin lui sert d'interprète :

— Je m'installerai chez Gabe quelque temps. Ce serait bon pour lui d'avoir quelqu'un à ses côtés.

Hannah approuve d'autant plus facilement que, depuis le sauvetage, l'intérêt de sa petite-fille pour Ji'nmul s'est transformé en adoration.

— Bonne idée. Vas-y et reste aussi longtemps qu'il en aura besoin.

Mais Ka'lolin refuse de traduire les paroles de sa grand-mère. Il s'ensuit une discussion animée entre les deux femmes.

— Qu'est-ce qui se passe ? demande Ji'nmul, intrigué.

Pour toute réponse, Hannah pointe un doigt impératif vers la cabane de Gabe en hochant la tête en signe d'assentiment.

Dans son lit, Ka'lolin n'arrive pas à trouver le sommeil. Ji'nmul parti, la maison lui paraît froide et vide. La présence de sa grand-mère compte pour rien ; le vide, un vide grand comme le monde, froid comme l'hiver, s'est installé dans son cœur. Hargneuse, elle demande :

— Pourquoi Ji'nmul parti ? Pas être bien avec nous autes ?

Soudain lui vient une idée, si précise qu'elle s'assoit dans son lit, les yeux dilatés par l'audace de la pensée qui lui traverse l'esprit. Elle pense que oui, c'est tout à fait ce qu'il faut pour ramener Ji'nmul à la maison.

Dès le lever du jour, elle retournera dans la forêt, là où sa chute dans un précipice avait failli la tuer. Cette fois, elle descendra tout doucement, elle s'étendra sur le sol et feindra d'être blessée. Alors, il faudra bien que Ji'nmul vienne la chercher. Elle n'a pas oublié combien il était prévenant, les jours après le sauvetage, effectuant pour elle les déplacements rendus difficiles par suite de l'immobilisation de sa jambe fracturée, lui parlant avec douceur. Elle est convaincue qu'il en sera de même cette fois.

Le lendemain, en dépit de sa hâte de mettre son plan à exécution, Ka'lolin doit d'abord accomplir les tâches qui lui sont assignées pour éviter que sa grand-mère se doute de quelque chose. Elle commence donc la lessive. Robes et sous-vêtements sont ensuite vite suspendus sur la corde à l'arrière de la maison. À la ville comme à la campagne, chez les Blancs comme chez les Indiens, le lundi est traditionnellement consacré à frotter, décrasser les vêtements de la famille.

Par la suite, elle ira cueillir les herbes dont sa grand-mère a besoin pour son métier de soignante. Les herbes seront étendues au soleil pour les faire sécher. Ce sera là, d'ailleurs, le seul moment dangereux de la journée. Il faudra éviter de regarder Hannah dans les yeux, ces yeux de voyante qui devinent, qui pressentent. Que de fois Ka'lolin a-t-elle été obligée de changer ses projets pour plaire à sa grand-mère !

Les corvées exécutées, elle demande la permission d'aller à la rivière. Elle quitte la cabane, et prend ostensiblement le chemin qui mène à la rivière. Une fois hors de vue, elle bifurque vers la forêt et parvient au précipice.

Elle s'arrête au bord, en songeant qu'il n'est pas aussi profond qu'elle le croyait. La première fois, sa chute avait été causée par la surprise de trouver un obstacle là où elle ne s'y attendait pas. Cette fois, ce sera différent. Un arbre aux branches basses surplombe la faille. Ka'lolin s'y accroche d'une main et se penche pour mieux voir comment elle pourra descendre. La branche craque sous son poids et se brise, projetant la jeune fille au fond du précipice.

L'étonnement lui arrache un cri. Jambes et bras étendus pour tenter de freiner sa chute, elle tombe, les membres profondément lacérés par les racines qui affleurent. Ka'lolin n'aura pas besoin de feindre. Elle songe, avec un temps de retard, que personne ne sait où elle est et qu'elle risque de rester longtemps sur place avant que quelqu'un s'aperçoive de son absence du campement. Puis, épuisée, elle s'évanouit.

Lorsque vient l'heure du repas, Hannah ne s'inquiète pas outre mesure de l'absence de sa petite-fille dont elle connaît l'appétit capricieux. Elle est certainement assise au bord de la rivière, pense-t-elle, et, comme à son habitude, elle rêve pendant des heures, les pieds dans l'eau, les yeux vides. Depuis quelques jours, toutefois, Ka'lolin semble avoir cessé de penser à Ji'nmul, ce qui rend sa grand-mère indulgente pour les petites étourderies. « Il n'est pas pour toi, ma chérie », songe Hannah. Non, hélas, sa petite-fille ne connaîtra sans doute pas la joie de la maternité, ni celle d'un bon compagnon de vie.

Lorsque Ka'lolin ne paraît toutefois pas non plus pour le repas du soir, Hannah sent son cœur se serrer. Où peut-elle bien être, cette innocente ? Aucun enfant n'est au bord de la rivière au moment où elle s'y rend. Chez Gabe, alors ? Dans l'espoir d'y voir Ji'nmul ? Mais ni Malklit ni Ma'lij, les jumelles, n'ont vu leur cousine de toute la journée.

Le chef lance les recherches. En voyant ces hommes munis de lampes, Hannah a une soudaine inspiration.

— Il faut chercher près du précipice.

Mais le chef n'est pas d'accord.

— Elle ne serait sûrement pas allée là où elle a failli mourir.

Hannah insiste.

— N'oublie pas qu'elle a la tête d'une petite fille. Elle a probablement oublié l'accident.

S'il n'en tenait qu'à elle, Hannah se rendrait à l'endroit où on a trouvé Ka'lolin la dernière fois. Mais ses vieilles jambes, ramollies par l'inquiétude, lui refusent tout service. Alors elle supplie, traduite par l'un des siens :

— Ji'nmul, tu connais exactement l'endroit. Vas-y, veux-tu ?

Ainsi, Ka'lolin est une nouvelle fois secourue et ramenée au campement dans les bras de celui qu'elle aime. Cependant, elle est encore inconsciente et ne sait rien des détails de ce nouveau sauvetage.

Ka'lolin ne garde aucune séquelle de sa mésaventure, et comme il n'est pas dans les coutumes des Micmacs de gronder les enfants, personne ne lui fait de reproche. Cependant, Hannah songe à prendre des précautions. Ainsi, elle se rend chez Gabe avec une idée bien arrêtée en tête.

— Elle passe devant chez vous pour aller à la rivière. Alors, je me demandais si Tuma pourrait la suivre…

Le garçon n'est pas certain d'apprécier le rôle de protecteur qu'on veut lui confier. Aussi répond-il :

— Je n'y vais jamais, à la rivière, sauf pour regarder l'eau ou pêcher… Ce serait mieux de demander aux jumelles.

À titre de fille aînée et de maîtresse de maison, Sanet intervient.

— Tu iras, Tuma. Tu feras ce qu'on te demande.

Le garçon grommelle, soupire, puis accepte.

Deux jours plus tard, Tuma se trouve confronté à sa promesse. Ka'lolin passe d'un pas négligent devant la maison, alors que le garçon est assis sur la véranda, occupé à dessiner.

— Ka'lolin ! Où vas-tu ?

— À rivière Tranquille. Pourquoi ?

— Attends !

Devoir subir la compagnie de son neveu ne plaît guère à Ka'lolin, aussi passe-t-elle son chemin sans s'arrêter.

— Attends, j'ai dit !

Cette fois, elle ralentit le pas et attend que son neveu prenne ses agrès de pêche et la rejoigne. Les deux marchent côte à côte vers la rivière. Ils ne se parlent pas, plongés qu'ils sont, chacun de leur côté, dans leurs pensées.

Sur la rive, Ka'lolin enlève ses souliers et plonge les pieds dans l'eau froide avec une grimace. Tuma n'a qu'un désir : rejoindre le coin où il peut pêcher.

— Je vais être là-bas, dit-il en pointant vers un rocher où l'eau est plus profonde.

Ka'lolin se contente de sourire. Dès que son neveu a disparu de sa vue, elle se lève et marche le long de la rive. Son plan a échoué. Ji'nmul n'est pas revenu à la maison après sa chute, il n'a pas été gentil avec elle comme la première fois. Ji'nmul s'occupe de Sanet, et elle, Ka'lolin, est laissée-pour-compte.

Elle longe la rive sans but, les yeux perdus, l'âme en souffrance. Pourquoi ? Elle est gentille, pourtant. Et belle. Bien plus que Sanet. « Sanet est lette, Sanet est lette », répète-t-elle en français, ravie de la sonorité.

Tout ça, c'est la faute de sa grand-mère qui a permis à Ji'nmul de partir.

Puis lui revient en mémoire une scène désagréable. Les images défilent dans sa tête comme au ralenti. Elle se voit, debout, face à Ji'nmul. Il vient de refuser de l'accompagner à la rivière. « J'ai pas le temps, j'ai de l'ouvrage. » Alors, avant que sa grand-mère puisse intervenir, elle se jette sur lui, toutes griffes dehors, et lui fait une longue balafre sur la joue. « Ka'lolin ! », s'écrie Hannah, pendant que Ji'nmul s'essuie la joue avec un chiffon.

La voilà, la raison de son départ ! C'est elle-même, Ka'lolin, qui l'a fait partir par son comportement. Tout est de sa faute.

Pourquoi je fais ça ?… Pauvre Ji'nmul. Ça fait encore mal ? Méchante Ka'lolin ! Le ferai plus, promis, promis. Une punition ? Oui, c'est vrai. Faut punir Ka'lolin…

Parvenue près de l'entonnoir, elle regarde, fascinée, ce maelstrom où l'eau se perd. Elle hésite un instant, puis se jette à corps perdu dans la rivière.

Froide couverture, l'eau l'enveloppe. Elle devient fluide, sans poids. Dans son esprit défilent des images : sa grand-mère qui sourit, Ji'nmul ceinturé d'une sangle de cuir contenant des outils, Sanet, le visage contracté.

« Voleuse ! Sanet est voleuse. Tiens, tiens ! » Dans son esprit, elle griffe Sanet et marque le visage de sa rivale de profondes zébrures. Sanet pleure de douleur. « Ben bon, ben bon », songe Ka'lolin, contente de la voir souffrir. C'est là sa dernière pensée avant de sombrer dans l'inconscience.

C'est une petite morte de rien du tout que la rivière rendra, quelques jours plus tard. Une petite morte au visage déchiré par les rochers, ses cheveux collés au visage, sa robe fendue montrant un corps impudique.

Pour le père Martineau, il n'y a pas de discussion possible.

— L'Église condamne le suicide, vous le savez. Ka'lolin ne pourra pas être enterrée en terre consacrée.

La vieille Hannah n'a cure de cette interdiction captée en écho dans sa langue chérie. Sa peine est immense. Comment n'a-t-elle pas vu que Ka'lolin souffrait autant ? Les signes de sa détresse étaient pourtant là, bien visibles. Presque palpables. Les crises de larmes, le désespoir lorsque Ji'nmul les avait quittées…

Et elle, Hannah, que la communication avec les esprits devrait rendre sensible à tout mal de l'âme, elle a laissé sa petite-fille se débattre toute seule contre les démons, sa Ka'lolin adorée, dépourvue de la force de caractère nécessaire pour lutter. La vieille femme se reproche amèrement de ne pas avoir été plus présente. Non, père Martineau, Ka'lolin ne sera pas enterrée au cimetière catholique. Elle ira rejoindre ses ancêtres dans le lieu de sépulture de la communauté, selon les coutumes ancestrales.

— Elle sera rendue à notre mère la Terre, lui lance-t-elle d'un air de défi, le regard fermé, dans la langue de son peuple.

Peut-être l'âme de Ka'lolin se réincarnera-t-elle un jour ?

L'inscription se résume à son prénom et à l'année du décès sur une simple plaque de bois :

Ka'lolin

1964

Hannah songe qu'avec le temps, le bois s'effritera, les lettres s'effaceront et que c'est bien ainsi. Car le monde matériel n'a pas d'importance. Ce qui compte, c'est que l'esprit et l'âme sont indestructibles.

Chapitre 14

Introspection et racontages

Soliloque

C'est péché de se tuer, les sœurs l'ont dit à l'école. Des fois je me demande si ma mère s'est tuée. Pépère me l'aurait dit, je suppose. Parce que, si est morte, y a pas de raison pour qu'y me dise pas son nom. J'ai beau y penser, je comprends pas pourquoi a veut pas me voir, pis a veut pas non plus que je save qu'alle est ma mère. À moins qu'alle aye honte de moi ? Pourtant, j'ai rien faite de mal. Peut-être qu'est morte de maladie ? Quand tu meurs, mais que c'est pas toi qui s'es tué, c'est-tu péché pareil ?

Quand t'as plusieurs descendants, t'es pas supposé avoir de préféré, rapport que c'est pas juste pour les autres. Moi, je me bâdre pas de ces affaires-là. J'ai pas honte de le dire, j'en ai un, préféré. J'aime encore plus mon petit-fils Serge que mon plus vieux, Fabien. Lui, ses enfants sont rendus grands, astheure, pis y sont toujours ensemble ; y ont pas besoin de leur pépère. Andrew, je le connais quasiment pas et pis je sais pas pourquoi, j'ai ben de la misère à m'attacher. Mais Serge, lui, c'est pas la même chose ! J'ai juste à le regarder pis ça me fait chaud dans la carcasse.

C'est ben facile de comprendre pourquoi c'est mon préféré : cet enfant-là me ressemble. Y pense pareil que moi. Quand j'avais son âge, moi avec, je rêvais de partir, de voir d'autres affaires que juste la terre, les grands champs de foin, ou ben donc la rivière qui passe en arrière. La rivière Tranquille, qui porte pas son nom pantoute, rapport qu'y a des remous pis que j'en connais qu'ont passé proche de se neyer dedans. Même qu'y en a qui disent qu'une Sauvagesse s'a neyée, quasiment tu-suite après la noce d'Oona…

Des fois, je me demande d'où c'est que ça me venait, ce goût-là de voir d'autres affaires que le tas de foin ou ben donc la grange. Je viens d'une famille de cultivateurs, après toute. Mais on dirait que j'ai jamais eu ça dans le sang. Je tiendrais-tu des Sauvages, coudon ? Dans le temps, eux autres itou, y haïssaient pas ça aller d'une place à l'autre. Pis astheure, ben y sont comme nous autres. À part pour aller à chasse pis à pêche, y restent dans la même place tout le temps. Moi, je suis trop magané pour partir à l'aventure, hormis que ce serait dans ma tête. Mais c'est pas l'envie qui manque.

Pars, d'abord ! Que c'est que t'attends ? Envoye, pars !

Ça serait trop beau. Mais de que c'est que je ferais de Jennifer ? Non, je partirai pas. Je suis trop vieux, astheure. Serge, lui, y a du sang d'aventureux. Je le fais voyager en y contant des affaires, pis je voyage avec lui.

Oui, Serge me ressemble. Pas par la face, non, mais par les idées, les manières pis la jarnigoine. Quèqu'un qui le voirait penserait pas ça, rapport qu'y garde ses idées pour lui. Y a juste avec moi que cet enfant-là dit de quoi c'est qu'y pense. Des fois, itou, y parle tu-seul. Ah ! faut pas crère qu'y est pas un bon petit gars, non : y fait toute ce qu'on y demande ; y va à école, mais y est bon juste en histoire du Canada.

— Saviez-vous ça, pépère, qu'y avait des Indiens qui restaient au Canada ben avant nous autres? La maîtresse dit qu'on a presque toutes du sang indien dans les veines. Apparence que, dans le temps, y avait beaucoup d'hommes qui venaient de France pis qui se mariaient avec des Sauvagesses.

— Ben oui, mon gars, j'ai entendu parler de ça.

— Nous autres, la famille, on descend-tu des Sauvages?

— Je sais pas, Serge. Par icitte, le monde aime pas ça, dire qu'y descendent des Sauvages, même quand c'est vrai. Rapport qu'y en a qui disent qu'y sont malpropres, à cause de leur couleur. Mais entre toi pis moi, ça se pourrait ben. Rapport que, ma grand-mère, c'était une Pictou de son nom de fille, pis je crèrais ben que c'est un nom micmac. En plus, déjà les Indiens y restaient jamais longtemps à même place, pis ton pépère itou a toujours aimé ça, voyager. Le goût du voyagement, quand ça te pogne, ça te lâche pas. Ça fait que peut-être ben que j'ai quèques gouttes de sang indien. Mais, pour dire la vérité, j'aime mieux pas y penser.

— Pourquoi?

Serge pis ses «pourquoi»...

— Rapport que, comme je t'ai dit, les Sauvages y sont pas toujours propres. C'est pas pour rien qu'on les appelle les «peaux sales».

— Oona Mathias, la celle qui vient toute le temps icitte avec son mari, c'est-tu une peau sale, elle itou?

Ayoye! Va falloir que je fasse attention à ce que je dis, moi, si je veux pas me mettre dans le trouble.

— Oona, c'est une métisse. Ça veut dire qu'est Indienne jusse à moitié. Oublie toute ça pis dis-moi: à part de ça, comment ça va, à école?

— J'aime pas ça, l'école. J'aime juste quand on parle de l'histoire du Canada. La maîtresse a dit itou que c'est les Sauvages qu'ont torturé les pères Brébeuf et Lalemant. Saviez-vous ça, pépère ?

— Ben non, je savais pas ça. Ça fait-tu longtemps ? En toué cas, j'ai pas vu rien de ça dans les gazettes, ni à télévision.

Serge a rouvert son livre d'histoire, pis y m'a montré une image de quèqu'un attaché avec un collier de fer au cou.

— *Le 16 mars 1649, plus de 1000 Iroquois attaquèrent les missions de Saint-Ignace…* C'est pas d'hier, ton histoire, mon gars ! Et pis, les Iroquois, c'étaient des méchants : a vous a pas dit ça, votre maîtresse ? Par icitte, les Sauvages, c'est des Malécites ou ben donc des Micmacs. Y sont pas malendurants de même. Même que, Fabienne pis moi, on a été invités aux noces d'Oona, tu te rappelles pas ?

— Ben oui, je m'en rappelle. Pourquoi, itou, que Fabienne a pas voulu m'emmener ? Vous en avez vu, des Sauvages ?

— Ben certain ! J'en ai vu d'aussi proche que je te vois là.

Y a eu l'air content que j'y dise ça.

— Ah ! oui ? Des vrais ? Où c'est que vous les avez vus ? Pas au village, toujours ben. J'aimerais ça, en voir, des Sauvages.

— En voir ? Pourquoi c'est faire ?

Celui-là, quand qu'y a une idée dans tête, y a pas moyen d'y ôter ! Y m'a répond de quoi que je m'attendais pas pantoute.

— Parce que les Sauvages, y restent dans le bois, pis, moi, j'aime ça, le bois.

S'y fallait, en plusse, qu'y save que Damien reste avec les Sauvages, je finirais pus d'essayer de le faire changer d'idée. J'ai essayé quand même.

— On en parlera une autre fois. On parlait de l'école, là. La géographie, ça t'intéresse pas non plus ?

— Pas de la manière que madame Minou nous montre. Madame Minou, c'est la maîtresse d'école. A s'appelle madame Pelchat, mais les élèves l'ont surnommée Minou rapport à son nom pis rapport à ce qu'a fait miauler la craie quand qu'alle écrit au tableau.

— Tu devrais pas l'appeler comme ça, mon gars. Une bonne fois vous allez vous échapper devant elle pis vous allez être punis. Que c'est que t'aimes pas dans la manière que votre maîtresse vous montre la géographie ?

— Ben… moi, je veux pas juste connaître les noms de tous les pays. Je veux savoir où c'est qu'y sont, comment c'est quand tu y vas, si c'est ben différent d'ici, s'y fait chaud, s'y fait frette, si y ont les mêmes arbres que nous autres, si…

Pour l'école, je peux pas l'aider, j'ai pas une grosse instruction, mais pour le reste, pour le fond du fond, c'est avec moi que ça se passe.

— T'es ben pareil à ton pépère, va ! Mais pour voir toute ce que tu veux voir, va falloir que tu deviennes savant pis que tu fasses le tour du monde.

— C'est ça que je vas faire, quand je vas être grand, voyager tout partout dans le monde. Je vas écrire des livres de géographie avec des dessins dedans, pour que les enfants d'école apprennent à aimer les autres places.

J'ai venu proche d'y dire que, s'y voulait écrire, c'était mieux qu'y continusse son école. C'est un drôle de gars, notre Serge. Y pousse tout en longueur. Y en a qui disent que c'est de la mauvaise graine, mais y se trompent. C'est pas parce qu'une graine est spéciale qu'est mauvaise, ben au contraire. Serge, quand y est pas dehors ou dans le bois avec son chien, y dessine ou ben donc y écrit des affaires dans un cahier. Des fois, je me demande si sa tête a grandi en même temps que son corps. Moi, en toué cas, quand je pense à lui, c'est toujours « le petit ».

Si ça serait pas de moi, je me demande ben qui c'est qui s'en occuperait, de cet enfant-là. J'ai beau essayer de parler à Fabienne, c'est ben clair qu'alle en veut encore à sa sœur Florence. Serge, alle l'aimera jamais comme alle aime ses filles.

— Faudrait pas oublier que Serge est de notre sang, Fabienne. Me semble que si tu voulais...

— Sans vouloir vous manquer de respect, son père, vous le savez pourquoi que j'y porte pas attention, à cet enfant-là. C'est pas un méchant petit gars, ça, j'ai rien à dire. En seulement, c'est comme un mauvais souvenir qui me revient tout le temps dans face. Quand je pense à l'autre, là, qu'a marié un gars riche pis qui fait la belle vie...

La belle vie ? La vie tout court, oui. Pauvre Florence, va ! Elle qu'était partie soi-disant avec un homme en moyens, a serait-tu devenue avarde, coudon ? Comment c'est qu'alle a ben pu aboutir sus le trottoir à Montréal ? Si fallait que Fabienne save ça...

A sait fesser en bas de la ceinture, Fabienne. Je leur ai pourtant toute dit à mes deux filles, après que leur mère a mouru. Quasiment toute. Parce qu'y a des affaires que tu peux pas dire à parsonne, surtout pas à des filles. J'ai beau vouloir faire comme que si ça serait jamais arrivé, ça s'efface pas de même, ces affaires-là. Une bonne fois, ça va finir par me ressourdre dans face, pis je vas passer pour un beau croche qui se sacre du monde. Ça brasse fort dans ma caboche.

J'étais là quand t'étais à Salem pis que t'étais ben content de la vie que tu menais, même si t'as fait des affaires que t'arais pas dû. Je suis toi. Je te suis partout. Je t'ai suivi icitte, pis je vas mourir avec toé.

Ma conscience qui parle encore ! Ben c'est moi qui décide, pas elle. Ça fait que pas besoin de m'achaler. Je suis parti, je suis revenu, point final. Y a pus rien à dire. Ah ! et pis *never mind* !

Après toute, si mes enfants me doivent le respect, ça coule de source que ma conscience a pas d'affaire à m'aggraver.

Souvent le soir, après que les flos sont couchés, je laisse les femmes à maison pis je vas à l'Auberge du Pendu. On se retrouve là, les vieux du village pis des rangs. Des fois, on s'asticote, surtout quand qu'on parle de politique. Mais des fois, itou, c'est plus tranquille. Astheure que Rosaire Lévesque est pus gardien du phare, y se tient pas mal tout le temps là. Pis y a toujours une histoire à conter. Y tient ça de famille.

— Mon père, mon grand-père itou, me contaient des histoires.

Y a une saudite bonne mémoire, en tout cas, parce qu'y conte jamais la même histoire deux fois.

— Pis les histoires qui parlent des Micmacs, c'était-tu ton père itou, qui te les contait ?

Quand Rosaire se gratte l'oreille avant de te répondre, c'est parce qu'y est embarrassé.

— Euh... Les histoires des Micmacs, c'est souvent quand je vas voir mon ami Matiw Prosper au campement que je les prends. Y a juste à écouter les Aînés parler. Eux autres, y se sarvent des histoires pour montrer des affaires aux enfants. Si vous pensez que je sais ben des histoires différentes, vous devriez les entendre. Eux autres, y fournissent. Les légendes, c'est quasiment comme qui dirait leur religion.

Ouais… je savais que Rosaire allait souvent dans le boutte de lac, mais je savais pas qu'y comprenait leur parler, aux Micmacs. Comment ça se fait, d'abord, qu'y a pas rencontré Damien ?

— Tu te tiens avec les Sauvages ? T'as pas peur qu'y te jettent un sort ?

— Me jeter un sort ! Ça prend ben juste toi, Henri, pour dire des affaires de même. Voir si les Micmacs passent leur temps à ça. Sont comme nous autres, y ont ben d'autres choses à faire qu'à s'amuser à des affaires qu'ont pas d'allure.

Proteau, tu le fais pas farmer comme tu veux.

— Pas d'allure ? Facile à dire ! Oublie pas que c'est la Sauvagesse qui travaillait au presbytère qu'a tué le curé Bigot ! Pis les histoires de Micmacs que tu contes, c'est des affaires qu'ont pas grand bon sens non plus.

— Ben, dans ce cas-là, t'es pas obligé de les écouter. Tu peux t'en aller, Henri, je suis certain que ta femme va être contente de te voir.

Ça manque jamais. Proteau fait son jars, par après, y se farme pis y écoute avec nous autres.

C'est toujours vers neuf heures du soir qu'y s'en trouve un pour aller charcher la chaise du conteur pis la placer au milieu de la salle.

La chaise du conteur est ben spéciale. C'est une vieille chaise qui tient ensemble juste par l'air du temps. Le siège est en paille, les barreaux sont tout croches, y branlent, mais ça fait rien. Toute le monde sait que c'est la chaise à Rosaire pis parsonne à part lui s'assit dessus. J'y ai souvent dit que, si y voulait, j'y en ferais une chaise, une belle à part de ça, mais y veut pas. À mon idée, quand qu'y va partir de l'autre bord, la chaise va s'effouérer et pis les belles histoires vont finir drette là.

Mais y est pas encore mort, le Rosaire. Pis mon idée, c'est qu'y en sait ben plus qu'on pense. Va pourtant falloir que j'y parle tu-seul une fois, juste pour savoir…

Quand c'est qu'y est installé sus sa chaise, y commence à parler. Ce soir-là, son histoire, a venait pas des Micmacs.

— Par icitte, le monde sait ben que si tu te promènes sus la grève la nuitte, t'as ben des chances de rencontrer des revenants. Surtout quand y a de la breume. Y en a qui disent que c'est les ceusses qu'ont péri avec l'*Empress of Ireland* qui reviennent parce qu'y veulent avoir de la compagnie. Mais y a rien de moins certain rapport que, dans le temps de Jean-Baptiste, que c'est lui que je parle de, on disait itou qu'y avait des revenants sus la grève les soirs de breume pis ça fait ben longtemps de ça. Faut dire que c'est pas les naufrages qui manquent dans le Saint-Laurent. Quand j'étais petit gars, Jean-Baptiste nous contait à nous autres, les flos, qu'un soir où c'est qu'y était sus la grève avec sa promise, la breume s'est levée d'un coup. Était tellement épaisse qu'y savait pus par où qu'y fallait passer pour retourner chez eux. Comme y étaient pas supposés d'être tu-seux sus la grève – dans ce temps-là, tu sortais pas avec une fille sans avoir un chaperon – les v'là ben affolés de pas retrouver leur chemin. D'un coup, Jean-Baptiste pis Albertine, sa promise, ont vu un petit gars qu'y pouvait pas avoir plusse que six ou sept ans, pis qu'y marchait sus la grève. Excepté qu'y avait des cheveux gris comme un vieux, pis y marchait pas direct à terre, rapport qu'y avait pas de pieds. C'est comme ça qu'y ont su que c'était un revenant. Y leur faisait signe de venir avec lui, pis y s'en allait direct dans le fleuve. D'un coup, y a un grand sarpent qu'a sorti de l'eau pis qui a avalé le petit gars. Vous pensez ben que les promis sont partis sus l'autre bord à fine épouvante. Quand qu'y sont enfin arrivés devant la maison d'Albertine, son père l'attendait avec une strappe. Alle a été ben punie, son père l'a battue pis y a dit qu'y la laisserait jamais se marier avec Jean-Baptiste. A fallu que les promis attendent que le vieux seye défunté avant de pouvoir se marier. Mais le vieux torrieux se décidait pas à mourir. Y a attendu ses cent ans avant de partir. Albertine avait quatre-vingts et Jean-Baptiste quatre-vingt-deux quand qu'y sont passés devant le curé. Ben sûr, à leur âge, y pensaient pas avoir d'enfants. C'est pour ça que Jean-Baptiste a quasiment tombé sus le dos quand Albertine a dit qu'était en famille. Toute le monde disait que c'était un vrai miracle. Mais ç'a mal tourné : Albertine a eu un garçon qu'est venu au monde avec une longue barbe blanche, que t'arais dit un petit vieux. C'est pour ça que Jean-Baptiste a pus jamais voulu se promener sus la grève. Excusez-la.

Je savais pas trop quoi penser de son histoire, au Rosaire. Parce que me semblait que ça me visait, rapport que, pour un boutte, j'avais tenté sus Rose-Délima Lepage pis que toute le monde au village le savait.

— Coudon, Rosaire, ton histoire, ça veut-tu dire que les vieux devraient pas se marier ?

— Pantoute, P.A. Je vise parsonne. Tu sais aussi ben que moi que, par icitte, ça parle souvent de revenants. Y en a qui y crèyent, y en a qui y crèyent pas, c'est selon. Même toi, tu te gênes pas pour dire que la maison à ton frère Damien est hantée.

Eille ! Ça, c'est une roche dans mon jardin sûr et certain. Rosaire, y sait que Damien reste avec les Sauvages, j'en mettrais ma main au feu.

— Je le dis parce que c'est vrai, Rosaire ! Je suis pas tu-seul à avoir entendu siler pis à avoir senti le frette dans cette maison-là.

Parsonne a répond. Parce que, quand c'est juste des histoires qu'on conte dans les veillées, c'est ben correct, mais quand c'est quèque chose qu'existe, comme la maison à Damien, le monde sont pas mal moins farauds. C'est vrai, après toute, y a des affaires que je comprends pas moi-même.

En toué cas, y a pas à dire, Rosaire y connaît son affaire. Des histoires, y en a toujours en réserve dans le ciboulot.

Pendant que ça applaudit, Odélie, la femme de l'aubergiste, fait du café pour les ceusses qui sont un peu poqués à cause qu'y ont trop pris de boisson.

C'est le signe que le bar est farmé. À partir de dix heures, Gérard prend pus de commandes pour la boisson. Ça veut dire itou que, dans une demi-heure, la porte de l'Auberge va être barrée. Ça se comprend. Rapport que, que tu seyes du fleuve ou ben donc de la terre, la journée commence de bonne heure.

Quand l'Auberge farme, Jules pis moi, on prend le bord de la maison. Mon beau-frère Jules reste avec nous autres astheure que sa femme Rosalie, la sœur à Madone, a défunté. Avait ben fallu que je le prenne, j'avais pas le choix.

Mon gendre avait toute décidé sans même me laisser le temps de parler.

— Vous avez juste à venir rester icitte. Fabienne va vous avoir soin. C'est ben dit dans les commandements : « Père et mère tu honoreras. » Vous êtes mon père, on vous doit le respect. Vous êtes d'adon, le beau-père ?

Comment tu veux répondre à ça ? Si on disait non, Fabienne pis moi, on aurait passé pour deux beaux sans-cœur.

— Ben oui, Jules, c'est sûr que tu peux venir rester icitte, pis ta fille Émilie avec. Ça fait longtemps que Fabien me casse les oreilles pour que j'agrandisse la maison. Ben là, y va être content, parce que c'est que c'est qu'on va faire. M'en vas faire passer le mot dans les rangs, on va faire un bi pour rajouter un étage, pis tu vas voir que ça va se faire en criant ciseaux.

Je m'étais pas trompé. Le monde des rangs se sont mis à arriver, un après l'autre, pour aider à monter la charpente. On commençait juste à travailler que v'là tu pas le curé Ladouceur qui débarque de son vieux char, habillé en salopette. Ça faisait drôle de le voir pas de soutane. En toué cas, pour un curé, y tire pas du grand.

— Je suis venu voir si je pouvais donner un coup de main. Dans le temps, ma sainte mère disait que je me débrouillais bien avec un marteau. Jules, je vous présente mes condoléances pour la mort de votre épouse. Paul-André, que voulez-vous que je fasse ?

— Vous êtes ben *blood*, monsieur le curé. On prend toute l'aide qui passe. Faut penser qu'on va être onze personnes.

— Onze ?

— Ben oui, vous avez juste à compter : Florence, Johanne, Fabienne, Nador pis leurs quatre enfants, Jules et pis Émilie. Avec moi, ça fait onze. Faut pas oublier Framboise, Gripet et pis Coucou.

— Je vous demande pardon ?

— Excusez-la, monsieur le curé. Framboise, c'est une chatte qu'était à Poléon déjà, Gripet, c'est le chien à Serge, et pis Coucou, c'est la perruche.

— Ah ! bon, vous me rassurez !

Un ouvrier de plus, ça fait jamais de tort, ça fait que j'y ai montré une *beam*.

— C'est pour mettre en dessour du plancher.

— D'accord. Je me mets au travail !

On a rajouté un grand carré par-dessus l'atelier. Quatre chambres. C'était pas de trop. Quand on s'est arrêtés pour dîner, on avait un bon boutte d'ouvrage de faite.

Fabienne avait boulangé, pis alle avait faite un gros chaudron de bines. Tout le monde s'est régale, mais, par après, on a entendu pas mal de pets. Ça s'amusait à qui c'est qui péterait le plus fort. Par chance qu'on travaillait dehors, sans ça, on aurait ben péri avec la senteur.

La ferme Rioux, c'était rendu grand en si vous plaît ! Agrandir la maison, quand c'est que c'est pour tes enfants, c'est ben beau. Mais là, ça me fait de quoi de penser à ceusses de mes enfants qui sont pus là.

Florence… Dans le temps, alle avait pas mal couraillé avec n'importe qui, même avec le mari de sa sœur. Mais pas juste avec lui. En toué cas, les filles se sont pognées, pis Florence a levé le *fly*.

Poléon, c'est pareil. Après qu'y s'a sauvé de prison, on a pus jamais eu de ses nouvelles. Comme si qu'y était tombé dans un grand trou noir.

Quand Madone était en vie, apparence qu'a parlait souvent du Canadien errant dans les veillées. Je sais pas trop si c'est pour moi qu'a disait ça. Mais je suis reviendu. D'une manière, c'est quasiment une chance qu'a seye pus là, comme ça, a sait pas qu'on est rendus avec deux Canadiens errants : Florence pis Poléon. C'est de famille, faut crère. Quand on pense à Damien, que lui non plus y a parsonne à part moi pis Fabienne qui sait d'où c'est qu'y est, ben ça n'en fait trois, des Canadiens errants.

Chapitre 15

Saqawi'gann – Le dauphin

Avec la mort de Ka'lolin, une partie de l'âme d'Hannah s'est réfugiée dans le petit enclos qui marque le cimetière micmac. Son aura a pâli, son énergie l'a désertée. Le moment est venu de transmettre ses pouvoirs et son savoir. Mais à qui ? Ses enfants dispersés, Ka'lolin partie rejoindre la Terre Mère, il reste Gabe qui n'a pas le contrôle nécessaire et dont la spiritualité est émoussée par l'usage abusif de l'alcool. Restent les arrière-petits-enfants. Mais encore ? N'est pas chamane qui veut...

À celui ou celle qui lui succédera, Hannah devra inculquer que le Grand Esprit habite toutes les choses de la Vie, tels les plantes, les animaux et les herbes.

L'image de Tuma s'impose à la vieille femme. Tuma ! Le fils du fils de son fils. Celui qui est différent, celui qui refuse de chasser pour ne pas blesser nos frères les animaux. Celui qui se rend régulièrement dans la forêt pour marcher et pour le simple plaisir de découvrir de nouveaux endroits enchanteurs. Tuma, qui prend le temps d'écouter la nature, d'entendre le ruissellement de l'eau, le chant des oiseaux et le cri des animaux.

Le garçon qui passe des heures à l'aider à faire sécher les herbes ou à préparer des capteurs de rêve ; celui en qui elle veille à garder vivante la langue de leurs profondes racines.

Il a grandi sans rien perdre de cette élévation d'esprit. Comment n'y a-t-elle pas pensé auparavant?

— C'est parce que tu es vieille? Tu as quel âge?

— Oui, Tuma, je suis vieille et tu es mon descendant.

— Mais tu as quel âge?

— Je ne sais pas. Quand j'ai demandé à ma mère, elle m'a dit: «Tu es née à la lune d'été, pendant une nuit sans vent.»

Tuma, qui a été à l'école des Blancs, est intrigué par cette façon de compter, par l'univers de son arrière-grand-mère révérée par toute la communauté. Il pousse plus avant son interrogatoire.

— Et mon grand-père, lui?

— Mon fils Malg? Tu sais qu'il demeure à l'île du Cap-Breton. Ah! tu aimerais connaître son âge? Eh bien… Laisse-moi penser… J'ai eu beaucoup d'enfants, Tuma. Dix! Rien que des garçons. Malg, c'est le dernier. Et il est le seul toujours en vie.

Sans le dire, pour ne pas peiner son aïeule, Tuma songe qu'en effet, elle est bien vieille puisqu'elle n'arrive pas à se souvenir.

Hannah continue:

— Malg est arrivé pendant la lune du chef, un soir de tempête. Tu sais, cette tempête qui a duré des jours et des jours et où il faisait si froid qu'il fallait mettre des piles et des piles de fourrures pour dormir… Tu te rappelles pas? Non, bien sûr. Qu'est-ce que je dis… tu peux pas te rappeler, t'étais pas encore né.

«Donc, songe encore Tuma, il y a eu Hannah, ensuite Malg, ensuite mon père Gabe et ensuite moi. Hannah doit avoir au moins cent ans. » Et c'est lui, son arrière-petit-fils, qui a été choisi pour la remplacer. En sera-t-il capable ?

— Le chamane est le messager des Aînés. Il est médecin, prêtre et conseiller.

— Hannah, tu crois que je peux être tout ça ?

« Il doit aussi être d'une grande force de caractère et d'une extrême sensibilité », se dit Hannah. Et Tuma possède incontestablement ces caractéristiques.

— Bien sûr, que tu peux ! Tout ce que je sais, je vais te l'enseigner, Tuma. Même si je suis vieille, on a encore le temps.

Hannah a toujours honoré et remercié le Grand Esprit. Elle a partagé les dons de la Terre Mère avec toutes les créatures vivantes, a favorisé une vie saine à travers l'amour et la vérité.

Elle a reçu cet enseignement de sa mère qui le tenait de sa mère à elle. À travers les traditions orales, les cérémonies, le chant, la danse, la langue et les coutumes, elle a appris à vivre chaque jour. Elle sait choisir les plantes qui gardent le corps en harmonie, les pensées saines et l'esprit pur.

— Les herbes et les plantes servent à se purifier. Quand on les brûle, la fumée monte vers le Grand Esprit comme une prière.

L'aïeule et son héritier sont tous deux au bord de la rivière. Leurs échanges sont laconiques. Tous deux savent qu'il n'est point besoin de beaucoup de paroles pour se comprendre.

Tuma se penche, mains en corbeille, pour recueillir de l'eau.

— Regarde : quand je la prends dans mes mains, l'eau est vivante.

— L'eau purifie le corps. Les plantes purifient l'esprit.

Tuma sait déjà qu'avant de cueillir une plante, il faut lui parler, respirer son esprit.

— Tu n'as qu'à expliquer à la plante pourquoi tu as besoin d'elle. Seulement après lui avoir parlé, tu peux en couper la tige ou la déraciner en laissant une offrande à sa place pour remercier son esprit. Ne prends jamais plus que ce dont tu as besoin.

Tuma ne s'étonne pas de ces recommandations. Lui qui a toujours ressenti un malaise face aux membres de sa famille, et même de sa communauté, il comprend maintenant qu'il a, depuis toujours, été destiné au chamanisme. Tout ce que lui apprend sa grand-mère, il le sait déjà, au fond de son cœur.

Ainsi, il sait qu'une fois la plante ou l'herbe cueillie, il faut la laisser sécher pendant quelques jours dans un endroit sombre. Une fois sèche, on emmêle les brins pour former une gerbe.

— Et après, ajoute-t-il, on peut l'utiliser pour guérir, ou pour la cérémonie, la danse ou les chants.

— Tu sais qu'en faisant brûler la sauge, le cèdre ou le tabac, la fumée sert à transmettre nos remerciements au Grand Esprit de la vie ?

— Oui, je sais. Les plantes servent à honorer les esprits qui veillent sur nous.

Contente de son élève, Hannah lui demande :

— Maintenant que tu connais la manière de les prendre, peux-tu me dire à quoi sert chacune d'entre elles ?

Sans hésiter, le jeune homme se lance dans une énumération.

— Le cèdre soigne les infections et éloigne les mauvais rêves ; le chèvrefeuille soigne le rhume, les maladies du foie… C'est pour ça que tu en as donné à papa ?

— Oui. Tu vois, le chèvrefeuille fait aussi venir l'amour pendant les rencontres de famille.

— Je comprends. Je continue : l'érable purifie l'air pendant une rencontre ; le foin d'odeur, les cheveux de la Terre Mère, attire les énergies et aide l'esprit à s'ouvrir aux ondes positives ; le pin soigne les maladies des poumons et son odeur, qui rappelle les grands espaces, inspire les artistes ; le romarin est la plante des hommes et des femmes médecins pour ôter la douleur ; la sauge purifie les gens, les objets inanimés et même les auras. Elle transforme les énergies négatives en énergies positives… Je n'ai rien oublié ?

— Il en reste deux : le sapin soigne les plaies et son odeur aide à être heureux ; le tabac sert d'offrande et assure la sécurité dans la tempête, en plus de permettre de demander l'aide du Grand Esprit. On peut l'offrir à une pierre, ou encore à l'esprit d'un animal, ou d'un arbre qu'on vient de couper. On met un peu de tabac par terre avant de faire une prière de remerciement.

Tous les jours, inlassablement, Hannah renseigne, enseigne, communique.

— Quand tu seras âgé à ton tour, tu enseigneras toutes ces choses à l'un des enfants de Sanet.

Hannah sait que Tuma n'aura pas de descendant direct. Tuma ne parle pas de son penchant pour les hommes et l'aïeule n'en fait pas mention. Même si l'homosexualité est relativement bien acceptée par les Micmacs, ce ne sont pas des choses dont on parle.

La femme médecin et le nouveau chamane s'unissent en esprit pour une prière. Elle, la vieille femme, qui se rapproche de la fin, lui, le grand jeune homme au corps sain, à l'esprit droit et au cœur généreux, demandent aux dieux de les accueillir et de les soutenir.

Chapitre 16

Escapade

Serge avait parti le matin : on l'avait pas vu pour le dîner, pis là, le souper achevait, y était toujours pas à maison. Fabienne commençait à voir rouge.

— Y va passer en dessous de la table, c'est moi qui vous le dis. Y est temps qu'y apprenne que je tiens pas un restaurant icitte pour que tout un chacun arrive à n'importe quelle heure, Sainte-binne ! Où c'est qu'y peut ben être ? Vous avez pas une idée, vous, son père, rapport qu'y a quasiment rien qu'à vous qu'y parle, cet enfant-là ?

— Ben non, y m'a rien dit.

— Ah ! c'est fin encore ! Il passe six heures, là. Son père, vous iriez pas voir au ras la rivière, des fois ?

— Attends encore. Je l'ai vu partir à matin avec deux pommes dans ses poches, le chien sus ses talons. Y est pas en perdition, y va ben finir par revenir, va.

C'est là que la petite a dit qu'avait vu son frère partir.

— Y est allé dans le bois avec Gripet. Je les ai vus au ras le chemin de l'érablière.

— Ça se peut pas, voyons, Madou. C'est ben défendu d'aller dans le bois.

— Serge y va souvent.

— Ah ? Il y va souvent, hein ? Ben ça, c'est le boutte du boutte ! Attends qu'y revienne, celui-là. M'en vas y dire ma façon de penser, je vous en passe un papier. Et pis ça va prendre du temps avant qu'y sorte de la maison, itou.

— À ta place, je m'en ferais pas trop. Les veillées sont encore chaudes, y peut pas avoir frette. Et pis, avec Gripet, y a pas grand-chose à craindre. Ce chien-là le suit partout.

— On sait ben, vous, son père, quand c'est pour Serge, vous êtes toujours de son bord. Pis si y revient pas ? Le soleil va se coucher betôt. Faudrait quand même pas qu'y passe la nuitte dans le bois.

Pour dire le vrai, je faisais semblant de rien, mais, moi avec, je commençais à me demander où c'est qu'y pouvait ben être, cet enfant-là. Juste comme je pensais à appeler du monde pour le charcher, v'là-tu pas mon Serge qui s'est montré le nez dans porte, le chien sus les talons.

— Tiens, quand on parle du loup…

Fabienne s'est virée de bord d'un coup sec.

— Veux-tu ben me dire où c'est que t'étais toute ce temps-là ? T'as manqué le dîner, t'as manqué le souper, pis un peu plus tu passais la nuitte dehors.

— Je m'ai étendu au ras un arbre et pis je m'ai endormi.

— C'est pour ça que t'as la face sale de même ?

La face sale, oui, c'est vrai qu'y l'avait. Mais y avait aussi une sorte de lumière dans ses yeux. Mon idée qu'y avait dû se passer quèque chose de spécial. Fabienne a rien remarqué, alle était trop fâchée.

— Va te laver, mets ton pyjama pis couche-toi. Pour à soir, tu vas te passer de manger, ça t'apprendra. Tu sais pourtant que c'est défendu d'aller dans le bois.

— Fabienne, tu penses pas que…

— Vous, son père, dites rien. Vous avez beau essayer de défendre votre préféré, à soir, ça marchera pas.

Serge pis moi on s'est regardés. Je savais qu'y voulait me dire : « Je vas toute vous conter, pépère. Drette demain. »

J'ai faite oui avec ma tête, pis le petit est monté comme Fabienne y avait dit.

— Si c'était pas défendu de se baigner dans rivière à cause des remous, on arait pas besoin de se cacher.

— C'est défendu parce que c'est dangereux, Serge. Tu te rappelles pas, la petite Sauvagesse qui s'a neyée, y a pas longtemps ?

— Oui, je m'en rappelle. Apparence même qu'a l'a faite exprès pour tomber à l'eau. Moi, je ferais jamais ça. En seulement, les parents veulent pas non plus qu'on se baigne dans le lac et, nous autres, on a chaud. Vous croyez ça, vous, pépère, que le lac est maudit ?

— C'est dur à savoir, ça, mon gars. Tu sais, le monde parle, y disent des affaires, des fois, y en mettent plusse qu'y en a. Ça continue de faire le tour pis d'un coup, tu te rends compte que juste une tite affaire, c'est rendu aussi grand qu'une porte de grange. Comprends-tu ? Le Lac-au-Sorcier s'appelle comme ça rapport que le monde disent qu'y a un sorcier qui reste dans l'eau. Y en a d'autres qui content que c'est un Grand Esprit micmac qui watche le lac pis qui peut te faire du mal si tu vas dedans. Ta grand-mère, elle, avait pour son dire qu'y avait un *wendigo* qui rôdait dans le bois, la nuitte.

— Pensez-vous que votre frère Damien a rencontré le *wendigo* et puis que c'est pour ça que vous l'avez pus jamais vu ?

— Ça se pourrait. Par icitte, le monde a pour son dire que quand tu rencontres le *wendigo*, ou ben donc tu vires *wendigo* toi avec, ou ben donc tu vires fou. En toué cas, je suis certain que Damien est mort, autrement y hanterait pas sa maison.

Ah ! c'est fin, ça, P.A., ben fin ! Si jamais Damien retrouve sa souvenance pis qu'y s'amène par icitte, de que c'est que tu vas faire ?

— Mon ami Réjean, lui, y dit que la maison à côté est pas hantée pantoute, que c'est juste des histoires pour faire peur au monde. Y dit itou qu'une bonne fois, y va rentrer dans maison parce qu'y a pas peur.

— Tu y diras, à ton Réjean, que je veux pas le voir rôder autour, sans ça, ça va aller mal pour lui. Si je le pogne dans le boutte, m'en vas avartir son père. C'est rendu que les jeunes ont pus de respect pour les défunts, astheure, ma parole… Et pis, y se trompe, ton ami. Y a un revenant dans la maison à Damien, sûr et certain.

— Vous l'avez vu ?

— Pas vu, non, mais je l'ai senti. Ah ! je sais qu'y a du monde qui risent de moi, quand que je parle de ça, mais je sais de quoi je parle. Quand tu vas dans c'te maison-là, des fois tu sens comme si quèqu'un était là, drette à côté de toi. T'entends quèqu'un qui se lamente pis tu sens de l'air frette, itou. La même air qu'y a dans les tombes. Des fois, itou, tu vois des lumières qui s'allument par le châssis. Damien doit attendre qu'on y donne une sépulture chrétienne.

— C'est quoi, ça ?

— C'est quand t'es enterré dans terre bénite, dans un cimetière catholique. C'est ça qu'y veut, Damien, prends-en ma parole. En seulement, pour ça, faudrait le retrouver. On aura ben beau faire chanter des messes autant comme autant, ça nous dit pas où c'est qu'il est.

C'est ça, P.A. continue à conter des menteries. Une fois parti… T'as pas honte ? Toi qui passes ton temps à dire à Serge qu'y faut pas mentir…

— Si c'est le *wendigo* qui l'a tué, vous le trouverez pas. Ça veut dire que la maison va toujours être hantée ?

— C'est ça que je pense. Mais va donc démêler le vrai du faux, là-dedans !

— J'aimerais ça, pépère, voir la maison à mononcle Damien. Voulez-vous, on va y aller, tous les deux, un bon soir ?

— Hum... je sais pas trop. Une maison hantée, c'est pas une place à fréquenter pour les enfants. Faut dire, itou, qu'y en a qui pensent que, les fantômes, c'est des histoires de ma grand-mère.

— Ou des histoires de mon grand-père, peut-être ? Justement, vous êtes mon grand-père.

— Ah ! mon petit maususse ! T'es quasiment aussi gripet que ton chien, sais-tu ? De que c'est qui t'attire là ? Y a rien à voir, je te l'ai dit. C'est juste des affaires qu'on sent.

— Je sais pas, pépère, pourquoi j'ai envie d'y aller. C'est comme aller dans le bois quand c'est défendu, je suppose.

— Ah ! oui ? C'est pour ça que tu y vas ?

— Pas seulement parce que c'est défendu, pépère. Je peux pas vous expliquer comme je voudrais. Aussitôt que j'approche des arbres, c'est comme si y avait quèque chose qui me tirait en avant.

— Tu dépasses pas le grand chêne, j'espère ?

Le grand chêne, c'est un arbre ben spécial. D'abord y est bossu, tout croche, pis on dirait que les animaux en ont peur. C'est vrai que, quand tu le regardes, ça te fait venir le cœur serré, comme si qu'y avait du méchant monde dedans l'arbre.

— Ben... oui, des fois. Pourquoi on est pas supposé de dépasser cet arbre-là ?

— Parce qu'après, c'est le territoire des Sauvages, mon gars. Pis ça leur arrive de mettre des pièges pour pogner des animaux. Si t'as le malheur de mettre le pied dans un piège, c'est du coup que ta jambe te servira pus à grand-chose. Tu pourrais tomber, te faire mal, ou ben donc te parde, pis parsonne sarait où c'est que t'es.

À la manière qu'y me regardait, c'était clair qu'y avait pas peur pantoute.

— Gripet va me protéger. Pépère… si je vous dis quèque chose qui est secret, vous le direz pas aux autres ?

— Jamais, tu peux être sûr.

— Vous rirez pas de moi ?

— Ben non. Pourquoi c'est faire que je rirais ?

— Parce que c'est une affaire qu'a pas d'allure, tellement que j'ai de la misère à y crère moi-même.

Pauvre ti-gars, y était tout à l'envers.

— T'aurais-tu faite un péché, mon gars ? Parce que c'est sûr que, quand tu vas dans le bois pis que c'est défendu, c'est péché, rapport que t'as désobéi à ta mère.

C'est là qu'y m'a assommé ben raide, mon petit gars.

— Fabienne, c'est pas ma mère. A m'aime pas. C'est pour ça qu'est toujours sus mon dos.

Jamais j'arais pensé…

— Comment ça se fait que tu sais ça, toi ?

— Ben, je suis pas sourd. Je l'ai entendue quand elle parlait à matante Kathleen. Mais vu que Fabienne est pas ma mère, ça veut-tu dire que vous êtes pas mon grand-père ?

Y était vite sus ses patins, le petit gars. Mais là, y avait quasiment les larmes aux yeux.

— Tu peux continuer à m'appeler pépère. Même que j'aime ça quand tu m'appelles de même.

— Moi aussi, j'aime ça. C'est qui, ma mère ? Vous le savez, vous ?

— Oui. Mais c'est pas à moi de te le dire. Toute ce que je peux te dire c'est que, ta vraie mère, a reste pus par icitte, à Roches-Noires.

— Ah ! c'est pas grave si vous voulez pas parler. Je vas le demander au Grand Esprit la prochaine fois que je vas retourner dans le bois.

— Le Grand Esprit ?

— Ben oui, c'est ça, mon secret. Écoutez ben, pépère, je vas toute vous conter. Hier, je vous l'ai dit, j'ai passé le grand chêne pour aller plus loin dans le bois. J'ai marché en regardant partout autour de moi. Je sais pas si vous avez remarqué ça, mais quand qu'on est dans le bois, le soleil passe à travers les arbres pour éclairer la terre, ça fait une lumière tellement belle que t'en as jamais vu d'aussi brillante, même à église. J'ai marché longtemps, mais, d'un coup, j'étais fatigué, j'ai décidé de m'en revenir à maison. Seulement j'arrivais pas à trouver mon chemin. Même Gripet savait pas de quel côté y fallait aller. J'avais beau marcher, marcher, on aurait dit je voyais tout le temps les mêmes choses. J'étais pardu. Je m'ai mis à pleurer, vous le direz pas, hein, pépère ? Parce que j'ai pas envie que mon ami Réjean dise que je suis un bébé lala. Je m'ai assis proche d'un arbre pour penser à mon affaire, mais je me suis endormi, ça, c'est la vérité. Mais tout d'un coup, Gripet s'est mis à se lamenter. Ça m'a réveillé, comme de raison. J'ai regardé autour de moi, y avait quèque chose d'étrange dans l'air. Je peux pas dire ce que c'était. Ça ressemblait à un nuage qui s'aurait accroché à une branche. Mais un nuage qui changeait de couleur tout le temps. Il y avait une sorte de musique, aussi. Par après, j'ai entendu une voix dans ma tête. Ça disait : “Je m'appelle Outikou, je suis le Grand Esprit du lac et de la forêt. Toi, Serge Lebel, que viens-tu faire chez moi ?” J'aurais dû avoir peur, pépère, vu que le Grand Esprit savait comment que je m'appelle, mais il avait pas l'air fâché. Il posait juste une question, ça fait que je lui ai répondu : “Je sais pas pourquoi je viens. C'est comme si y avait quèqu'un qui me tirait par la main." C'est là qu'y m'a dit: "Tu peux revenir quand tu veux. Parce que, toi, tu entends le chant du vent, tu sens l'odeur des arbres. Je ne te ferai pas de mal." Aussitôt que le nuage a parti, j'ai vu une femme qui ramassait des affaires à terre. A m'a regardé drette dans les yeux pis alle a allongé le bras pour me montrer la *trail* pour m'en revenir. J'étais pus perdu. J'aimerais ça y retourner, pépère, asteure que je connais le chemin.

— M'en vas essayer d'arranger ça.

Rêve, mon gars, rêve! Que ça en fasse un, dans famille, qui seye capable d'écouter la chanson du vent dans les arbres.

Pour dire toute la vérité, y avait des affaires que j'aimais pas dans ce que le petit m'avait conté. Je pensais que peut-être ben y voyait des choses qu'étaient pas là. Mais j'avais promis de l'aider à y retourner, fallait que je tienne ma promesse.

Faut crère que le Grand Esprit à Serge m'aidait, parce qu'on a eu un été chaud comme jamais. Tu faisais juste t'assire à table, pis l'eau te pissait dans face. On mangeait quasiment juste des sandwiches rapport qu'on filait pas pour manger chaud, *never mind*. Au souper, le lendemain, j'ai pogné le taureau par les cornes.

— Y fait tellement chaud que j'arais ben envie de m'envoyer de l'eau sur le corps. Je pense ben que je vas aller au lac demain, pis je vas demander à Serge de venir avec moi. De que c'est que t'en penses, Fabienne?

— Ah!... j'aime pas ça. Y a tellement d'histoires qui courent, sus ce lac-là... C'est pas pour rien qu'y s'appelle le Lac-au-Sorcier. Je fais pas exprès pour vous contrebarrer, son père, en seulement j'ai souleur. D'un coup que vous pognez un mauvais sort pis que vous l'apportez icitte, dans maison, avez-vous pensé ça ? Pourquoi vous allez pas au fleuve, à petite *beach* proche de sus les Lepage, à place ? Au moins, là, y a du monde pour vous aider s'y vous arrive de quoi.

— Aller se baigner dans mer ? Avec les roches pointues que tu peux te maganer les pieds dessus, pis l'eau qui monte ou ben qui descend, tu y penses pas, Fabienne ? La mer, c'est traître en si vous plaît ! C'est ben plus dangereux qu'un lac si tu veux mon idée. Surtout que ce lac-là est pas creux.

Si tu penses que m'en vas aller proche de sus Rose-Délima Lepage pis faire un fou de moi en me mettant les pieds dans l'eau, avec mes jambes de culotte relevées, t'es mieux d'oublier ça.

— Pas creux, pas creux, c'est vite dit. Et pis d'un coup Serge fait une mauvaise rencontre dans le bois pis que ça revire mal ?

— Coudon, t'as-tu peur de ton ombre ? Je pense pas que ça va arriver. Et pis, y faut pas oublier Gripet. À grosseur qu'y a, ce chien-là, ça prendrait quèqu'un de pas mal fort pour être capable de faire mal au petit. Y arrivera rien, parce que tu peux être certaine que m'en vas le watcher.

— Bon, c'est d'adon. Mais à condition que vous seyez tout le temps là.

Le chien était tellement content quand y a vu qu'on prenait le bord du lac, y dansait quasiment. Serge, lui, on voyait le contentement sus son visage. Fabienne nous avait donné de quoi pour faire un pique-nique.

Je m'ai assis au ras un arbre pendant que le petit se baignait. Y plongeait, remontait, plongeait encore. Y faisait la chandelle, avec les jambes en l'air, la tête dans l'eau. J'étais pas inquiet. Parce que c'est vrai que ce lac-là est pas creux pantoute. Un homme faite pourrait rester deboutte dedans pis pas avoir de l'eau par-dessus la tête. Pendant que je jonglais, le petit a arrêté ses folleries pis y grouillait pus pantoute. Assez que j'ai eu peur qu'y file pas.

— Serge ? Que c'est qui t'arrive ? Tu t'es pété la tête sus une roche ?

Y m'a pas répond. Y restait assis dans l'eau, sans grouiller. Je m'attendais à ce qu'y sorte pis qu'y veule dépasser le grand chêne, mais non, y est resté là. D'un coup, y a eu comme une sorte de breume autour de sa tête. Ça se pouvait-tu que l'affaire de son Grand Esprit seye vraie ? C'était dur à savoir, rapport que, les enfants, ça dit des affaires qu'y voyent juste dans leur tête.

Serge a ben dû rester pas loin de deux heures dans le lac. Après, y avait faim. J'ai sorti les cretons, le pain pis la liqueur aux fraises.

— Ah ! ça fait du bien ! Pousse-toi, Gripet ! Tu vas avoir ta part, crains rien. Quand on va avoir fini de manger, pépère, je vas-tu pouvoir retourner dans l'eau ?

J'ai mis mon pied à terre. Après toute, j'étais là pour ça.

— C'est d'adon, mais pas longtemps. Rapport qu'y faut revenir à maison avant la noirceur pis qu'on a une bonne heure de marche à faire.

Après manger, finalement, Serge est resté au ras moi.

— Si tu veux aller de l'autre bord du grand chêne, c'est le temps.

— Pas besoin. Je vas seulement m'étendre pour sentir la terre pis les aiguilles de pin. Sentez-vous comme ça sent bon avec le soleil qui chauffe ? Les arbres sont contents. Vous savez, pépère, le Grand Esprit m'a parlé tout à l'heure, pendant que je me baignais.

— Ah ! oui ? Que c'est qu'y t'a dit ?

— C'est pas des vrais mots comme nous autres quand qu'on parle. Non, c'est comme une musique qui me fait aller ailleurs dans ma tête pendant que mon corps reste ici. Là, j'ai vu de l'eau, mais c'était pas l'eau du lac, c'était la rivière Tranquille. Y a quelqu'un dans rivière.

— Un autre Grand Esprit ?

— Non. C'est quelqu'un comme vous pis moi. Y marche dans l'eau. C'est un qui s'est neyé, je pense.

— Ça se peut pas, mon gars. Si y marche, comme tu dis, y peut pas être neyé. Parce que si y était neyé, y serait mort. Pis, quand t'es mort, tu marches pas.

— Je peux pas vous en dire plus, pépère. Y a l'air mort, en tout cas.

— Y a parsonne qui manque au village ou ben donc dans les rangs. Faudrait que ça seye un étrange qui connaissait pas le coin pis qui s'a neyé. Je me demande pourquoi ton Grand Esprit t'a montré ça.

— Je sais pas, pépère. Pensez-vous que c'est péché de voir des choses de même dans ma tête ?

— Je pense pas, mon gars. Rapport que c'est pas toi qui décides de sentir ces affaires-là. T'es pas responsable. Astheure arrive, on s'en va à maison.

— On va revenir, hein, pépère ?

— Tu peux être certain de ça. Même que, si tu veux, on va dépasser le grand chêne toutes les deux.

Ça m'intriguait, cette affaire d'homme neyé pis qui marchait dans rivière. Après souper, je m'ai rendu au bord pis j'ai marché toute le long jusqu'à quand que la rivière se jette dans mer. J'ai rien vu pantoute qui ressemblait à un homme, qu'y seye vivant ou ben défunté. Pourtant, l'eau était claire sans bon sens. Si qu'y avait eu quèqu'un, je pouvais pas faire autrement que le voir, me semblait. Mon idée, c'est que, finalement, le petit se faisait lui-même des images dans sa tête. C'est pas qu'y est mental, loin de là, y est ben intelligent, mais des fois on pense qu'on voit des affaires pis c'est juste comme dans un rêve. Quand je dis qu'on est pareils, lui pis moi… Moi avec, ça m'arrive des fois, de voir des drôles d'affaires. Là, je m'ai demandé si c'était pas que le petit rêvait même quand qu'y était réveillé. Mais moi, j'avais pas rêvé quand que j'avais vu de la breume autour de sa tête. Veut, veut pas, y se passait quèque chose de pas ordinaire dans tête de Serge quand qu'y était dans le bois qui dépasse le grand chêne, pis dans le lac itou.

J'y ai dit qu'on reviendrait. Parce que, si je le laissais pas faire, j'allais y casser son rêve. Briser le rêve d'un petit gars en mille miettes, c'est ben grave. On sait jamais le mal que tu peux faire à quèqu'un en l'empêchant de jongler. C'est ben dur, des fois, de décider. J'ai pas été un bon père, faudrait pas que je manque mon coup pour être un bon grand-père.

Serge a continué d'aller dans le bois. Des fois, j'y allais, moi itou ; d'autres fois, je le laissais aller tu-seul. Quasiment toutes les jours pendant les vacances d'été, le petit revenait avec de la breume dans les yeux.

Je pense que c'est cet été-là que mon petit-fils a commencé à dessiner. Y était pas mal bon, le petit maususse. Quand tu regardais ses dessins, tu voyais toute, pareil comme si t'avais été là.

On parlait, lui pis moi. Ben des fois, mon gars disait des affaires pis ça me faisait souleur de voir comment c'est qu'y pensait dans sa tête. Le pire, c'est que ça y arrivait de parler tu-seul, itou. Si fallait que Fabienne l'entende, c'est ben pour le coup qu'a dirait qu'y est mental pis qu'a voudrait le faire renfarmer. Tiens, juste l'autre jour, je l'ai entendu.

Soliloque

Quand qu'on voit des affaires dans sa tête, c'est-tu péché ? Parce que je sais que je vas mourir betôt, pis je voudrais pas être en état de péché pis me ramasser en enfer… Y m'arrive souvent de me pâmer, pis par après, quand que je me réveille, je me rappelle pus de rien. C'est Vous, mon Dieu, qui déciderez.

Je fais pas exprès pour voir des choses dans ma tête. C'est juste que, quand je vais dans le bois maudit – ah ! excusez, j'ai dit un mauvais mot, je voulais pas Vous offenser. Quand je vas dans le bois, j'ai juste à me coucher à terre pis y me vient toutes sortes d'affaires dans tête et puis dans le corps. C'est comme si le vent chantait une chanson, une chanson tellement belle que la tête me tourne. Une fois, mon corps s'est levé tout seul au-dessus de la terre en bois deboutte à mononcle Jules. J'ai vu la tête des arbres, je les ai entendus pleurer. Y veulent pas se faire couper. C'est-tu péché, mon Dieu, de couper les arbres ? Parce que Vous comprenez, je voudrais pas que mon pépère seye en état de péché. C'est le seul qu'est fin avec moi, à part ma sœur Thérèse, mais elle, c'est pas pareil, c'est une fille : c'est à moi d'être fin avec elle.

Excusez si j'ai mal parlé. La maîtresse qui nous fait l'école, elle dit qu'y faut faire attention à comment qu'on parle. Seulement à maison chez nous, ça parle pas comme à l'école. Des fois, je suis toute mélangé.

Mon Dieu, v'là que les yeux me ferment tout seuls… je m'endors sans bon sens… je m'endors trop pour dire ma prière…

Pauvre ti-gars, va ! Y parlait au Bon Dieu pareil comme si y était là. Ça se pourrait-tu qu'y pense à faire un prêtre ? En toué cas, y en avait encore ben à apprendre. Des fois, je me dis que, s'y continue comme y est parti là, y va être désappointé quand y va être grand pis qu'y va comprendre qu'on fait pas toujours ce qu'on veut. Y se rend pas compte… Des arbres, c'est du bois, et pis du bois, le monde en a besoin. Que ça seye pour bâtir des maisons, chauffer, faire le manger ou ben donc comme moi, pour mes meubles. Albert Taché, avec son moulin, y en a besoin, lui itou. C'est bête à dire, mais, du monde qui coupe les arbres, c'est pas ça qui manque.

Chapitre 17

Les brumes de l'île

Jennifer avait décidé de s'occuper de faire pousser des fleurs. Astheure, y en avait toute le tour de la maison, pis dans un coin du jardin avec. A bêchait, a sarclait, alle arrosait. Au moins, pendant ce temps-là, les deux femmes se chicanaient pas. Andrew, lui, y avait juste les jouaux qui l'intéressaient.

On approchait du mois de septembre.

Serge avait quasiment pas arrêté de me demander d'aller quèque part pendant toute l'été – y voulait voyager, mon p'tit homme – pis de mon bord, ça faisait longtemps que l'idée me travaillait d'aller à Isle-aux-Brumes. Ça fait qu'avant que l'école recommence, je m'ai dit que c'était le temps ou jamais.

— On va prendre le traversier, on va aller tout partout sur l'île. Tu vas voir quèque chose que t'as jamais vu, mon gars. Sus l'île, la breume est quasiment tout le temps là. On marche, pis des fois on voit les affaires juste quand qu'on arrive dessus. Le reste disparaît en arrière d'un rideau, pareil comme de la ouate. Toi qui dis toujours que tu veux voyager, c'est un commencement, d'aller à une place que tu connais pas. Ça te tenterait-tu ?

— Je vas-tu pouvoir amener mon crayon pis du papier pour dessiner ?

— Ben certain.

On est partis le lendemain, juste nos deux. On a pris une petite valise, avec un rechange de butin de corps.

— Faudrait pas oublier d'emporter une veste de laine, y fait pas chaud, sus le traversier. Pis pour le soir, on trouvera ben moyen de coucher dans une grange quèque part. Le foin fraîchement coupé, ça sent bon, t'as pas idée.

Malgré toute, ç'a pris du temps avant qu'on seye prêts, tellement qu'on est passés proche de manquer le traversier. Finalement, on est arrivés juste à temps : on était la dernière auto à rentrer dans le traversier. Y ont farmé la grande porte juste après nous autres et pis le bateau a commencé à faire marcher son moteur.

On était pas sitôt partis que Serge a monté sus le pont. Je l'ai laissé faire. Sus un bateau, y pouvait toujours pas aller ben loin.

Y a monté le plus haut qu'y pouvait, y s'a accoté contre une rampe pis je l'ai vu qui regardait en bas. J'ai monté moi avec.

— Regardez ça, pépère ! L'eau bouille pareil comme si qu'était sus le poêle.

Tout d'un coup, on a commencé à s'éloigner du quai. L'eau brillait tellement au soleil que ça faisait mal aux yeux. Y faisait un petit vent qui me passait sur les bras.

— Y fait pas chaud, mon gars. M'en vas aller charcher nos vestes de laine dans le char. Toi, reste icitte, ça sera pas long.

Y m'a pas regardé, mon idée, y m'avait pas entendu tant qu'y avait les yeux grands pour toute voir. Y s'avait même pas aparçu que j'étais à côté de lui quand que j'ai revenu pis que j'y ai parlé. Assez, que je l'ai fait sauter.

— Ah ! c'est vous, pépère ? Vous m'avez quasiment faite peur.

Plus que le bateau s'éloignait du quai de Roches-Noires, plus que l'île approchait. J'ai montré la ceinture de nuages à Serge avec mon doigt.

— Tu comprends tu, astheure, pourquoi c'est faire que ça s'appelle l'Isle-aux-Brumes ?

— Je comprends certain. J'ai jamais vu quèque chose d'aussi beau de toute ma vie. Ah ! y sont chanceux, ceux qui restent sur l'île !

— Imagine-toi faire le tour du monde, astheure ! On verrait d'autres belles affaires de même tout le temps.

— Vous, pépère, vous voulez faire le tour du monde ?

J'ai pas répond. Parce que, moi avec, j'avais les yeux pleins de lumière rose.

Au beau milieu de notre rêve, la sirène du bateau s'a mis à crier. C'était le signal qu'il fallait retourner à l'auto, qu'on était proche d'arriver. C'était de valeur qu'on peuve pas regarder le traversier accoster, mais je m'ai dit qu'on se reprendrait quand qu'on serait sus l'île.

On a sorti du traversier, on a monté la côte avec le char, malgré que c'était ben ben à pic. C'est là que mon Serge m'a quasiment assommé. On parlait de rien de spécial, pis tout d'un coup, il a dit :

— Des fois, je me demande où c'est qu'elle peut ben être, ma vraie mère. A doit pas savoir que je suis malheureux, autrement a me laisserait pas avec votre fille, pépère. A viendrait me chercher, c'est sûr. À moins qu'a m'aime pas. Ça doit être ça : a m'aime pas, c'est pour ça qu'elle m'a laissé avec mon père.

— Malheureux ? Comment ça ? T'es toujours ben pas magané avec nous autres. T'as du manger plein ton ventre, tu vas à école, t'apprends des belles affaires, on te demande pas gros d'ouvrage, je vois pas de quoi t'aurais à te plaindre.

— C'est pas que je veux me plaindre…

— Je sais ça. C'est que, ta mère, c'est ta mère, pis parsonne peut pas la remplacer dans ta tête pis dans ton cœur. Mais qu'est-ce tu veux, mon garçon, je peux pas te dire qui c'est, j'ai promis. Quand t'auras tes vingt et un ans, si tu veux toujours le savoir, m'en vas te le dire. Si je meurs avant, je vas laisser un papier exprès pour toi, avec le nom dessus.

— Mon père, lui ?

— Quoi, ton père ?

— C'est-tu ben Nador Lebel qu'est mon vrai père ?

— Oui, mon gars. Nador, c'est ton père pour de vrai. C'est pas difficile à crère, t'as juste à vous regarder toutes les deux. Deux gouttes d'eau. Si que vous auriez le même âge, vous seriez des bessons, tant que vous vous ressemblez.

— D'abord, vu que mononcle Jules, c'est le père de pôpa, ça veut dire que c'est mon grand-père ?

— C'est tout ce qu'y a de plus vrai.

— Dans ce cas-là, je devrais l'appeler pépère, pas mononcle.

— C'est ton grand-père, mais c'est aussi ton grand-oncle, rapport que, Fabienne pis Nador, y sont cousins.

— C'est mêlant pas pour rire, ce que vous disez là.

Sus l'Isle-aux-Brumes, y a trois villages. Drette sur le *top* de la grosse roche, c'est Cap-en-Haut. Mort-Grève, ben le nom le dit tu-seul, c'est au bord de l'eau. Y a le village micmac, itou : Mûn'kwan.

On a commencé à faire le tour avec le char. Y avait des affaires que je me rappelais pus de, c'était quasiment comme si j'arais jamais venu. Le petit, lui, y avait pas assez d'yeux pour toute voir.

Rendu à Cap-en-Haut, j'ai parqué le char dans le rond-point, pis on a débarqué. C'était comique de voir comment c'est que c'était arrangé, cette place-là. T'avais un grand rond de pelouse dans le milieu, pis alentour c'était l'église, le presbytère, un petit magasin général pis une boulangerie. Me semblait pas que c'était comme ça quand que je venais avec mon père…

Les autres maisons, étaient le long de trois rues qui partaient toutes les trois du rond-point.

Dans la vitre de la boulangerie, y avait une annonce : « Ce soir, à 7 heures, c'est le bal des foins. Le monde de Mort-Grève sont invités eux autres avec. Venez en grand nombre. »

C'était écrit itou qu'y était pour avoir une épluchette de blé d'Inde, une course en sac de jute, pis ben des prix à gagner. Déjà, y avait du monde qui plaçait des guirlandes de lumière après les poteaux électriques.

Serge pis moi, on a commencé par rentrer dans l'église faire une tite prière. Juste comme on était pour sortir, v'là le curé qui s'a avancé.

— Bonjour, monsieur…

— Rioux, Paul-André Rioux. Pis v'là mon petit-fils, Serge Lebel.

— Content de vous connaître. Vous venez pour le bal des foins ?

J'y ai dit que non, je savais même pas qu'y était pour avoir une fête ce soir-là avant de voir l'affiche. Nous autres, toute ce qu'on voulait, c'était de visiter. J'en ai profité itou pour y demander si y connaissait quèqu'un qui nous laisserait coucher dans sa grange pour un soir.

Ça s'adonnait que, ce curé-là, y était ben à mode.

— Eh bien… je pense que les habitants du village ont pas mal de visiteurs venus exprès pour la fête, mais, si vous voulez, je peux vous loger au presbytère, j'ai une chambre de reste pour quand il vient la visite d'autres prêtres.

— Donnez-vous pas de trouble, monsieur le curé, une botte de foin, ça va faire notre affaire.

Le v'là qui a parti à rire.

— Si ma ménagère apprend que je vous ai laissés coucher dehors, elle sera pas contente. Elle n'a pas souvent l'occasion de montrer ses talents de cuisinière parce que je suis au régime. Alors, acceptez, monsieur Rioux, je vous en prie.

— Ben coudon, si c'est comme ça…

Tant qu'à y être, on en a profité pour y demander de quoi c'est qu'y avait à voir.

— Vous comprenez, monsieur le curé, je venais par icitte avec mon père quand j'étais jusse un flo. Mais ç'a l'air d'avoir changé pas mal, depuis ce temps-là.

Le curé nous a parlé d'une grotte qu'était ben spéciale, au bord de la mer. Y avait aussi le phare qu'était supposé être le plus haut de toute le Bas-Saint-Laurent.

— Vous pourrez pas visiter le phare lui-même, c'est interdit. Mais si vous venez au bal des foins ce soir, vous rencontrerez Lionel Gendron, le gardien. C'est lui qui est notre maître de cérémonie. Le village de Mort-Grève est intéressant : on peut voir de l'autre côté du fleuve, les battures sont belles, à l'occasion on peut aussi voir des baleines.

— Que c'est que t'en penses, Serge ? Où c'est que t'aimerais aller en premier ?

— J'aimerais ça aller à grotte, pépère.

La grotte, j'avais cru la voir en montant avec le char.

— Bon, c'est d'adon, on va y aller pendant qu'y fait clair.

C'était un grand trou creusé dans roche. Je me suis passé la tête sur le bord. Ç'avait l'air pas mal grand, on a décidé de rentrer dedans. C'était encore plus grand que je pensais. C'était clair comme en plein jour, parce qu'y avait des fentes au plafond, le soleil passait par là, de biais.

— C'est presque aussi beau que la cathédrale à Rimouski, quand qu'on y est allés, toute la classe.

On a avancé tant qu'on pouvait. D'un coup, on a senti une tite brise.

— Mon idée que, cette grotte-là, a doit traverser de bord en bord de l'île. Viens, on va s'assire sus la grosse roche, là. Ton pépère a besoin de prendre son respir.

Pendant que Serge sortait son crayon pis son papier, moi, j'ai jusse regardé autour. C'était une ben bonne place pour jongler. D'un coup, v'là-tu pas mon Serge qui s'est levé deboutte, tout excité.

— Pépère ! Pépère ! Regardez donc ça !

J'ai levé la tête, pis j'ai vu de que c'est que mon gars me montrait. Y avait toujours une ceinture de breume au large, mais alle était plus loin et pis alle avait changé de couleur. Était bleue.

Après la grotte, on a traversé toute l'île en large avant d'arriver à Mort-Grève. On était à marée basse, les coquillages craquaient en dessour de nos bottes. Ça me faisait penser à quand je restais à Salem. Là itou, c'était la mer. Pas notre fleuve, non, c'était l'océan Atlantique. Mais le fleuve est encore plusse beau, ça, parsonne peut dire le contraire.

Proche du bord, on a vu ce fameux phare qu'était bâti sus une petite île, tellement petite que tu te demandais comment qu'y faisaient pour y aller, rapport qu'y avait pas de place pour accoster un bateau quand que la mer était haute. Apparence qu'y ont construit le phare après qu'y a eu pas mal de bateaux qui se sont brisés sur les roches pointues. Quand tu regardais jusqu'en haut, t'avais le cou cassé tant que ça montait. De l'autre bord, le terrain allait en descendant, la mer frappait les roches, ça faisait friser l'eau. La brume était levée, on pouvait voir les maisons de Roches-Noires qui étaient petites comme si ça avait été des bébelles.

— Et puis, mon Serge ? Tu regrettes pas d'être venu ?

— Au contraire, vous aviez raison, c'est pas mal beau par icitte. Si que je pourrais, je dessinerais toute ça. Mais j'ai presque pas vu d'arbres à part que proche des maisons. Il y a pas de bois, sur l'île ?

— Je sais pas trop. Ça fait trop longtemps que je suis venu la dernière fois. Y a des roches en masse, ça, c'est certain. Mais me semble qu'y doit y avoir des arbres du côté du village indien.

— Le village indien ? Vous m'aviez pas dit ça, pépère, qu'y avait un village indien. On va y aller, hein ?

Drôle de petit bonhomme ! J'ai parti à rire.

— Je te l'ai pas dit parce que je voulais te faire une surprise. J'ai ben pensé que tu voudrais y aller. Mais y a pas grand-chose à voir, tu sais. C'est un village comme les autres. Les Micmacs appellent leur village Mûn'kwan. Ça veut dire arc-en-ciel.

— Comment ça se fait que vous savez ça, vous, pépère ?

— Quand que j'étais petit gars, avec mon père, on venait souvent icitte, l'été. Y venait acheter des légumes, rapport que, dans ce temps-là, on avait une farme laitière. La mère avait pas le temps de faire un jardin.

Pendant qu'on marchait, j'ai continué d'y parler de toutes les places que j'avais visitées quand j'étais plus jeune. J'ai parlé du temps où c'est que j'étais cheminot à Rock

Island et puis qu'on pouvait avoir un pied au Canada et un autre aux *States*. Serge avait les yeux qui brillaient quand j'ai parlé des grandes villes comme Montréal avec les petits chars qui marchent à l'électricité, Québec, que tu peux prendre un ascenseur creusé direct dans roche pour monter amont le cap Diamant. J'ai toute vu ça, moi. On a marché longtemps, mais, avec Serge que je peux y conter des histoires tout le temps, je m'ennuie jamais ; lui non plus.

Le curé avait raison : sa ménagère faisait ben à manger. Alle avait son franc-parler, itou, pis a se gênait pas pour brasser le curé. J'y ai demandé :

— Où c'est que ça se tient, votre fameux bal ?

— Jusse icitte, dans le rond-point, en face de l'église Sainte-Félicité-et-ses-Sept-Fils.

J'ai pas pu m'empêcher de rire.

— Drôle de nom pour une église !

La v'là insultée.

— C'est pas pire que ben d'autres places. Y sont pas mieux à Mort-Grève, leur église s'appelle La Commémoration-des-Fidèles-Trépassés parce qu'y a eu ben des naufrages dans ce coin-là avant qu'y bâtissent le phare. Mais le bal des foins, c'est toujours icitte à Cap-en-Haut, rapport que la cour de l'église est plus grande. S'y continue à faire beau, on va faire ça dehors ; par après, quand la fraîche va commencer à tomber, on rentre dans salle paroissiale au sous-sol de l'église.

Alle avait pas rien que son franc-parler, alle arrêtait pas de se faire aller le mâche-patates. Juste avant de sortir de la salle, a s'a tournée vers le curé.

— Vous avez fini ? Ben, dans ce cas-là, allez donc fumer dehors, ça va me donner le temps de faire ma vaisselle. Moi avec, j'aime ça, danser au bal de foins.

— Serge, lui ?

— Y peut venir. C'est une veillée familiale. Y va y avoir pas mal d'enfants. Toute le monde traîne ses flos. Par icitte, c'est pas la coutume de faire garder les petits.

J'ai vu la face de Serge se plisser. Y haïssait ça quand on disait qu'y était petit.

— Je suis pas un bébé, j'ai douze ans, qu'y disait quand on parlait de lui.

Ah ! ça, faut dire que la danse était ben organisée effrayant. Y avaient placé des meules de foin icitte et là avec des dessins peinturés dessus. Ça faisait une belle décoration, pis peut-être ben itou que ça servait à accoter les ceusses qu'avaient pris un petit coup de trop. Le curé avait dit qu'y avait pas de boisson, mais y en avait qu'avaient apporté leur flasque, pis qu'étaient déjà ben partis.

Y avait un joueur d'accordéon-piano, un violoneux, un conteur, toute ce qu'y fallait pour passer une saudite belle veillée. C'était Lionel Gendron qu'était maître de cérémonie, y en a profité pour nous présenter.

— Mesdames et messieurs, bonsoir et bienvenue à notre bal des foins annuel. Cette année nous avons le plaisir d'accueillir le maire de Mort-Grève, ses conseillers itou. On a aussi des visiteurs de Roches-Noires, j'ai nommé monsieur Paul-André Rioux avec son petit-fils Serge. La belle femme que vous voyez là, c'est la mienne.

Ça s'est mis à rire pis à applaudir.

— Sans plus tarder, je demande à Ti-Ton Beaupré, le violoneux, de prendre sa place sur l'estrade. Envoye-nous donc un *reel*, Ti-Ton, pour commencer la veillée.

Ça s'est mis à swigner, toute le monde avait l'air de s'amuser. La ménagère du curé donnait pas sa place non plus.

D'un coup, Lionel Gendron a pris le micro pour annoncer :

— Mesdames et messieurs, je vous demande une bonne main d'applaudissements pour Ti-Claude, mon beau-frère, qui va nous danser une gigue.

V'là mon Ti-Claude qui s'est avancé sus le *stage* pis qui a commencé à stepper. Y avait pas à dire, en toué cas, y connaissait son affaire. Les pieds y allaient assez vite que tu les voyais quasiment pas. Quand qu'y a eu fini, ça applaudissait, ça criait, ça sifflait. Ti-Ton a lâché son violon pour un accordéon-piano, pis le monde a recommencé à swigner.

C'était la pleine lune, il faisait aussi clair qu'en plein jour. J'ai jeté un œil du côté de Serge. Y était assis sur une meule de foin, il avait l'air à s'ennuyer sans bon sens.

— Ça te tenterait pas d'inviter une fille à danser, Serge ?

— J'aime mieux rester icitte pis penser à la grotte qu'on a vue aujourd'hui. Pensez-vous que je vas pouvoir y retourner demain avant qu'on parte ?

— Je sais pas. Ça va dépendre à quelle heure qu'on prend le traversier. Faudrait pas arriver trop tard à Roches-Noires, les autres vont s'inquiéter.

La veillée a fini tard sans bon sens. Les étoiles commençaient à pâlir quand on est rentrés au presbytère. Serge marchait comme un gars saoul, y devait avoir hâte de tomber dans le litte, lui avec.

— Dormez tant que vous voudrez, ma ménagère va vous réveiller à temps pour la grand-messe. Le lendemain du bal des foins, je ne dis pas de basse messe, tout le monde est trop fatigué, il ne viendrait personne.

— Savez-vous, monsieur le curé, sans vouloir vous offenser, j'aimerais mieux prendre le traversier de bonne heure pis aller à messe à Roches-Noires à place.

— Ça ne m'offense pas du tout. Seulement le dimanche, il n'y a que deux traversiers : un, à deux heures l'après-midi ; l'autre, à sept heures du soir. Prenez votre temps, tant qu'à être venu. Si ça vous tente, vous pourriez même rester jusqu'au traversier du soir. C'est beau, vous savez, de voir toutes les lumières quand le bateau accoste.

— Merci. Mais on va prendre le traversier de deux heures. Comme ça, on va avoir le temps d'aller à messe icitte, pis on va quand même être chez nous pour le souper.

Aurélie, la ménagère, a mis son grain de sel.

— Et pis, après la messe, vous allez manger mon poulet rôti du dimanche, avec des patates pilées pis du grévé. Pour astheure, c'est l'heure d'aller dormir.

On a pris le bord de nos chambres, pis mon idée que tout le monde s'est endormi vite.

Chapitre 18

Disparu

J'ai l'habitude de me lever de bonne heure, mais quand j'ai rouvert les yeux, y passait huit heures. J'en revenais pas ! Serge était pas couché à côté de moi. Je m'ai dit qu'y avait dû aller marcher dehors.

Quand j'ai rentré dans cuisine, la ménagère était à son affaire.

— Assisez-vous, monsieur Rioux. Vous voulez-tu un café, ou ben donc si vous allez communier ? C'est vrai que ça fait long à rester à jeun quand on va à grand-messe. Moi, d'habitude, je vas toujours à basse messe. Mais là, c'est spécial. Vous avez-tu aimé votre veillée hier, toujours ? On va jaser, si ça vous adonne.

Jaser ? A me laissait pas placer un mot.

— Pis, toujours ? Vous allez continuer à visiter aujourd'hui avec votre ti-gars ? Si vous voulez rester à soir, vous avez ben beau, ça me dérange pas une miette. Pis peut-être ben que ça donnerait le goût de manger à mon curé. Y mange pas beaucoup, c'est pas pour rien qu'y est si maigre. Parlant de ça, votre ti-gars itou, ça y ferait pas de tort de se mettre un peu de graisse sus le corps. Les jeunes d'aujourd'hui, je sais pas ce qu'y ont, y sont toutes maigres comme des piquets. Dans mon temps, c'était le monde corporent qui paraissait ben, surtout les femmes. De même, on savait qu'a savaient faire à manger pis qu'a seraient bonnes à marier…

Par chance que le curé est arrivé, parce que j'en étais étourdi, tant qu'a parlait, la ménagère.

— Bonjour, monsieur Rioux ! Non, non, restez assis tranquillement à boire votre café. Je suis certain que le Bon Dieu vous en voudra pas de pas communier à matin.

Où c'est qu'était Serge, donc ? Je m'ai levé, j'ai regardé par le châssis, mais je voyais rien. J'ai demandé à ménagère :

— Vous ariez pas vu Serge, des fois ? Il était pas dans le litte quand que je m'ai réveillé, pis, là, je le vois pas nulle part.

J'ai rasé de tomber sus le dos quand la ménagère a répond :

— Dites donc, votre Serge, là, c'est un drôle de petit gars.

— Pourquoi c'est faire que vous dites ça ?

— Parce qu'à matin, quand je m'ai levée aux petites heures, j'ai jeté un coup d'œil dehors et pis je l'ai vu qui prenait le bord de la montée Nadeau.

— La montée Nadeau ?

— Oui, vous savez ben, c'est par là que vous êtes arrivés. C'est là que le traversier accoste. Ça s'appelle la montée Nadeau en souvenir de notre premier curé. Le petit avait l'air pressé sans bon sens.

Y avait dû avoir peur de se faire chicaner, je suppose. Pas que je le chicane souvent, mais là, y passait dix heures.

— Ah ! bon ! Je pense que je sais où c'est qu'il est, mon petit gripet. Hier, y a trouvé ça ben beau, dans grotte. Mon idée qu'y est retourné par là. Ça doit être pour ça qu'y a pris la côte.

— C'est vrai que c'est beau dans ce coin-là, mais faudrait pas qu'y se fasse pogner par la marée, pis pus être capable de sortir de la grotte. Ça sera pas long qu'on va être à marée haute. Attendez un peu, m'en vas checker sur l'horaire… Eh oui, je me trompais pas, la mer monte.

— Je suis aussi ben d'aller le chercher dans ce cas-là.

Le petit maususse ! C'est vrai que, les marées, y connaît quasiment pas ça. Dans le Lac-au-Sorcier pis la rivière Tranquille, l'eau monte pas. Et pis la mer, ben y a beau rester proche du fleuve, on peut pas dire qu'y l'a vue souvent.

Quand j'ai arrivé au ras la grotte, l'eau montait pis je voyais pas trace de Serge. J'ai crié son nom le plus fort que je pouvais. Pas de réponse. Je commençais à avoir souleur. Si fallait qu'y se neye, je sais pas comment je ferais pour vivre avec ça. J'ai crié encore, pis là, j'ai entendu sa voix, mais on arait dit que ça venait de loin, loin. Le pire, c'est que l'eau continuait de monter, y devait déjà avoir les pieds mouillés, le petit sacripant.

— Serge ! Sors de la grotte tu-suite, mon gars. La marée va être haute betôt.

— … pas… able…

— Où t'es, là ?

— … roche… pas… ger…

— Reste là, bouge pas, m'en vas aller charcher de l'aide. Serge, m'entends-tu ?

— … oui.

Je suis remonté à toute vitesse pis j'ai rentré au presbytère en coup de vent.

— Pis, toujours, vous l'avez vu ?

— Non, mais je l'ai entendu. Y est au fond de la grotte à mon idée. J'ai pas trop compris ce qu'y me disait.

Le curé s'est levé d'une traite.

— Inquiétez-vous pas, monsieur Rioux, je m'en occupe. Germaine, téléphonez au maire, dites-lui qu'on a besoin d'aide, ensuite, appelez Francis, qu'il vienne avec les cordes. Va falloir passer par en haut pour descendre dans la grotte. Francis, c'est un Micmac, il a peur de rien. Une fois en bas, le maire est bon nageur, il va aller le chercher, votre Serge.

— J'y vas avec eux autres.

Naturellement, la ménagère a mis son grain de sel.

— Sans vouloir vous offenser, je pense que vous ferez juste nuire. Vous connaissez pas la mer de par icitte, ça peut être ben traître. C'est mieux que vous restiez. Y approche onze heures, là : monsieur le curé va dire la messe pis, nous autres, on va en profiter pour dire une petite prière. Ça fera pas de tort.

La ménagère a eu beau dire que toute allait ben se passer, que le maire avait ses papiers de secouriste, j'étais sus le gros nerf.

Si quèqu'un m'arait demandé de que c'est que le curé avait dit au sermon, j'aras pas été capable de répondre. J'écoutais pas, j'avais juste l'idée que peut-être ben Serge allait se neyer.

S'y fallait, s'y fallait… J'avais une roche dans l'estomac tant que j'étais sus les nerfs. Finalement, j'ai pas pu tenir : j'ai sorti de l'église avant la fin de la messe. Rendu dehors, j'ai pris une grande bolée d'air.

Quand la ménagère m'a appelé pour manger, j'avais pas faim pantoute.

— Faut vous forcer. C'est pas d'arrêter de manger qui va changer quèque chose. Par icitte, on a coutume de penser que c'est pas en s'énervant qu'on règle les problèmes. Les hommes vont le ramener, votre Serge.

J'en pouvais pus, de rester assis à rien faire. J'ai décidé d'aller sur le top de la côte, voir si des fois, y s'en venaient pas.

D'un coup, j'ai vu du monde qu'arrivait d'en bas. Je peux pas dire que c'est que ça m'a faite de penser qu'y l'avaient trouvé, mon petit homme. C'est ben simple, j'avais de la musique qui jouait dans le cœur.

Les hommes montaient, Serge dans les bras du Sauvage. Y avait l'air pas mal magané. Y avait les yeux farmés, et pis une poque sus le front quasiment de la grosseur d'une orange.

— Rentrez, rentrez vite! Francis, tire-toi une bûche, m'en vas te donner une goutte de remontant, ça va te faire du bien. Monsieur Rioux, allez donc coucher Serge dans ma chambre, ma ménagère va vous montrer le chemin.

Était pas de bonne humeur, la Germaine au curé. Alle a jeté un œil sur Francis le Sauvage pis je pense que, si alle arait eu un fusil à place des yeux, y serait mort.

— Venez, monsieur Rioux.

Pendant qu'on charchait Serge, alle avait préparé une couvarte chaude, pis alle avait téléphoné au docteur.

— Allez rejoindre monsieur le curé, je vas rester avec votre ti-gars jusque quand le docteur va arriver.

Rendu dans cuisine, je m'ai envoyé un verre de bagosse derrière la cravate, j'en avais besoin. Le maire pis le curé ont faite pareil. Le Sauvage a bu, lui itou, mais y disait pas un mot.

Quand tout le monde a été calmé, le maire m'a dit que ça avait passé proche en si vous plaît que le petit y reste.

— Une demi-heure de plus, pis j'aurais pas été capable d'aller le charcher. Si ç'arait pas été de Francis, je sais pas ce que j'arais faite.

— Je pourrai jamais assez vous remercier, toutes les deux. Mais ayez crainte, m'en vas vous récompenser.

V'là-tu pas que le Sauvage s'est levé drette comme un piquet pis qu'y a pris le bord de la porte aussi sec en disant: *Welta'suanoq*[1]. J'en revenais pas !

— Non, mais veux-tu ben me dire ce qu'y prend, au Sauvage, de partir raide de même ?

Le maire a parti à rire.

— Ah ! c'est pas parce qu'y parle pas ben ben frança qu'y le comprend pas. C'est quand vous avez parlé de nous payer, vous l'avez offensé. Par icitte, on penserait jamais à demander de l'argent. On se fait pas payer pour sauver quelqu'un, c'est notre ouvrage et pis on la fait, c'est toute. Ma femme ira y porter une couple de tartes demain, pis y va être ben content.

Moi, je comprenais pas pourquoi c'est faire que c'était un Sauvage qui travaillait avec le maire, ça fait que j'ai demandé la question.

— Ben coudon, si je l'ai offensé, c'était pas mon intention. Mais dites-moi donc, là, ça fait-tu longtemps que vous faites ça ?

— Vous voulez savoir pourquoi qu'un Sauvage travaille avec les Blancs ?

— Escusez-moi.

— Y a pas d'offense. Icitte, sur l'Isle-aux-Brumes, toute le monde s'entraide. On se fréquente pas, avec les Sauvages, rapport qu'y ont leurs manières à eux autres, mais on se respecte.

J'avais ben vu ça. Mais je me demandais quand même comment c'est qu'y avait faite pour se laisser descendre à

1. Mes salutations !

pic de même. C'est juste par après que je m'ai rappelé que les Sauvages avaient pas le vertige.

— Faut pas vous en faire avec ça, monsieur Rioux. Les Sauvages de par icitte, y parlent pas souvent. Y sont venus sur l'île quand que le fort a été construit en 1809. Depuis ce temps là, y a des familles qui restent icitte quasiment à l'année. Y a juste les hommes qui partent pour la chasse à l'automne. C'est du bon monde.

J'arais ben posé d'autres questions, mais le docteur est arrivé sus les entrefaites. Il avait l'air de connaître son affaire, le docteur.

— Tu vas le laisser couché en bas, Germaine. Ça prendrait quelqu'un pour rester à côté de lui jusqu'à ce qu'il reprenne conscience. Mettez-lui une compresse humide sur sa bosse, du linge sec sur le corps et gardez-le au chaud. C'est tout ce que je peux faire pour le moment. Je vais repasser en fin d'après-midi.

— On prend le traversier de deux heures.

— Hum… Ce serait mieux de laisser ce jeune homme ici pour quelques jours, le temps que je voie un peu mieux comment il se sent.

Ben coudon. C'était ça qu'était ça. J'ai téléphoné chez nous pour dire qu'on avait décidé de rester une couple de jours, mais j'ai pas dit pourquoi.

— Serge va manquer quèques jours d'école, son père, avez-vous pensé à ça ?

— Y en mourra pas.

— Bon. Je dis pus rien. Faites à votre idée, comme de coutume !

Je m'ai assis sus une chaise à côté du litte, comme le docteur avait demandé. Quand tu veilles quèqu'un qu'est malade, tu jongles à ben des affaires. Le docteur avait dit que Serge était pour guérir, mais on peut pas s'empêcher de penser que, des fois, même les docteurs se trompent.

Assis à rien faire, avec une nuitte trop courte, j'ai passé proche de canter. D'un coup, Germaine est venue me taper sus l'épaule.

— Venez manger une soupe, monsieur Rioux. J'ai appelé ma fille, a va venir vous remplacer pour quèques heures. Inquiétez-vous pas, est habituée avec les malades.

— Que c'est qu'y fait donc, le docteur, qu'y arrive pas ? Y avait dit qu'y repasserait. Quelle heure qu'y est, donc là ?

— Y passe sept heures.

J'avais pas le cœur à manger, mais je m'ai forcé. C'était pas le temps de tomber en faiblesse. Le curé était pareil. Lui itou, y mangeait sans y penser. Tellement, que Germaine s'a inquiétée.

— Est pas bonne ma soupe, pour que mon curé pis vous ayez l'air de manger à contrecœur ?

Pauvre Germaine, va ! A faisait ben son possible pour nous faire rire, mais on n'avait vraiment pas le cœur à ça. Après la soupe pis un morceau de gâteau, on a été dehors pour fumer pis prendre une bolée d'air.

D'un coup, la porte a rouvert. C'était Germaine.

— Monsieur Rioux, venez vite… Serge est en train de tomber dans les mals.

Serge tremblait, y virait d'un bord pis de l'autre, y avait les yeux quasiment à l'envers. C'était clair qu'y était parti de la tête.

— Faudrait appeler le docteur pour y dire de se grouiller.

— Pas besoin, je viens de voir son char arriver.

Quand le docteur a rentré dans chambre, la crise était finie. Serge avait les yeux ouverts, il avait l'air un peu pardu, mais y shakait pus. Le docteur voulait en savoir plus long.

— Qui était avec lui quand c'est arrivé ? Toi, Cécile ? Bon, dis-moi exactement ce qui s'est passé.

Cécile avait l'air mal à l'aise.

— Je l'ai pas lâché des yeux, vous savez. C'est pas de ma faute. Je voyais ben qu'il avait pas toute son sentiment, y grouillait pas. D'un coup sec, le v'là-tu pas qui se met à shaker sans bon sens. On aurait dit qu'y voulait sortir de son corps.

— Hum... Ça m'a tout l'air d'une crise d'épilepsie temporale. Probablement causée par sa blessure au front. Il a dû se frapper la tête sur une roche quand l'eau a commencé à monter. C'est la première fois que ça arrive, monsieur Rioux ?

— À ma connaissance, oui.

— Eh bien, quand vous retournerez à Roches-Noires, il faudrait aller voir mon confrère Lemieux. Lui pourra vous diriger vers un spécialiste. Si ce n'est pas traité, ça pourrait s'aggraver. Votre petit-fils pourrait avoir des hallucinations.

Des hallucinations ! Ça veut dire qu'y pourrait voir des affaires qu'existent pas. Pis mon idée que c'était déjà commencé, avant l'accident. Quand qu'y dit que le grand chêne y parle... Pauvre petit ! Y a pourtant rien faite de mal pour mériter ça.

— Je sais pas comment je vas faire pour dire ça à sa mère pis son père. C'est ben délicat. Tomber dans les mals, c'est pas des affaires que le monde aime parler de.

— Monsieur Rioux, votre petit-fils a eu une crise d'épilepsie. Même si vous appelez ça « tomber dans les mals », je peux vous assurer que Serge n'a aucune maladie honteuse et qu'il n'est pas possédé du démon.

Y avait beau parler, le docteur, moi, je connais le monde de Roches-Noires. Je sais qu'y se privent pas pour parler de contre nous autres, les Rioux. Va falloir que je dise à Serge de faire attention pour pas parler quand qu'y voit des affaires que les autres voyent pas. S'y fallait ! C'est pas ça qui va aider la famille Rioux !

Faut dire itou que je me demandais si c'était pas un peu de ma faute, cette histoire-là. Moi avec, j'avais faite de la toile pas longtemps après que j'étais reviendu avec Madone. D'un coup que c'était moi qu'avait passé ça à Serge ? Après toute, on est du même sang, même si le petit le sait pas...

En fin de compte, j'ai décidé de rien dire à parsonne. J'aime pas conter des menteries, mais quand tu dis rien, tu mens pas. Serge se rappelait pas de rien, lui, y risquait pas de parler. Restait juste à espérer qu'y arait pas une autre crise à maison.

Pauvre petit gars, va ! Me semblait qu'y portait une charge ben pesante. Des hallucinations... Quand t'es différent, ça arrive souvent que le monde t'aime pas. Ben, moi, en toué cas, j'étais pas pour l'abandonner. Y pourrait toujours compter sus moi.

Ç'a pris quatre jours avant que le docteur dise que c'était correct de partir avec le petit. Le jour qu'on a partis, Serge avait la fale basse.

— On va pas au village micmac ?

— C'est mieux pas, mon gars. T'es pas encore solide sus tes pattes. Le docteur a dit qu'y fallait que tu te reposes. Mais on reviendra un autre fois.

— Promis, pépère ?

— Promis, juré, mon gars.

Sus le bateau, le v'là qu'a recommencé à parler tout bas, pareil comme s'y disait sa prière.

Soliloque

Pépère a dit que j'avais été ben malade. Moi, je me rappelle pas de grand-chose, j'avais pardu la carte. Mais, quand j'ai ouvert les yeux et que j'ai voulu me lever, j'étais raqué de partout. J'avais les bras et les jambes raides, ça faisait mal chaque fois que je bougeais. J'avais une belle poque sur la tête, je pouvais la sentir avec mes doigts.

C'est pas la première fois que je tombe sans connaissance. Mais, les autres fois, c'est arrivé quand j'étais tout seul. Comme la fois où la fille à pépère m'a envoyé me coucher sans souper parce qu'elle était fâchée de voir que je revenais si tard. Cette journée-là, j'étais tombé la face la première sur la terre, proche du grand chêne. C'est Gripet qui m'avait réveillé en me lichant la face. Je l'ai pas dit à personne, même pas à pépère. Parce que j'avais peur qu'il me laisse plus aller dans le bois.

J'espère juste que ça m'arrivera pas devant la fille à pépère. Parce qu'elle, c'est certain qu'elle va m'obliger à rester à la maison. Peut-être même qu'elle va me mettre en punition, même si c'est pas de ma faute.

Je comprends pas pourquoi elle a le droit de me dire quoi faire même si elle est pas ma mère. J'ai beau demander au Grand Esprit de me dire qui c'est, ma mère, il me répond pas. Comment je vas faire pour la retrouver ?

Chapitre 19

Saqawi'gann – Le cri des oies

Au village micmac, la vie continue, immuable. Il y a maintenant plusieurs années que Ji'nmul a été trouvé, gravement blessé, dans la forêt. Une profonde amitié le lie à ses deux sauveteurs, Gabe et Duncan. Après la mort de Sisi'l, il s'était rendu chez son ami dans l'espoir de le réconforter. Il y habite toujours et fait maintenant partie de la famille.

Toutes les tentatives pour stimuler sa mémoire ayant échoué, personne ne fait plus allusion à un passé qui semble éteint à tout jamais. Il est traité par les Micmacs comme un des leurs. Il aide aux travaux saisonniers avec des gestes assurés, comme s'il n'avait fait que cela de toute sa vie antérieure.

Il fait partie des voyages de chasse au loup-marin et de pêche au saumon. En janvier, il participe à la chasse au phoque, en février et mars, c'est la chasse au castor, à la loutre, à l'orignal et à l'ours. Il connaît maintenant l'art de poser des pièges et de les relever. Fin avril, il se joint aux hommes pour pêcher le saumon et l'esturgeon ou pour chasser l'outarde. Puis vient le temps de la récolte des œufs d'oiseaux migrateurs.

Aujourd'hui, grande agitation dans le village. On prépare une expédition de chasse qui durera plusieurs jours. Les canots sont chargés de victuailles, les hommes nettoient et graissent leur fusil avant de s'embarquer, deux par canots, pour former une équipe de douze personnes. Les chiens manifestent leur excitation par des jappements tandis que les maîtres, impatients, tentent de les faire taire.

Ji'nmul est du voyage. Chaudement vêtu d'un large pantalon et d'une veste de cuir, rien ne le distingue des autres membres de l'expédition, si ce n'est la courbure moins prononcée des pommettes et la teinte légèrement plus pâle de son visage.

Avant l'embarquement vient le rituel du toucher de la terre. Rituel relégué aux oubliettes pour beaucoup, mais que les Aînés préservent précieusement.

Chaque chasseur se penche pour toucher la terre de ses mains, afin d'en percevoir la vibration et sentir son odeur. Une profonde inspiration permet de laisser les sens s'imprégner de l'environnement. Cet instant est celui où l'on reçoit un message des êtres invisibles : le vent qui se lève, un chant d'oiseau. La chasse sera bonne.

L'embarquement terminé, les canots s'engagent en file sur le lac pour atteindre le sentier du portage. De là, on portagera pour rejoindre le mouillage du fleuve. Les canots remis à l'eau, on s'engagera sur le fleuve jusqu'à l'île Perdue où les canotiers installeront leur campement. Un voyage chargé d'embûches pour qui ne connaît pas les humeurs du fleuve.

Ji'nmul pagaie au même rythme que son compagnon Duncan. Aucune voix ne s'élève des canots qui se suivent en laissant un faible sillage sur l'eau. Les chasseurs connaissent la valeur du silence. Même les chiens, blottis au fond des canots, se taisent. Chacun prépare son esprit et son âme à recevoir la manne qui viendra lorsque les bernaches fendront le ciel en formation. On implore *Glooscap*, fils du Grand Esprit, de les protéger du danger.

Le lac traversé, les chasseurs mettent pied à terre pour le portage. Malgré le poids du canot ajouté à celui des provisions, le portage représente la partie la plus facile du voyage. Il faudra ensuite affronter les humeurs de la mer.

À midi, on fait une halte pour se sustenter. Les épouses ont fort bien garni les sacs de nourriture et les hommes se régalent. Quand la nourriture fraîche sera épuisée, ils devront se satisfaire de poisson pêché ou du produit de leur chasse. Mais pour le moment, il est bon de déposer sa charge et de prendre un peu de repos.

Une heure plus tard, on reprend le portage. La marche est longue et lente, mais la progression permet d'espérer franchir la première des deux étapes devant mener au fleuve.

Le soir, un autre arrêt, cette fois pour dresser les tentes. Le feu de camp lance ses étincelles vers la nuit. Avant de s'endormir, le chef de l'expédition fait une courte prière aux esprits bienveillants de la forêt afin qu'ils veillent sur leur sommeil.

Le deuxième soir, l'expédition atteint le point de mouillage du fleuve. Trop tard pour mettre les canots à l'eau, car il ne fait pas bon naviguer la nuit sur le fleuve. Une deuxième halte à Cacouna permettra de reprendre des forces et de se préparer pour affronter la puissance des marées de printemps.

Au petit matin, les hommes sont debout, excités à la perspective des belles prises que l'on compte rapporter au village. Quelques bouchées de *lu'sknikn*, un pain à la farine de quenouille, et on est fin prêts. Les canots sont mis à l'eau malgré le ciel gris et le fort vent. Pas question de tarder, ne serait-ce que d'un jour, car les oies partent des marais salants et passeront bientôt au-dessus de l'île Perdue pour se diriger vers le Sud.

Les chasseurs comptent sur une chasse fructueuse et se régalent d'avance. Dans quatre jours, un camion viendra attendre les hommes pour charger leurs prises et les rapporter jusqu'au campement tandis que les chasseurs reprendront le chemin par lequel ils sont venus.

La traversée jusqu'à l'île Perdue est pénible. Le vent d'automne siffle rageusement et les vagues prennent d'assaut les canots. Les hommes sont trempés, leur visage est aspergé d'embruns, leurs vêtements deviennent lourds d'eau salée.

Enfin, l'île est en vue. Les canots se dirigent vers une petite baie pour accoster. Ils mettent pied à terre, tirent sur les canots pour les mettre à l'abri de la marée et marchent en file vers la cache.

Leur premier soin est de disposer les appelants. Par la suite, après s'être restaurés et avoir nourri les chiens, ils commenceront l'attente.

Presque tout de suite, ils entendent les cris signifiant qu'un volier approche. La formation en V est là, au-dessus de leur tête. Les coups de fusil claquent, les oiseaux tombent. Les chiens courent pour rapporter les oiseaux morts dans leur gueule.

Chaque jour apporte sa récolte de bernaches et au bout de trois jours, on décide d'un commun accord de reprendre le chemin du village. Au petit matin, c'est la mise à l'eau des canots, lourdement chargés.

À peine a-t-on quitté la baie pour se retrouver en plein fleuve qu'une vague plus forte que les autres fait chavirer un canot.

Les deux occupants sont projetés dans une mer bouillonnante et arrivent à peine à garder le visage hors de l'eau. Ils toussent, crachent, se débattent. Un des hommes s'enfonce, puis resurgit, tandis que l'autre bat des mains dans le vain espoir de rester à flot.

Parmi la petite troupe, c'est la panique. Aucun des chasseurs ne sait nager. Sans hésiter, porté par le désir de secourir celui à qui il doit la vie, Ji'nmul plonge à son tour et constate avec horreur qu'il s'enfonce dans l'eau glacée. Quel atavisme l'a donc poussé à ce geste ? Il n'en sait trop rien, mais il se bat lui aussi pour survivre.

Le conflit s'engage entre une mer mauvaise et des hommes dont les chauds vêtements sont alourdis par l'eau. La mer rend la tâche difficile aux canotiers. Il faut pagayer vigoureusement pour rester en place, le temps de tendre une main secourable aux trois naufragés. Les canots dansent, s'éloignent et se rapprochent à nouveau. Les hommes à la mer tentent de se raccrocher aux mains tendues, y parviennent presque tandis qu'au même moment une énorme vague soulève les canots. Puis, Matiw a l'idée de lancer une corde que saisit Ji'nmul pour s'en entourer la taille. Il arrive ensuite à agripper la ceinture de pantalon d'un de ses compagnons d'infortune.

Le canot peine à rester à flot en tirant les deux hommes vers le rivage de l'île Perdue, tandis que les autres voient avec horreur Duncan Beetle, le troisième homme, couler à pic sous les yeux horrifiés de ses camarades.

Le camion attend. Il rapportera, en plus des oies, une triste nouvelle. Malgré la chasse fructueuse, le retour à la communauté se fera dans la peine.

— Duncan Beetle est mort.

La déclaration succincte du chauffeur de camion ajoute encore au drame. La communauté perd un homme, un chasseur, un pourvoyeur, un ami.

On dit que les grandes douleurs sont muettes. La gorge serrée, les hommes se taisent. Mais la femme Beetle refuse de garder le silence. Entourée de ses sept enfants, elle lance au ciel des cris de douleur. Son homme est mort. Pire encore, son cadavre est au fond du fleuve et elle ne pourra pas lui rendre hommage. Elle craint que l'esprit de son mari ne vienne hanter sa demeure.

Pour éviter ce phénomène, elle fera tout ce qui est en son pouvoir. Ses cheveux et ceux de ses enfants coupés courts en signe de deuil, et après avoir prévenu les proches des autres villages, la veuve se retirera dans sa demeure pendant trois jours. Après quoi elle tiendra un banquet de funérailles auquel chaque convive participera par une offrande de nourriture.

Une triste musique accompagnera la danse soulignant le deuil. La communauté tout entière pleurera la perte d'un des siens.

Sans corps, il ne saurait y avoir d'inhumation. Cette perspective plonge la veuve dans un désespoir sans nom. L'âme de son époux est-elle condamnée à flotter indéfiniment dans la mer ?

Dès le lendemain du banquet, elle ira trouver Matiw l'Aîné pour lui demander de communiquer avec le Grand Esprit et de l'interroger : elle sait que lorsqu'un Micmac quitte le monde des vivants, son âme rejoint la Terre des

Âmes, le domicile des morts. Comme son époux n'a pu être retourné à la Terre, pourra-t-il se réincarner dans un autre corps humain ?

Chapitre 20

Saqawi'gann – Le capteur de rêves

Oona et son mari sont de fréquents visiteurs au campement. Ils sont logés chez Pilip et Matlen Prosper, avec qui Oona se sent de plus en plus d'affinités, d'autant plus que Matlen, grâce à ses nombreux contacts avec les Blancs, parle du même accent que ceux de la terre. Tandis que les hommes fument une pipe, à l'extérieur, les femmes échangent des recettes, des trucs de couture, mais également le récit de rêves. C'est ainsi qu'Oona raconte à Matlen :

— C'était l'après-midi, la semaine passée. Tu te rappelles, la journée où il faisait tellement chaud que l'eau nous coulait dans le dos ? J'étais en congé, j'avais travaillé dans la maison, j'étais fatiguée. Je me suis assise sur le sofa, et puis je me suis endormie. C'est là que j'ai rêvé. J'étais dans le bois, proche d'un grand chêne. J'ai vu un garçon qui pleurait. Je ne voyais pas son visage, mais il y avait des larmes qui descendaient le long du tronc de l'arbre. Ça faisait comme un ruisseau qui courait sur la terre pour aller ensuite se jeter dans le lac.

— Vous avez pas de capteur de rêves dans votre chambre ?

— Bien sûr. Mais j'étais pas dans ma chambre. Et puis, je ne pense pas que ce rêve-là était mauvais. Le garçon avait besoin d'aide, c'était clair. Je pense que j'ai fait ce rêve-là pour l'aider. Je voyais bien que le garçon était perdu et qu'il pleurait parce qu'il ne retrouvait pas son chemin. Alors, j'ai étendu le bras, et je lui ai montré par où il devait aller.

Pendant un long moment, Matlen réfléchit. Ensuite, elle dit à son amie :

— Sais-tu, Oona, je pense pas que t'as rêvé. T'as un don de voyance. À mon idée, le garçon que t'as vu était vraiment perdu. Rêver la nuit, c'est souvent un moyen de savoir que c'est qui va arriver, mais rêver dans le jour, c'est pas vraiment un rêve : je dirais que c'est plutôt une manière de rentrer dans l'âme des autres.

Rentrer dans l'âme des autres…

— Tu as peut-être raison, Matlen. Après tout, ça fait déjà longtemps que je peux savoir si quelqu'un est bon ou mauvais, seulement en le regardant. Mais assez parlé de ça. Tu veux me donner une autre leçon de micmac ? Comment tu dis…

La leçon se poursuit pendant le reste de la matinée. Oona est bonne élève, elle apprend rapidement et retient facilement l'enseignement de Matlen. La leçon terminée, les deux femmes sortent marcher dans le village. Avec le passage des années, l'aspect du campement a changé. Les cabanes parfois assez rustiques qui y étaient érigées ont été graduellement remplacées par des maisonnettes coquettes qui n'ont rien à envier aux habitations des Blancs. Une église s'y dresse, une école également.

On continue toutefois de désigner l'emplacement *Saqawi'gann*, qui signifie « vieux campement ». On a raconté à Oona et à Ji'nmul la raison du choix de cet emplacement, un des plus anciens lieux habités par les Micmacs.

— C'était il y a beaucoup beaucoup d'années. Tant et tant qu'il est impossible de les compter. Un jour,

Mikumwessuk, un des esprits de la forêt, s'est vu refuser la fille micmaque qu'il convoitait, car elle était mortelle et lui, un esprit. Saisi d'une colère folle, le fils du Grand Esprit souleva une énorme pierre et la lança au-dessus de la forêt. "Là où cette pierre tombera sera l'endroit où les Micmacs vivront désormais."

Après avoir entendu cette histoire, Oona s'estime privilégiée de fréquenter un endroit habité par les esprits. Quant à Ji'nmul, chaque fois qu'il passe devant la pierre, il se sent rempli d'une fierté qu'il ne s'explique pas. Un peu comme si l'histoire des Micmacs faisait partie intégrante de son âme.

Après la mort de Si'sil, le veuf a refusé net de dormir dans la chambre conjugale et a traîné un vieux sac de couchage dans la salle commune. Gabe ne trouvait de consolation que dans la consommation d'alcool.

Ji'nmul avait tenté, sans succès, de raisonner son ami. Il s'était installé à demeure dans la cabane. Fidèle à son rôle d'homme à tout faire, il avait, quelques années auparavant, entièrement rebâti la cabane de Gabe pour en faire une maison plus conventionnelle, mais nettement plus confortable.

Par une nuit orageuse où les éclairs illuminaient la maison comme en plein jour, Sanet avait eu conscience que quelqu'un se glissait à côté d'elle. Elle a d'abord pensé à Lasel, qui avait toujours eu peur du tonnerre. Mais le corps collé au sien était beaucoup plus grand que celui, tout menu, de sa sœur cadette. Alors, elle a compris : Ji'nmul était là, dégageant plus de chaleur et de lumière qu'on pouvait en trouver à l'extérieur !

Depuis, l'occupation du lit de Sanet par Ji'nmul est devenue une habitude. Deux enfants sont nés de ce partage. Sanet et Ji'nmul dorment maintenant dans la chambre principale avec leurs deux fils : Piél et Taniél.

Après la naissance du second fils, Ji'nmul a repris marteau et hache. Mais, s'il sait bâtir, il ne connaît pas grand-chose à l'architecture proprement dite. Comme il ne voulait pas déplacer la remise, la nouvelle pièce ajoutée à la maison est placée à angle, si bien que l'intérieur commence à ressembler à un labyrinthe.

Pour se distraire, Gabe a participé à la tâche et travaillé de concert avec Ji'nmul. Ni l'un ni l'autre des hommes n'est expansif. Les coups de marteau sont cependant accompagnés par l'ingurgitation d'alcool, l'un encourageant l'autre. Alors, et seulement alors, en arrivent-ils à échanger des confidences. Jin'mul, grandement aidé par Gabe, a d'ailleurs rapidement appris la langue des Micmacs depuis qu'il est dans la communauté.

— Pourquoi tu te trouves pas de femme, Gabe ? La fille de Sa'n, Pilsit, a l'air de s'intéresser à toi depuis longtemps !

— Je la vois de temps en temps, mais je me demande si j'ai envie d'avoir une femme pour la vie. Parfois, j'ai envie de partir dans le bois pour y rester. Une femme, des fois, c'est bien, des fois, c'est fatigant. Et puis, Pilsit est intéressée par tous les hommes… Mais toi, tu fais souvent des rêves… Je sais pas s'ils sont bons ou mauvais, mais je t'entends crier « Madone ! ». Tu es catholique, vu que tu pries la Madone quand tu dors ?

— Catholique ? Je me rappelle pas. Je me rappelle rien. Mais Madone, c'est une femme.

— Je sais, répond Gabe, le père Martineau a dit que c'est la mère de Dieu. Le Dieu des Blancs.

Ji'nmul est curieux.

— Le Dieu des Blancs… Je pensais que c'était le même que le vôtre. Il y a même une église, ici, dans le campement.

— Oui et non. On veut garder nos coutumes… Mais le père Martineau vient toutes les semaines dire la messe et faire le catéchisme aux enfants. Il parle de Dieu, de la Madone aussi…

« Mais, ma Madone, c'est une vraie femme », songe Ji'nmul. Une femme qu'il a aimée, lui semble-t-il. Qu'il aime encore. Une femme d'une si grande beauté qu'aucune autre ne pourrait l'égaler. Mais une femme qui l'a repoussé, rejeté, sans tenir compte de l'immense amour qu'il lui portait.

L'alcool aidant, une vision fugace passe devant les yeux de l'homme. Une grande maison, un escalier, des chambres à l'étage… et, soudain, tout disparaît.

Au cours des années qui suivent, la vision de cette maison s'impose à lui presque chaque fois qu'il est ivre, sans qu'il parvienne à en fixer l'image, à en décoder la signification. Y a-t-il déjà habité ? Qui sont ces inconnus qu'il voit y pénétrer parfois dans ses rêves ? Leurs pas résonnent dans ses tripes, leurs mains l'effleurent, le dérangent dans son brouillard.

Il perçoit des ombres autour de la maison. Il est convaincu, sans comprendre pourquoi, que ces ombres sont menaçantes, qu'elles tentent de lui enlever quelque chose. Son sommeil est peuplé de fantômes. Il voudrait les chasser, leur faire peur.

— Partez, c'est *ma* maison ! Vous n'avez pas le droit d'être ici !

Son esprit se dédouble, il est à la fois ici et là-bas, un là-bas où tout est pénible, où on cherche à le spolier. Qui donc veut l'anéantir, le faire disparaître ? À qui appartiennent les visages qui envahissent son esprit ?

Le matin, au réveil, il est couvert de sueur.

— Tu as encore fait un mauvais rêve ?

Oiseau de nuit, Gabe dort peu. Souvent, il s'aperçoit que Ji'nmul continue de se battre contre des présences nébuleuses.

— Je t'ai entendu crier pendant la nuit. Qu'est-ce qui te faisait si peur, dans tes rêves ?

— Je sais pas. Je me rappelle pas.

Sanet propose :

— On pourrait installer un nouveau capteur de rêves dans la chambre. Celui-là appartenait à mes parents.

La mimique de Ji'nmul indique qu'il ne comprend pas.

— Tu ne connais pas ça ? On en a un semblable au-dessus de notre lit. Le capteur emprisonne les mauvais rêves. Pour les faire disparaître, on n'a qu'à le remplacer par un nouveau.

Gabe ajoute :

— Par ici, ça fait longtemps qu'on en utilise, très longtemps. Je pourrais demander à Matiw de t'en parler, mais je pense que Sanet est capable, hein, ma fille ?

La jeune fille hésite à raconter l'histoire. Malgré leurs rapports intimes, la venue des deux enfants et la cohabitation de Ji'nmul avec la famille Gabriel, l'homme l'a toujours intimidée. Sur le signe encourageant de Gabe, elle prend une grande inspiration avant de rapporter la légende de ses ancêtres, dans la langue ancienne qu'on a veillé à lui transmettre.

— Chez les Micmacs, on dit qu'une grand-mère qui cousait un vêtement dans la lumière tamisée de son wigwam a entendu un soir une petite voix qui pleurait dans un coin. Elle a demandé : "Qui pleure ?" La petite voix a répondu : "C'est moi, grand-mère." La grand-mère a levé les yeux et elle a vu une petite araignée. "Pourquoi pleures-tu ?" "Je pleure parce que tout le monde a peur de moi. On dit aussi que je suis inutile." La grand-mère était chagrinée par ce qu'elle entendait. Comme elle était un peu magicienne, elle a répondu à l'araignée : "À partir de maintenant, les toiles que tu tisseras au-dessus de nos corps endormis emprisonneront les mauvais rêves qui seront ensuite détruits par le soleil." Depuis lors, le capteur attire les rêves, bons comme mauvais. Les bons rêves ne font que se balader à travers les fils pour ensuite les traverser, alors que les mauvais y périssent.

Ji'nmul sourit et se plonge aussitôt dans ses pensées.

Parfois, pendant un bref instant, il croit saisir une bribe, un souvenir, le temps d'une réflexion, mais chaque fois, l'image devient évanescente et disparaît dans le brouillard. Il lui arrive de se sentir projeté hors de son esprit, de voyager dans l'espace-temps. Alors, ses yeux deviennent fixes, son corps ploie, privé du soutien de sa volonté. Le corps absent, l'esprit l'emporte, le transporte dans un endroit à la fois familier et inconnu. Où est-il ? Son âme se meut dans un décor fantasmagorique, où flottent des morceaux épars de mémoire qu'il n'arrive pas à assembler. Il perçoit la présence d'une femme au ventre renflé par une attente, d'une eau qui coule à torrents. Images transparentes qui apparaissent et disparaissent aussitôt.

Il souffre, il souffle une haleine glacée. Il tente de chasser les intrus qui gambadent dans sa tête et lui martèlent les tempes.

Il cligne des yeux et se retrouve dans la maison. Il observe Sanet qui travaille avec application à la fabrication de mocassins tout en surveillant son fils cadet. Elle penche la tête sur son ouvrage et la lumière de la lampe projette des ombres sur son corsage. La vision d'une jeunesse, d'une fraîcheur lui rappelle vaguement un autre visage. Lequel ?

Chapitre 21

Saqawi'gann – Les Gardiens de la mémoire

Tous les Aînés sont réunis. Assis par terre, ils forment un cercle. Tout repose d'ailleurs sur le cercle, pour un Indien. La vie d'un homme est un cercle d'enfance à enfance, puisqu'il naît, meurt et naît à nouveau. Et ainsi en est-il de toute chose qui se meut : la terre tourne sur elle-même, les étoiles sont rondes, la lune également. Le vent, qui siffle de colère, tourbillonne. Les nids des oiseaux sont ronds, le soleil se lève et se couche dans un cercle. Les saisons changent, mais forment un cercle et reviennent toujours où elles étaient.

Le chef retrouve autour de lui les quatre sages. Son frère Matiw, Sapatis, So'sep et Koli. À eux quatre, ils cumulent plus de trois cents années d'âge. Il s'adresse respectueusement à eux, qui détiennent la connaissance, dans leur langue originelle.

— La communauté s'agrandit. L'année dernière, il y a eu sept naissances. Nos enfants vont à l'école, le père Martineau leur fait le catéchisme, ils apprennent le français, mais beaucoup connaissent mal notre langue, qui leur est plus ou moins transmise par les parents. Sapatis, toi qui maîtrises brillamment notre langue, pourrais-tu la leur enseigner ?

Avant de prendre la parole, Sapatis lève les yeux au ciel afin d'implorer les dieux de lui apporter l'inspiration.

— Dans les temps anciens, quand nous étions un peuple heureux et fort, notre pouvoir nous venait du cercle sacré de la nation, et, tant qu'il n'a pas été brisé, notre peuple a prospéré. Notre devoir est de préserver nos coutumes et notre langue selon la volonté du Grand Esprit.

— L'hiver sera long, cette année, renchérit Pilip, indiquant ainsi que Sapatis aura largement le temps d'enseigner la langue micmaque aux enfants.

Il est convenu qu'à compter du mois de *Wikumkewiku's*[1], et, par la suite, chaque semaine, les Sages rencontreront les jeunes enfants. La période de chasse terminée, les plus âgés des enfants qui auront accompagné leur père à la chasse se joindront au groupe. So'sep et Koli traduiront les histoires racontées par Matiw. Sapatis enseignera les subtilités de la langue des Aînés.

Fin septembre, devant les enfants assis en demi-cercle, Matiw, So'sep et Koli penchent la tête en prière. Ils implorent le Grand Esprit de les inspirer, de les guider dans leur mission : celle d'enseigner aux enfants l'histoire de la création du peuple micmac. Matiw raconte, en employant des termes simples.

— *Glooscap* a été la première personne créée. Quelqu'un peut-il me dire comment il est d'abord apparu ?

Deux fillettes lèvent simultanément la main. Matiw sourit.

1. Septembre. Chez les Micmacs, ce mois correspond à la lune de l'appel à l'orignal.

— Toi d'abord, A'ni'es.

La petite fille se lève et, toute fière de son savoir, récite en micmac :

— Il avait la tête où le soleil se lève, les pieds où le soleil se couche.

Avant que Matiw ne puisse parler, Elen intervient à son tour spontanément, en français.

— Les bras en croix.

Les Aînés se regardent, satisfaits de voir que les enfants ont bien retenu ce qui leur a été enseigné.

— Très bien, Elen ! Peux-tu maintenant me répondre en micmac, comme l'a fait ton amie ?

La fillette s'exécute. Ainsi les enfants apprennent-ils peu à peu la langue de leurs ancêtres.

Matiw poursuit lentement son exposé afin que les enfants apprivoisent de manière agréable la langue de leur peuple. Il précise que la création du monde selon les Micmacs a été faite en sept étapes qu'il énumère en comptant sur ses doigts.

— D'abord vint le Donneur de vie, ensuite le soleil, le grand-père nommé Niskam, puis la Terre Mère et *Glooscap*, le premier humain. Sa famille est apparue ensuite. Sa grand-mère, *Nukumi*, a pris vie à partir d'un rocher. Elle symbolise la sagesse et la connaissance. Ensuite, son neveu fut formé à partir de l'herbe odorante. Il représente la force et a le pouvoir de visualiser le futur. Finalement vint la Mère, *Ni'kanaptekewi'sqw*, née d'une feuille. Elle est l'amour porté aux enfants, celui qui les pousse à prendre soin les uns des autres. Elle représente aussi les couleurs du monde. La Mère correspond au septième niveau de la création. Lorsque *Glooscap* a invité le vent à souffler sur les étincelles laissées par la foudre, cela a donné naissance à l'incendie du Grand Esprit. Ainsi, les huit familles des peuples algonquiens se sont formées à partir des étincelles qui jaillirent de ce feu.

Antuwan, un des petits auditeurs, écoute attentivement cette leçon. Il ne peut s'empêcher de la comparer avec l'histoire de la création racontée par le père Martineau. Jamais le père ne parle de la nature, des odeurs, des couleurs. Il ne parle que d'un Dieu tout-puissant, mais incolore, ennuyeux, solennel. Combien plus intéressante est la version de Matiw ! Certes, les enfants apprennent en écoutant, mais aussi en regardant et en jouant. Décidément, il préfère nettement l'école micmaque !

— Le Donneur de vie, poursuit Matiw, s'incarne dans les fleurs du printemps, dans le vent, dans la pluie, dans l'eau qui vient et va. Le grand-père Soleil, lui, nous donne les ombres qu'habitent les esprits de nos ancêtres. Notre mère, la Terre, que nous partageons avec tous les êtres vivants, quant à elle, laisse entendre son cœur battre à travers le tambour quand on le frappe.

Les gamins commencent à s'agiter et Matiw comprend pourquoi.

— Je continuerai plus tard. Pour l'instant, profitons de la belle chaleur qui nous est encore donnée. Je crois que plusieurs aimeraient bien aller se baigner dans la rivière Tranquille.

Les enfants n'ont pas besoin d'une deuxième invitation. Ils s'égaillent avec des cris de joie. Se baigner, ressentir la fraîcheur de l'eau sur son corps est une autre façon de communiquer avec la nature.

La rivière les attend. Bien vite, ils enlèvent leurs vêtements et se jettent à l'eau, là où le courant est moins fort. Leurs cris de joie retentissent dans l'air tiède jusqu'aux maisons du campement, ce qui fait sourire les mères.

Assis un peu plus loin sur une racine affleurante, Tuma a décidé lui aussi de venir baigner son esprit. Tout petit, déjà, il s'asseyait sur cette racine, son endroit préféré. Chaque fois qu'il le pouvait, il venait s'imprégner de l'atmosphère mystique qui se dégageait de cet endroit.

Indifférent aux cris de joie des enfants, il trempe ses mains dans cette eau pure, fasciné, presque hypnotisé par la sensation de puissance qui s'en dégage. L'eau de la rivière a d'étranges couleurs. Le jeune homme se laisse aller à un rêve qui le transporte dans un monde où tout est vie, tout est paix.

Hélé par sa sœur Sanet, il a peine à se dégager de l'emprise de son rêve pour aller se restaurer.

En cette magnifique journée d'automne, les hommes sont à la chasse avec les fils aînés et les chiens. Il s'agit d'une étape importante dans la vie de ces adolescents qui seront considérés comme des hommes lorsqu'ils auront tué leur premier orignal.

Sans trop le dire, les épouses et mères espèrent que le sorcier *Pouwowin*, capable de prédire l'avenir et de marcher sur les eaux, préservera les hommes et la communauté des maléfices. C'est que ce sorcier est parfois inquiétant, car il est également capable de lancer un sort à une personne même très éloignée, comme de déchaîner sur elle la maladie, un accident ou le malheur, et compromettre ainsi la chasse.

Superstition ? Certainement pas ! Chacun pourrait raconter des incidents malheureux qui se sont produits pendant cette période où les hommes travaillent à pourvoir la communauté en nourriture pour le corps.

Pendant que les hommes sont assis en rond autour du feu de camp, Gabe raconte à son ami la tragédie qui a plongé tout le campement dans le deuil, plusieurs années auparavant.

— C'était pendant l'été des Sauvages, comme en ce moment. Il y avait un chasseur qui nous accompagnait presque toujours à la chasse, même s'il habitait pas au campement. Il s'appelait Misél et il vivait seul dans la forêt. Il se pensait le plus fort, et il croyait en rien. Un jour, il a pas voulu demander la protection de *Pouwowin* avant de partir pour la chasse. Eh bien, il l'a payé cher. Le soir, on a fait un feu. Misél s'est éloigné pour faire ses besoins, mais il a pas vu que les castors avaient monté un barrage et il est tombé à l'eau. Comme personne d'entre nous sait nager, Misél s'est noyé, évidemment. Tout ça pour dire que c'est important de prier avant de partir pour la chasse.

Le ton tragique de son ami impressionne fortement Ji'nmul qui se promet de ne jamais oublier de prier avant de s'aventurer dans le bois.

Chapitre 22

La *dam* de castors

Chez nous, à ferme Rioux, Serge a été le premier à prendre le litte. Malade. Ben malade. On a callé le docteur. Rien qu'en le regardant, y a dit qu'y pensait que c'était peut-être les oreillons. Apparence que la maladie courait dans le village.

— Vous êtes pas sérieux ! C'est-tu vrai que, les garçons qu'ont cette maladie-là, y peuvent pus faire d'enfants ? Quand son père va apprendre ça ! Surtout que lui, y doit pas les avoir eus, les oreillons, avec toutes les bâtards qui se promènent icitte et là !

Fabienne, des fois, a pense pas loin. Le docteur a rien dit quand qu'y ont sortis de la chambre.

Les petites s'amusaient avec des crayons à couleurer.

— Comment je vas faire pour savoir si Serge a les oreillons ?

— Si c'est ça, il va avoir une bosse juste sous les oreilles. Peut-être même que les deux côtés vont enfler.

— Ça peux-tu s'attraper ?

— Malheureusement, oui. Tes filles risquent d'y passer elles aussi.

— Me v'là ben amanchée, astheure !

Le docteur a dit qu'à part le repos au litte, y avait pas grand-chose à faire.

— En attendant, empêche les filles d'aller dans la chambre de Serge. Bon, écoute, je file. J'ai pas mal d'autres malades à voir.

Était pas aussitôt parti que Nador a commencé à filer mal pis à dormir toute le temps. Lui, c'était la grippe.

— Si y continue à tousser de même, y va virer consomption. Dans famille Lebel, y ont toutes les poumons faibles.

Comme pour faire exprès, les filles sont tombées malades à leur tour. Quand y en avait une qui guérissait, c'était une autre qui commençait.

Apparence que plusse t'es vieux, plusse que c'est dangereux, c'te maladie-là. Pour les filles, la fièvre a duré longtemps, alles avaient des frissons, des bouttes a déparlaient, même. Le docteur a fini par les réchapper, toujours ben.

On a su que le curé était malade, lui avec.

— En toué cas, même si le curé pourra pas faire de petits, c'est pas trop grave.

— Son père ! Parlez pas de même devant les enfants, voyons !

Alle avait beau parler, ma fille ! Elle, a se gênait pas.

— C'est surtout les enfants qui sont infectés.

— Pis le curé, lui ?

Le docteur pis la garde passaient leur temps à faire des visites au village pis dans les rangs. Oona pis Albin soignaient les Sauvages. Y avait tellement d'enfants qu'étaient pognés avec c'te vinyenne de maladie-là que les écoles ont farmé encore une fois.

Par icitte, des fois l'hiver te prend par surprise. Ça fait qu'on est jamais trop vite pour se préparer. Comme ça, tu te fais pas pogner les culottes à terre quand la neige commence à tomber.

Avant de déménager, j'avais décidé d'aller checker la maison de Damien ben comme y faut. Pis tant qu'à y être, je voulais faire le tour des bâtiments, même s'y sont pas mal en démanche. Les terres sont limitées par la rivière. Damien a toujours eu pour son dire que la rivière était à nous autres, en tous cas, la partie qui bordait nos terres. Notre terre, je veux dire, vu que c'est la même qu'est divisée en deux.

Dans maison à Damien, y avait des réparations à faire que c'était pas disable! Je comprends pas pourquoi c'est faire que j'ai laissé ça en démanche de même! Ah! pis oui, je comprends. C'est encore cette affaire de maison hantée. J'arrêtais pas d'y penser.

J'ai sorti de la maison ben jonglard avant d'aller aux bâtiments. C'est là que j'ai vu que la porte de la grange était grande ouvarte. Ça pouvait pas être d'autre chose qu'un malfaisant qui l'avait rouvarte, rapport qu'y reste pus rien dans c'te grange-là depuis le temps que Damien est pus là. On a toute sorti la machinerie, on l'a vendue, ça fait une mèche de ça. Un malfaisant, tu sais jamais ce que ça peut faire. Y était capable de mette le feu, juste pour s'amuser, pis un coup parti, toute brûlerait.

Ou ben donc c'était un quêteux.

J'ai rentré, mais, toute ce que j'ai vu, c'est qu'y avait quèqu'un qu'avait passé une couple de nuittes dans le foin. On voyait encore la forme du corps. Coudon, c'était-tu rendu astheure qu'y faudrait toute cadenasser? Sûr et certain qu'on pouvait pas laisser n'importe qui aller là. Si c'était un survenant, y avait juste à se présenter à maison, on y donnerait à manger. On connaît les manières: y a toujours de la soupe sur le poêle pour les ceusses qu'ont faim. Pis, après toute, si j'arais pas été aux *States*, où c'est que j'ai appris à gosser le bois pour faire des meubles, peut-être ben que j'arais viré quêteux, moi avec.

J'ai farmé les portes de la grange pis j'ai décidé d'aller revirer jusqu'au bord de la rivière Tranquille. Une idée qui m'a pris comme ça, je sais pas trop pourquoi.

Je commençais à me dire dans ma tête que peut-être ben que je voirais un homme qui s'était neyé, comme Serge avait parlé. Mais c'était pas ça pantoute. C'était ben plus pire ! Les castors avaient dammé, en haut de la petite chute. Y avait quasiment pus d'eau dans chute, mais la rivière avait sortie de son litte, parzembe.

Quand j'ai vu ça, j'ai parti à courir. D'un coup que le *creek* débordait ? S'y fallait, ça serait des plans pour se retrouver les pieds dans l'eau. Pis que ça magane la maison à Damien encore plusse, rapport qu'y est plus proche de la rivière que nous autres.

En passant sus le petit pont, j'ai jeté un œil. L'eau était pas plus haute que d'habitude. Peut-être ben que je voyais des malheurs où c'est qu'y en avait pas ; des fois, on se monte la tête pour pas grand-chose.

J'ai rentré dans maison, pis j'ai demandé à Jules de venir avec moi.

— Viens, on va faire un tit boutte de marche.

Le beau-frère a rien questionné. Y s'est levé pis y a sorti en même temps que moi. Pendant qu'on marchait, j'y ai toute conté. Que quèqu'un avait couché dans grange sus Damien, pis que je craignais l'inondation.

On devait être à un bon cinquante pieds de la rivière quand c'est qu'on s'est aparçus que l'herbe était mouillée. L'eau commençait à monter.

— De que c'est que tu penses de ça, Jules ?

— Faudrait défaire la *dam*, à mon idée. Si on le fait pas, on risque de passer l'hiver les pieds dans glace quand l'eau va arriver chez nous pis que ça va geler.

Faut dire que quand j'ai bâti notre maison sus le boutte de terre que Damien m'avait donné le droit, j'ai mis juste un *footing* sus la terre, comme c'était l'habitude dans ce temps-là. J'avais mis une trappe dans le plancher itou, pour faire une place pour garder le manger, rapport que, dans le temps, les frigidaires, on connaissait pas ça. Astheure, la cave sert pus à rien, mais faudrait pas que l'eau se mette dedans, ça ferait pourrir le bois du plancher.

Sus Damien, c'est pareil. La cave est direct sus la terre, avec un *footing* de quat' pieds de haut.

Des vieilles maisons, c'est pas ça qui manque dans le rang. Avant que Damien disparaisse dans le bois proche de l'érablière, sa maison, c'était la plus belle du rang. Astheure, comme de raison, était en démanche.

Quand on est arrivés à *dam*, on avait les pieds dans l'eau. Le castor, c'est un animal qui travaille ben, tu peux pas dire le contraire. Une *dam*, c'est solide. J'arais voulu caller un bi pour toute défaire, mais on n'avait pas le temps. Si qu'on était pour faire quèque chose, c'était tu-suite ou ben donc pantoute. Mais moi avec une jambe pas trop solide pis Jules avec ses rhumatimes que des fois y a de la misère à tenir une fourchette, on pouvait pas faire grand-chose.

— À nos deux, Jules, tu penses-tu qu'on va être capables de défaire ça, cette *dam*-là ? J'ai apporté une hache, au cas.

— Je vais faire ce que je peux. Mais on peut pas dire que je suis tellement connaissant là-dedans. Passe-moi la hache, P.A., je vas monter direct sus la *dam*.

Le beau-frère a commencé à donner des coups de hache, un attendait pas l'autre.

— Fais attention. Si ça lâche, tu vas partir avec le courant!

— Ben non, y a pas de danger. Je pense que j'ai quasiment fini ce bord-ci. Je vas aller à leur maison, astheure. Vous allez voir ça, que les castors vont partir quand leur maison sera débâtie.

Partir ou ben donc rebâtir. Ces petites bêtes-là, ça lâche pas facilement. Là, y avaient une maison, de l'eau assez creuse pour nager en dessour de la glace. Non, mon idée, c'est qu'y allaient faire une nouvelle maison si on démanchait celle-là. D'une manière, c'était quasiment de valeur de démancher de la belle ouvrage de même, mais on pouvait quand même pas laisser nos deux maisons, à moi pis à Damien, flotter dans l'eau…

Jules continuait de fesser à grands coups pis v'là-tu pas que toute a lâché. Les branches qu'avaient sarvi pour mettre la cabane solide tombaient à l'eau, ça faisait un trou dans *dam* pis mon Jules est tombé dans rivière.

Y sait pas plus nager que moi, le beau-frère. Ah! y essayait ben de flotter, mais le courant le laissait pas faire. On y voyait la tête qui sortait de l'eau pis qui rentrait dedans quasiment tu-suite. J'ai ben entendu qu'y criait quèque chose, seulement l'eau qui cassait sus les roches m'empêchait d'entendre c'est quoi qu'y disait.

J'ai fait ni une, ni deux, j'ai rentré dans l'eau pour asseyer d'attraper Jules par un bras ou ben donc une jambe. L'eau était frette en pas pour rire pis je me disais comme ça que, si y restait dedans encore un boutte, y attraperait son coup de mort, même si y se neyait pas.

J'ai fini par attraper Jules par un bras. Y était pus capable de tenir, y a lâché pis y a parti du bord du tourbillon. La rivière a beau pas être creuse, quand tu te fais pogner dans l'entonnoir tu vires, tu vires pis t'es tellement étourdi que tu te neyes en te fessant la tête sus les roches dans le fond. Je pouvais pas laisser faire ça, j'étais toujours ben pas pour regarder mon beau-frère se neyer drette sous mes yeux, coudon !

Le Jules commençait à fatiguer, itou. La tête y sortait moins souvent de l'eau pis y calait quasiment tu-suite. Je savais pus quoi faire pour le sauver quand que, d'un coup, j'ai eu une idée. Y avait une grande roche plate proche du tourbillon. J'ai monté dessus, je m'ai couché pis j'ai étendu mon bras. J'ai venu à boutte de rattraper Jules c'te fois-là. Ça tirait sans bon sens, mais je voulais pas lâcher. Je suis venu à boutte de le sortir de l'eau toujours ben. Mais y respirait pus. Je l'ai viré sus le ventre pis j'y ai fessé dans le dos pour qu'y crache l'eau qu'y avait avalée.

Par après, j'ai parti en courant aller téléphoner au docteur pis au curé.

Y sont arrivés quasiment tu-suite. On a eu toutes les misères du monde à monter Jules sus un cheval : y s'aidait pas, un vrai corps mort. À le regarder, je m'ai demandé si ça serait pas lui, le mort qui marchait que Serge parlait de…

Non, c'était pas ça. Le beau-frère était mal portant, mais y était en vie. Faut dire que je filais pas fort non plus.

Je sais pas si les castors avaient dammé ailleurs, mais, nous autres, on avait pas eu de problèmes d'eau. La cave était chesse.

Jules a été obligé de rester couché encore un boutte. Quand Serge revenait de l'école, y venait s'assire avec nous autres dans chambre. J'y contais des histoires que j'avais dans ma tête, j'y parlais des aurores boréales qu'on voyait dans le ciel.

— C'est comme de la brume varte, rose ou ben donc orange. On en voit, des fois, par icitte. Ça grouille, ça change d'apparence, on dirait qu'alles dansent.

— Y en a-tu par icitte, pépère ?

— Des fois, mon gars.

— Je savais pas ça. Quand je vas être grand, je vas pas juste écrire des livres sur la géographie, je vas en écrire sur toutes les histoires que j'ai entendues pour faire un livre pour ceusses-là qui aiment ça être dans lune, comme moi.

Jennifer, alle aimait pas ben ça quand qu'a nous voyait, Serge pis moi, après parler, astheure qu'a comprenait mieux le françа même si a se forçait finalement pas ben fort pour le parler. Pis moi, ben, faut dire que j'aidais pas ben gros itou ; pour l'accommoder, j'y parlais jusse en anglais.

— Au lieu de raconter des histoires à ton petit-fils, tu ferais mieux de t'occuper de ton fils à toi. De notre mariage, aussi.

— Il faudra que tu t'habitues, Jennifer. Je vas toujours m'occuper de Serge. Aussi, pour le mariage, si ça te dérange pas, on va attendre que mon beau-frère se remette sur ses pieds.

— Si tu me laissais le soigner…

— *Never mind !* Des plans pour que son état s'aggrave…

— Belle confiance !

Saudites femmes, va ! A veulent toute contrôler.

— *C'est toi, P.A., qui dis ça ? Toi qui t'as marié deux fois en même temps, qui voulais marier Rose-Délima pis qui vas se remarier avec Jennifer ? Tu sais pas trop ce que tu veux, coudon !*

— *Ah*, never mind*!*

Chapitre 23

La maison me hante

— Ben oui, ma fille, je suis ben de ton dire. Ça serait normal qu'y seyent avec nous autres. Mais, quesse tu veux, on peut pas faire grand-chose pour changer ça. Quand même, je me demande ben où c'est qu'y sont passés, ces deux-là.

On parlait de Poléon pis de Florence. Je me mariais à Noël, pis c'était clair qu'y seraient pas là.

Soliloque

Pépère va se marier. Avec Jennifer. Je sais pas si y va encore m'aimer après, rapport qu'y vont aller rester dans maison hantée avec Andrew, pis moi, je vas rester icitte avec la fille à pépère pis Nador, mon père à moi, qu'est pas souvent à maison. De que c'est que je vas devenir si mon pépère arrête de m'aimer ?

En attendant le printemps, en toué cas, toute le monde reste icitte. La fille à pépère pis Jennifer se parlent quasiment jamais. C'est comme si qu'alles avaient peur de quèque chose. Moi, c'est pour le grand chêne que j'ai souleur. C'est un peu comme si c'était mon enfant et pis mon père en même temps. J'ai décidé de profiter que ça parlait du mariage pour aller dans le bois. J'ai pas pris le temps d'avertir Réjean, j'aimais mieux être tout seul. La fille à pépère m'a pas vu partir, je suis sorti par en arrière. A m'a pas vu revenir non plus, j'ai fait attention pour pas faire de bruit. Je suis rentré par l'atelier, j'ai ôté mes souliers. Quand j'ai arrivé dans cuisine, parsonne m'a remarqué à part de pépère.

Je pense que c'est la dernière fois que je vas dans le bois. L'hiver, le wendigo *rôde pour trouver du manger. Le curé dit que le* wendigo *existe pas, que c'est juste une légende, mais c'est quand même mieux de pas prendre de chance. Si tu le rencontres, il peut te tuer pour te manger.*

Dans le bois, les arbres ont perdu leurs feuilles. C'est quasiment comme si, nous autres, on se promenait dehors pas habillé. Je suis certain qu'y doivent avoir frette, eux autres itou. Si j'y arais pensé, j'arais pris une des couvertes que mon père se sert pour les jouaux. J'arais pu entourer l'arbre dans le bas. J'ai demandé au Grand Esprit si y avait frette. Y m'a pas répond. J'espère qu'y est pas fâché après moi parce que ça faisait longtemps que j'étais pas allé le voir.

Dans journée, on travarsait toutes les trois, Jennifer, Andrew pis moi, pour travailler dans maison à Damien. Non ! Pas à Damien ! À moi !

On a quasiment été obligés de toute refaire. On a travaillé du marteau pis du pinceau, je vous en passe un papier. Fallait aller sus le marchand général presquement toutes les semaines pour acheter de quoi.

Rapport que Damien avait été veuf longtemps avant de disparaître, la maison était pas juste sale. Y devait pas faire grand-chose dedans, à mon idée. Quand j'ai examiné les meubles, là, c'est pas compliqué, j'ai décidé qu'y en fallait des neux. Une table, des chaises… Eille ! Des chaises ! J'avais quasiment oublié les dossiers pis les sièges brodés que j'avais vus au campement ! C'est ça qui serait beau. Parsonne de par icitte en a de même. J'ai décidé de retourner au campement voir si que je pourrais acheter des affaires.

Toutes les jours, Jennifer partait pour la maison à côté avec un siau pis des guénilles. A nettoyait partout, a frottait dans toutes les coins.

Un après-midi, est revenue à maison paternelle en disant qu'alle avait eu ben frette, pis que c'était certain que la maison sus Damien était hantée.

— Je t'avais pourtant avertie, mais tu as dit que tu n'avais pas peur.

— Je n'ai pas peur, non plus. Je dis ça comme ça, c'est tout.

Avec son idée de toute laver que c'est qui y tombait sus la main, un beau matin, Jennifer a eu une mauvaise surprise : quand qu'alle a rouvert la champlure, l'eau s'a mis à pisser partout. Était mouillée à grandeur rapport que l'eau, a venait d'un tuyau pété.

C'est là que j'ai compris une affaire : les silements que j'avais entendus pis que j'avais pris pour un fantôme qui braillait, ben c'était l'air qui passait par le tuyau busté ! Ah, ça prend pas grand-chose, des fois ! C'est ça que j'ai dit à Jennifer.

— Non, mais, avoir peur d'un courant d'air ! Tu parles d'une affaire…

— Je te l'avais dit, P.A., des fois, il y a des explications bien simples pour des choses compliquées.

— Attends, là ! Pour les sifflements, je veux bien te croire, mais ça ne peut pas expliquer le froid qu'on sentait aux jambes. Ce froid-là ne pouvait pas venir du tuyau d'eau, c'est bien certain.

C'est en voulant raboudiner en dehors qu'on a eu une autre surprise : c'te fois-là, c'était les prises d'air chaud, qui donnaient direct sus le dehors à cause que les murs étaient pas assez isolés en plusse d'être en démanche. Ça laissait passer l'air frette et pis c'est ça qu'on sentait quand qu'on venait faire notre tour. Rapport aux fantômes, on restait jamais ben longtemps, ça fait qu'on n'a jamais pensé à checker.

Ah ! on a travaillé, ça, on peut pas dire le contraire. Je m'ai faite aider par Jules ; Rosaire Lévesque est venu faire son tour de temps en temps ; toute le monde avait mis du sien. On a toute arfaite les murs, on a mis des *beams* neux partout, de la laine isolante jusque dans le haut côté. Le frette arait pus aucune chance de passer ; les revenants non plus, tant qu'à ça.

Jennifer portait pas à terre. Était pour avoir une maison neuve. Vu qu'était contente, ben était moins à pic à maison, pis Fabienne commençait, elle itou, à être parlable. Assez qu'avec ma fille Johanne pis Fabienne, les trois femmes ont décidé de peinturer à grandeur pendant qu'Andrew, Jules pis moi, on travaillait sus les meubles neux.

Astheure que je m'étais faite à l'idée que je pourrais pas avoir Rose-Délima, ben coudon, j'avais décidé de toute donner à Jennifer. On a acheté du neu pour ce que je pouvais pas faire : un poêle, un frigidaire, le set de salon. Toute du beau, je vous en passe un papier.

Quand qu'on a eu fini de toute ramancher, peinturer, pis toute, on était tellement restés qu'on avait de la misère à parler. Un soir, je m'en rappellerai toujours, on était assis à table de la cuisine pis les femmes bayaient à n'en pus finir. C'est Fabienne la première qu'a dit :

— Je bretterai pas pour aller au litte à soir.

J'ai ben vu que Nador avait la face fendue jusqu'aux oreilles, mais j'ai rien dit. Mon idée que mon gendre, lui, se ferait pas prier pour aller à Rimouski voir des pitounes. Mais c'était pas de mes affaires.

Fabienne a jeté un coup d'œil dehors, pis v'là-tu pas que, d'un coup, a vient toute blanche.

— Son père ?

— Quoi ?

— Regardez donc sus mon onc… je veux dire dans maison à côté, dans le châssis… Ma grand foi, on dirait qu'y a quèqu'un qui se promène avec une *flashlight*.

Je m'ai levé d'un coup sec, enragé noir.

— Ah ! ben là, parzempe, m'en vas y voir. Pis pas plus tard qu'astheure. On va toujours ben savoir de que c'est qui se passe une fois pour toutes.

Juste comme j'étais pour aller charcher le fusil, y a Jennifer qui m'a mis la main sus l'épaule.

— Attends, Frenchie, il me vient une idée…

A m'a demandé une question qu'avait pas d'allure pantoute.

— La maison de ton frère est à l'ouest, par rapport à ici, non ?

— Euh… Pourquoi ?

C'est là qu'a m'a quasiment jeté à terre.

— Si la maison de ton frère est à l'ouest de la nôtre, la lumière du soleil se reflète dans la fenêtre de la cuisine…

— Je comprends pas…

— C'est pourtant simple. Le revenant que vous avez vu, c'est en fait les rayons du soleil qui se couche et c'est pour ça qu'on a l'impression que ça bouge.

C'était pas fou pantoute, ça ! D'un coup, je m'ai rappelé qu'à toutes les fois qu'on créyait qu'y avait quèqu'un sus Damien, c'était toujours dans veillée d'une journée où c'est qu'y avait eu du soleil. Pis c'était pas la même heure, parce qu'y fait clair plus longtemps l'été que l'hiver. Comment ça se faisait, donc, qu'on n'a jamais pensé à ça parsonne dans maison ? J'haguis ça en pas pour rire quand qu'une femme est plus smatte que moi ! Ça fait que j'ai faite mon jars, pis j'ai dit :

— Peut-être bien que t'as raison, peut-être pas. En tout cas, moi, je prends le fusil et je vais voir.

— Comme tu veux, Frenchie !

— Ah, *never mind* !

Chapitre 24

Saqawi'gann – L'ombre

Il aime toucher le bois, le façonner en forme de cadre pour fabriquer des raquettes, moyen de transport par excellence pendant la longue saison d'hiver. Les cadres terminés, il revient aux femmes de tisser la trame avec de la babiche et parfois même de décorer les raquettes de motifs spéciaux.

Il lui arrive parfois de rester de longues minutes à regarder Sanet travailler à croiser la babiche. Mais très vite, toujours, la soif se fait sentir. Une soif inextinguible. Il se rend alors immanquablement à la remise où Gabe et lui mettent de petits fruits à fermenter dans l'eau additionnée de sucre et de levure afin de fabriquer de la bagosse, un alcool frelaté dont ils font le commerce.

Lorsqu'il en revient, la démarche hésitante, Sanet sait qu'encore une fois, il disparaîtra pendant quelques jours jusqu'à ce qu'il ait cuvé son vin.

La fabrication de raquettes délaissée, la tête dans les mains, Sanet pleure souvent. Tant et tant de peine… Avec un père et un compagnon ivrognes, la tâche est lourde. Il revient à Sanet d'assurer le boire et le manger pour ses sœurs et son frère puisqu'il n'y a pas d'homme pour chasser.

— De quoi tu te plains? On a de l'argent en masse, dit Ji'nmul à Sanet lorsqu'elle proteste.

Gabe et Ji'nmul sont presque toujours ivres morts, alors que Tuma refuse systématiquement d'aller à la chasse, plongé qu'il est dans un monde parallèle.

Sa sœur Malklit, le ventre renflé, accouchera bientôt et bien que la venue d'un nouvel enfant soit toujours une bénédiction, ça fera une bouche de plus à nourrir. Quant à Ma'lij, elle est toujours fourrée chez les Beetle et Sanet voit venir le jour où sa sœur prendra Lullan, l'aîné des fils, comme compagnon de vie.

Les yeux vitreux, la démarche malhabile, Ji'nmul se déplace lentement. Lorsqu'il est ivre et sans qu'il en ait conscience, il redevient Damien, fermier amoureux de la femme de son frère et propriétaire de la plus belle maison du rang Croche.

Il marche vers un endroit dont l'image est imprégnée dans son esprit. La marche est longue, il a mal aux pieds, aux jambes, mais il persiste.

Après un long moment, il parvient à son but. Son cerveau reconnaît enfin l'endroit ! Une grande maison avec, derrière, une grange. Ji'nmul sourit. Il ouvre une large porte, avance et s'affale sur le foin étendu par terre, et il plonge immédiatement dans un rêve éthylique.

Une ombre se profile sur les murs de la grange et avance près de Ji'nmul. Elle s'étend sur le foin et se serre contre l'homme. Assez curieusement, le foin ne se creuse pas sous le poids de ce nouveau corps. Ji'nmul ouvre les yeux.

— C'est toi, Madone ?

— Chut ! Dors, Damien. Dors. Je suis là, je veille sur toi.

Ji'nmul ferme les yeux sur l'image merveilleuse de celle qu'il a toujours aimée. Dans le monde sans mémoire où il s’est réfugié, Madone est absente. Mais il suffit de quelques gorgées de l’élixir qu’il a créé avec Gabe pour que celle qui s’est toujours refusée à lui lui appartienne.

Il se love, étreint la douce illusion. Il a repris son langage d’autrefois, celui d’une autre vie.

— J’ai toute fait ce qu’y faut, tu sais, Madone. Dans maison, j’ai été porter un beau ber. Y va être ben au chaud, cet enfant-là, prends-en ma parole.

Mais c’est alors que tout se gâche. L’image prend un air sévère.

— On n’a pas d’enfant, Damien. On n’en a jamais eu. Parce qu’on n’a jamais rien faite pour en avoir.

La silhouette commence à s’estomper tandis que Ji’nmul s’écrie :

— Non ! Pars pas ! Reste encore avec moi.

Mais la vision chérie s’évanouit jusqu’à disparaître complètement tandis qu’il sanglote son amour perdu.

Chapitre 25

Saqawi'gann – L'épidémie

Cette année-là, l'hiver a pris les habitants du Bas-du-Fleuve en traître. Au commencement d'octobre, une première bordée a blanchi le pays, immédiatement suivie d'un dégel. L'accalmie a toutefois été de courte durée : une formidable tempête a couvert de blanc les toits, les galeries, les cours et les champs. Le froid s'est mis de la partie. Impossible de regarder par les fenêtres, les vitres étaient couvertes de dessins tracés par le givre.

Dans le Bas-du-Fleuve, l'hiver ne fait peur à personne. Les tempêtes sont une réalité et tant les Blancs que les Indiens s'en accommodent. Si le vent transforme la neige en poudrerie, les écoles ferment temporairement leurs portes. Comme tous les enfants du monde, les petits Micmacs se réjouissent d'un congé forcé.

— On va battre le record de neige cette année.

— Tu dis ça chaque année, papa. Lasel ? Viens m'aider, on va habiller Piél et Taniél pour qu'ils aillent glisser sur le banc de neige.

Gabe n'a pas encore tout à fait cuvé son vin. Il bégaie :

— Lasel est trop grande pour des jeux de bébés. Elle devrait t'aider dans la maison. C'est pas parce qu'elle est la dernière…

Sanet reprend la litanie à son compte :

— C'est pas parce que Lasel est la dernière qu'il faut la laisser aller jouer dehors, je sais. Mais aujourd'hui, papa, on va faire exception. Lasel va surveiller les petits pendant que je m'occupe de la maison. Lasel ? Où est-ce qu'elle se cache encore, celle-là ? Tuma ? Tu m'entends ? Arrive.

D'habitude, le jeune homme est le premier levé. Mais ce matin-là, il ne répond pas. Sanet se rend dans les chambres et en ressort, préoccupée.

— Lasel et Tuma sont brûlants de fièvre. Je me demande ce qu'ils ont. On va les laisser dormir. Les garçons, c'est bien dommage, mais vous ne pouvez pas aller dehors ce matin.

Piél rechigne.

— Pourquoi ? On n'est plus des bébés.

— Bon. Mais vous allez me promettre de rester dans la cour. Je vais vous surveiller par la fenêtre. Pas de folies, vous m'entendez ?

— Laisse-les faire, Sanet. Ils sont assez grands pour se débrouiller tout seuls. As-tu peur qu'ils fondent dans la neige ?

Les garçons ont profité du congé pour s'amuser. Ils sont rentrés les joues rouges de santé, les habits pleins de neige.

L'école devait reprendre le lendemain, mais une autre bordée s'est abattue sur les chemins et les terres. À la radio, une nouvelle annonce prévient les parents que les écoles sont fermées presque partout.

À l'extérieur tout est blanc, on ne distingue ni ciel, ni terre. Impossible de laisser sortir les enfants sans les perdre de vue presque immédiatement.

Deux jours plus tard, Lasel et Tuma sont toujours malades. Sanet n'a d'autre choix que de se rendre chez Hannah. Elle trouve la vieille femme occupée à trier ses herbes.

— Penses-tu que ça peut être dangereux, pour mon frère et ma sœur, de faire autant de fièvre ?

— Je sais pas trop, mais je pense que c'est une maladie de Blanc. Faudrait voir si Oona ou Albin sont dans le coin. Ils vont savoir ce que c'est au juste. Moi, je vais faire ce que je peux, mais eux autres aussi pourraient t'aider. En attendant que les chemins soient déblayés, tu peux leur donner de l'eau chaude avec des aiguilles de pin. Tu dis qu'ils ont mal à la gorge ? Le pin, c'est fait exprès pour ça.

— Il manquait plus rien que ça, avoir deux enfants malades et les autres pris à la maison…

— Tuma n'est plus un enfant, c'est presque un homme, maintenant. C'est bien ça qui me dérange.

Sanet n'est pas certaine de bien comprendre.

— Comment ça ? Ça te dérange parce qu'il est grand ?

— Je te dirai ça plus tard. Qu'est-ce que tes malades ont mangé depuis qu'ils sont au lit ?

— Tuma a presque rien pris, il disait qu'il avait de la misère à avaler.

— Ah ? A-t-il mal ailleurs qu'à la gorge ?

— Aux oreilles aussi.

Sanet est étonnée. Hannah semble se préoccuper uniquement de Tuma alors que Lasel est malade également.

— Tu as l'air de dire que c'est plus grave pour Tuma que pour Lasel…

— D'après ce que tu me dis, je pense qu'ils couvent les oreillons. Si c'est ça, c'est plus grave pour Tuma, d'abord parce qu'il est plus vieux, ensuite parce que c'est un garçon.

Hannah a du mal à cacher son inquiétude. Une telle épidémie pourrait avoir de graves conséquences sur la population du campement. Les garçons sont susceptibles de complications auxquelles elle préfère ne pas songer. Et puis Tuma... Celui qu'elle a choisi pour la remplacer, guérira-t-il ?

Il ne faut guère de temps pour que les craintes de la femme médecin se concrétisent en partie. Quelques jours à peine suffisent pour que la gent enfantine du village soit alitée. Maux de gorge violents, visages déformés par l'œdème, on pourrait croire qu'un mauvais sort affecte la communauté. Les mères sont débordées, les pères maussades, les enfants pleurnicheurs. Hannah s'adresse au chef pour lui demander de prévenir Oona et Albin.

En apprenant que l'épidémie sévit chez leurs compatriotes, les deux infirmiers demandent à quitter temporairement leur poste à l'Hôpital de Rimouski pour aller soigner les leurs. Le directeur leur accorde le congé demandé avec réticence.

— Je ne peux pas vous garantir que votre poste sera disponible quand vous reviendrez.

Mais les deux Métis sont fermement décidés. Ils s'installent donc chez le chef et font le tour du campement chaque jour, les raquettes leur permettant de marcher sur l'abondante couche de neige qui recouvre le sol.

Tant à Roches-Noires qu'au campement, la maladie se répand et atteint presque tous les enfants, sans compter quelques adultes.

Lasel se remet la première. La fièvre tombe, le mal de gorge est moins difficile à supporter, le gonflement des ganglions se résorbe.

Chez Tuma, par contre, la maladie fait tous les ravages possibles en dépit des herbes fournies par Hannah qui marmonne :

— Je ne peux pas croire que je vais le perdre. Il faut qu'il vive, il faut absolument qu'il vive !

Les soins dispensés par Albin et les prières des uns et des autres ne semblent pas faire de différence.

Albin se charge d'annoncer la mauvaise nouvelle à Tuma. Il fait une orchite.

— Ça veut dire que tu ne pourras jamais avoir d'enfant. Tu es stérile.

Le garçon accueille cette nouvelle avec calme, presque avec indifférence, ce qui étonne son soigneur. Il en fait part à Oona quand ils sont seuls.

— Nous qui aimerions tant avoir un enfant… Je ne comprends pas Tuma.

— C'est son affaire.

— Je sais, mais…

— Mais rien, Albin. Il est appelé à une destinée différente, tu le sais bien.

Chapitre 26

La nocc

Par le temps que le curé avait écrit à Salem pis qu'y avait eu une réponse, l'hiver était installé ben comme y faut. Au commencement de décembre, le curé a téléphoné à maison, y a dit qu'y voulait nous voir toutes les deux. Jennifer pis Andrew étaient pas habillés pour les frettes de par icitte. Ça fait que je les ai menés sus Alphée pour leur acheter une riguine d'hiver. Ça n'en prend, des affaires, pour toffer les hivers de par icitte. Surtout que, cette année, c'était parti pour être frette en saudit.

Par après, quand qu'on est sortis du magasin général, je m'ai dit que, tant qu'à faire, on était aussi ben d'aller voir le curé en même temps. On est rentrés au presbytère, la ménagère est allée avartir qu'on était là, pis le curé est venu tu-suite.

Apparence qu'y arait voulu parler à Jennifer tu-seule, mais y parlait pas anglais, pis elle, a comprenait pas tant que ça le frança, encore. Ça fait qu'on est pas restés longtemps. On a pris arrangement pour la date du mariage, qu'on ferait ça le lendemain de Noël, le 26 décembre. J'en ai pas parlé, mais je me disais que ça ferait un cadeau à Fabienne qu'on aille rester dans maison à Damien. Parce que, pour ça, je pouvais pas dire le contraire, les femmes avaient beau s'avoir calmées pour un boutte, alles avaient recommencé leurs chicanes. C'était rendu pas endurable à maison.

Même que Fabienne avait appris un mot anglais exprès :

— *Crazy*, qu'a criait.

Pis Jennifer, pas plus fine, a y répondait :

— *Stupid, stupid girl !*

À cause que j'avais eu le malheur d'y dire que ce mot-là y était quasiment pareil en anglais pis en françа.

Toujours ben que toute le monde avait hâte après Noël. Fabienne disait pus qu'a voulait pas que je me marisse, astheure, ben au contraire, alle attendait rien que ça.

— On va enfin être débarrassés de c'te sorcière-là.

— Fabienne...

Le curé a publié les bans, trois semaines de suite.

— Il y a promesse de mariage entre Jennifer Love, Américaine originaire de Salem, et Paul-André Rioux, de cette paroisse...

Je voyais pas ben qui c'est qu'arait pu s'opposer au mariage rapport que parsonne connaissait Jennifer.

Toujours est-il qu'on s'est mariés dans sacristie. Une messe en françа, si vous plaît ! Sont rendus modernes comme toute, astheure, l'Église catholique ! Ah ! y avait des écornifleux pour nous voir sortir par en arrière, Jennifer pis moi. Mais on en a pas fait de cas. Fabien m'a sarvi de père, Nador était le témoin de Jennifer malgré que Fabienne y avait dit qu'était pas d'adon.

— Ton père a toujours été correct avec moi, je peux pas y refuser ce sarvice-là. Et pis, tu devrais être contente, rapport que le beau-père va déménager dans maison à côté, drette après le mariage. Comme ça, t'auras pas besoin de te pogner avec elle pour un oui pis pour un non.

Mon idée, itou, que Fabienne devait avoir souleur que son mari asseye de coucher avec Jennifer. Mais alle avait ben tort de s'inquiéter. Je dis pas que j'arais donné le Bon Dieu sans confession à mon gendre, loin de là, mais Jennifer, elle, a savait ben que si jamais a faisait la folle avec Nador, je la sacrerais dehors, elle pis son gars avec, même si a disait que j'étais son père. Rapport qu'à Salem, c'est elle qui menait toute, mais icitte, à Roches-Noires, c'est moi qu'étais boss.

En toué cas, c'est ça que je pensais.

J'avais promis à Jennifer que j'étais pour trouver quèqu'un pour l'aider à acheter une robe pour les noces. Mais pour trouver quèqu'un qui voudrait… Je pouvais pas demander ni à Fabienne, ni à ses amies, pis je pouvais toujours ben pas demander à Rose-Délima.

Mais Jennifer m'a dit qu'alle en passait pas de remarques, alle aimait mieux mettre sa robe noire, rapport que ce mariage-là, c'était un *mock wedding*[1] vu qu'on était déjà mariés, elle pis moi. Ben moi, je m'ai checké quand même pis j'ai acheté un *suit* neu à Andrew, même si parsonne savait qu'y était mon gars.

Par après qu'on a passé à église, j'ai invité le monde à maison familiale pour la veillée. On arait dû faire ça chez nous, mais Fabienne était pas d'adon. A portait pas à terre astheure que le mariage était chose faite. Juste à la voir qui recommençait vouloir à toute régenter, on était certain qu'alle allait ben. C'est elle tu-seule qu'avait décidé de donner la veillée.

— Dans ce cas-là, nous autres, les hommes, on va aller chercher un sapin et pis on va te décorer ça, t'aras pas plus beau dans toute le village.

1. Un mariage fantoche.

On est allés sus la terre à Jules pour charcher le sapin. A fallu y aller en cachette de Serge, rapport qu'y aime pas ça quand qu'on coupe des arbres. C'était ben assez qu'y voirait le sapin dans maison.

Pour la décoration, les filles de Fabienne ont voulu aider : on leur a donné des jobs qu'a pouvaient faire.

— Thérèse, mets les crochets après les boules, par après, on va les poser.

— Toi, ma belle Françoise, tu pourrais-tu mettre les glaçons dans les branches en bas ?

— ... glaçons ?

— Oui. Regarde comme c'est beau. Ça brille comme la lune.

A s'a mis à rire, notre Françoise. A mettait les glaçons en dessous de la lampe pour les faire briller encore plus. A touchait à toute, on l'avait dans les jambes tout le temps. Je la regardais aller, pis je me disais que, d'une certaine manière, un enfant qu'est resté innocent, ça te pogne au cœur. On peut pas dire qu'alle aidait, mais, en toué cas, alle était ben contente. Pauvre petite, ça prenait pas grand-chose pour l'amuser.

Serge a pas voulu monter dans l'échelle pour mettre l'ange en haut de l'arbre. A fallu que Nador s'en occupe. Y était pas content après son gars.

— Tu trouves pas que t'es un peu trop grand pour bouder parce qu'on a coupé un arbre ?

Serge a pas répond.

Par après, on a allumé les lumières. Ça faisait de la couleur partout. On a appelé les femmes pour qu'elles voyent ça. Les filles ont applaudi.

Oona pis son mari étaient pour être là eux autres itou. Vu qu'y m'avait invité à leurs noces, je voulais leur remettre la politesse. J'avais parlé à Fabienne d'inviter le curé pour la veillée.

— De que c'est que t'en penses ?

— Je pense que c'est une saudite bonne idée, son père. Pis m'en vas y garder une couple de pâtés à viande itou pour qu'y les apporte au presbytère. Après toute, y a ben mérité qu'on s'occupe de lui.

C'était ben plaisant de voir les enfants rire pis se bourrer la face avec des bonbons. Les enfants étaient contents… les filles, oui, c'est certain, mais Serge ? J'ai jeté un coup d'œil dans le coin où c'est qu'y était assis. Comme d'habitude, y était en train de dessiner. Je l'ai watché pendant qu'y faisait aller son crayon. Cétait beau en pas pour rire. Y avait dessiné ses sœurs qu'étaient en train d'ouvrir leurs étrennes. Un dessin pour chaque fille, un avec moi qui fumais ma pipe, pis un qui montrait Nador. C'était tellement pareil, t'arais dit un vrai portrait. La seule affaire qu'y avait pas dessinée, c'était l'arbre. Y tient de sa mère, mon Serge, pour le talent. Peut-être ben que ça va faire un artisse ?

C'est là que Madou a quasiment parti la chicane.

— Astheure que vous êtes marié, pépère, va-tu falloir dire « mémère » à Jennifer ?

Fabienne a rasé de s'étouffer. Est venue tellement blanche, c'est ben simple, je pensais qu'alle allait mourir drette là.

Serge est vite sus ses patins. Y a tu-suite parlé d'autre chose.

— Contez-nous donc ça, pépère, comment c'était dans votre temps.

— Ben d'abord, les étrennes se donnaient au jour de l'An, comme je vous ai dit. Et pis c'était pas toutes sortes d'affaires comme astheure. On avait chacun une orange que la mère mettait en dessour notre oreiller la nuitte, pendant qu'on dormait. Moi, je gardais la mienne quasiment toute la journée avant de la manger. Je mangeais les quartiers un par un, ben tranquillement pour faire durer le plaisir.

Madou a fait la grimace.

— C'était-tu juste ça, vos étrennes, pépère ? Une orange ?

— Dans ce temps-là, les oranges, c'était ben rare, tu sais, Madou. Des fois, on avait des étrennes utiles comme une paire de bas, si qu'on en avait besoin. La mère attendait au jour de l'An pour que ça fasse une étrenne de plus. Le matin, on se levait, pis le plus vieux des enfants demandait la bénédiction paternelle. Le père nous bénissait pis y nous disait ses vœux en même temps : qu'on aille la santé, surtout. Rapport que, dans ce temps-là, on était pauvres pis le docteur coûtait cher.

— Y avait pas d'assurance-maladie ?

Les jeunes… y ont pas connu la misère, eux autres. Pis c'est tant mieux.

— L'assurance-maladie, Madou, ça vient juste de commencer, y a quèques années. Les modes changent toute le temps. C'est comme la bénédiction paternelle : c'est pus à mode pis à mon idée, c'est ben de valeur. C'est une tradition qui se perd.

Fabienne m'a regardé d'un drôle d'air.

— Vous demandiez la bénédiction même si le père méritait pas de bénir ses enfants ?

Tu parles d'une question, toi !

— Dans ce temps-là, Fabienne, un enfant se serait pas permis de juger son père.

Le matin de la noce, v'là mon Jules qui a mis son grain de sel.

— Nador, pourquoi c'est faire qu'on demanderait pas à Rosaire Lévesque de venir faire un tour ? Faut ben dire que, pour les histoires, y donne pas sa place. Et pis, ça va nous faire un violoneux, itou. De que c'est que t'en penses, Fabienne ?

— C'est vous, mononcle Jules, qui parlez d'inviter un du fleuve ? Où c'est qu'on va mettre la croix ! Ben oui, je vas y téléphoner, à Rosaire. Après toute, les fêtes, c'est le temps d'oublier les vieilles chicanes des ceusses du fleuve pis des ceusses de la terre. Bon, je l'appelle tu-suite. Mais à darnière minute de même, je sais pas s'y va vouloir venir. Y doit aller sus sa sœur Gemma à Rimouski, mon idée.

Je l'avais rencontré, le Rosaire, au magasin général. Y avait dit que cette année, y passerait des fêtes ben tranquilles.

— Y va venir si tu y téléphones, Fabienne. Moi, j'ai invité Odélie pis Gérard Ruest à venir passer un boutte de veillée avec nous autres, rapport qu'y seraient tu-seuls autrement. Ça devrait être ben plaisant.

C'était pour être une veillée dépareillée.

Toujours est-il que le monde a commencé à arriver vers huit heures. À neuf heures, la maison était pleine. Le litte de Fabienne pis le celui de Jules disparaissaient en dessour des manteaux.

Johanne faisait le tour des femmes avec des plateaux de verres de punch. Pour les hommes qui voulaient du boire plus fort, Nador leur faisait signe de se servir eux autres mêmes.

Rosaire Lévesque a pris son violon, Hippolyte Lebel s'est assis pour taper du pied pis jouer de la cuiller, pis le monde a commencé à swigner. Pis c'est là qu'on a eu la surprise de notre vie ! V'là-tu pas que le curé Ladouceur se penche vers Fabienne, pis qu'y dit à Nador :

— Vous permettez que j'invite votre épouse à danser ?

Avant que Nador aye eu le temps de répondre, ma Fabienne a commencé à tourner dans les bras du curé. C'était une grande valse, vous auriez dû voir la soutane du curé, qui volait quasiment autant que la jupe de ma fille.

Tout le monde s'était arrêté pour les regarder virer.

— Ça, c'est un curé à mode !

Quand la danse a été finie, le curé s'est épongé le front avec son mouchoir.

— Ouf ! Je commence à manquer de souffle. Ça faisait longtemps que je n'avais pas dansé ! Quand j'étais jeune, je passais pour le meilleur valseur du coin.

— C'était où, votre coin ?

— Dans la Beauce. Je suis né à Saint-Joseph-de-Beauce. Mais mes parents ont déménagé quand j'avais seize ans et j'ai fait mes études au Grand Séminaire de Rimouski.

— Pis vous avez le droit de danser ?

— Pourquoi pas ? Je ne dis pas d'abuser, mais une danse dans le temps des fêtes, surtout dans le cadre d'une soirée familiale, je ne vois pas où est le mal. Mais c'est assez pour ce soir.

Par après, Émilie a chanté *Quand il neige sur mon pays*. Alle avait une belle voix, ma nièce. Pis pour une fois, a paraissait pas gênée.

Hippolyte callait des sets carrés. Ça riait, ça prenait un petit coup, c'était parti pour être une saudite belle veillée.

D'un coup, v'là-tu pas mon Serge qui a tombé à terre pis qui a commencé à avoir des convulsions.

Odélie Ruest a fait le signe de croix.

— Mon doux Seigneur ! cet enfant-là est possédé du démon ! Moi, je reste pas icitte une minute de plusse. Arrive, Gérard. On s'en va !

Moi, je me rappelais de que c'est que le docteur avait dit, à l'Isle-aux-Brumes quand Serge avait fait sa crise : qu'y fallait le tenir au chaud.

— Y faudrait y mettre une couvarte sus le corps pour pas qu'y aille frette.

Pendant que Fabienne allait dans sa chambre charcher la couvarte, Oona a rouvert un tiroir, alle a pris une cuiller. Alle a desserré les dents du petit pis alle a mis le boutte de la cuiller dans sa bouche.

— Faut l'empêcher de se mordre la langue.

Je pense que Nador avait encore la remarque d'Odélie sus le cœur. Celui-là, y s'occupe pas le diable de ses enfants, mais suffit que quèqu'un parle de contre eux autres pis y pète une coche. Y a pris un petit ton sec.

— Madame Ruest, vous saurez que mon gars est pas plus possédé que vous.

— T'es pas gêné, Nador Lebel ! Me dire que je suis possédée ! En toué cas, monsieur le curé, ça adonne ben que vous seyez icitte, vous allez pouvoir l'exorciser.

Avant que le curé aye pu répondre, Albin a continué :

— Serge fait une crise d'épilepsie. Y a pas de possession là-dedans.

Gérard Ruest a pas voulu partir.

— Assis-toi, Odélie. On n'est pas pour planter nos amis là quand qu'y ont des problèmes. P.A., je peux-tu aider ?

Odélie a été obligée de rester, mais tu pouvais voir que ça y démangeait de s'en aller. Le curé, ma grand foi, c'est le seul qu'avait gardé toute sa tête dans cette affaire-là.

— Peut-être faudrait-il le transporter dans une des chambres, maintenant qu'il est plus calme? Venez, Paul-André, prenez-le par les jambes.

Toujours ben qu'on l'a monté dans chambre pis on l'a couché dans le litte. Albin nous a dit de nous amuser, qu'y était pour rester avec le petit.

— Monsieur Rioux, c'est votre journée. Restez avec vos invités. Ne vous inquiétez pas, je le quitte pas de vue.

Mais des affaires de même, ça te coupe une veillée, veut, veut pas. On voulait pas faire de la musique à cause qu'y fallait que Serge se repose, c'était pareil pour les sets carrés. Ça fait qu'on s'est assis toute le monde, pis on a demandé à Rosaire Lévesque de nous conter une de ses histoires. Y a beau commencer à être vieux, notre Rosaire, y a toujours la parole en bouche. Y s'est pas fait prier.

— Le jour que je vous parle, faut dire ça fait ben longtemps de ça, y est venu un quêteux dans le village. Les quêteux, c'est à y faire attention que, si tu veux pas les garder à coucher ou ben donc leur donner à manger, y peuvent te jeter un sort. On l'avait ben vu quand que la veuve Pelletier avait sorti son balai pour faire partir le vieux Eusèbe. Le quêteux avait pas sitôt dépassé la clôture que le pain de la mère Pelletier avait brûlé dans le four. Faut dire que le vieux Eusèbe était ben connaissant dans les sorts. Ça se parlait dans le village qu'y avait des agneaux qu'étaient nés avec juste trois pattes ou ben donc que le blé avait poussé sans épi après le passage du quêteux. On était à l'automne quand qu'Eusèbe était arrivé sus une autre veuve, la mère Thibeault. Alle avait pas d'argent, ça fait qu'à place, alle a rouvert le poulailler pis alle a sorti deux œufs. Eusèbe était pas content. Il y a dit: “Garde-les, tes œufs, de quoi c'est que tu veux que je fasse avec ? Je peux toujours ben pas les mettre dans ma poche. Je m'en vas, mais tu vas te rappeler de moi." La veuve était au désespoir. D'un coup que le quêteux arait jeté un sort à ses poules pis qu'a pondraient pus ? Juste comme a faisait le signe de croix, alle a entendu les poules qui caquetaient pis a les a vues sortir du poulailler pour suivre le quêteux. Sur son chemin, chaque fois qu'y croisait un poulailler, les poules sortaient pour suive le quêteux. En seulement, la procession s'a arrêtée drette devant l'auberge. Le grand chien noir était sus la galerie pis y attendait Eusèbe avec les poules. En le voyant, Eusèbe a eu tellement peur qu'y s'est ensauvé en courant. Y savait ben que le chien noir était plus fort que lui et pis il avait souleur de mourir. Les poules ont eu peur du chien, elles itou, pis a sont retournées chacun dans leur poulailler. Eusèbe le quêteux est pus jamais revenu dans le village. Excusez-la.

— Où que tu prends toute ça, ces histoires-là, Rosaire ?

— Ah ! je peux pas vous révéler mes secrets… Sans farce, c'est des histoires que j'ai entendues un peu partout ou ben donc que mon père nous contait dans le temps. C'est juste que j'ai une bonne mémoire, c'est toute.

Le curé avait l'air d'avoir aimé l'histoire.

— Le moins que l'on puisse dire, c'est que c'est une légende originale. Tant que vous ne la raconterez pas comme si elle était vérité… Là-dessus, mes amis, je crois que je vais regagner le presbytère.

Odélie avait toujours l'idée de partir, alle a profité de l'occasion.

— Nous autres itou, on va y aller. On va vous laisser en famille. Vous êtes ben *blood* de nous avoir invités. Arrive, Gérard.

Après que le curé a parti, Fabienne a sorti les cartes. On pouvait pas jouer devant le curé, rapport qu'on jouait à l'argent.

— Y en a-tu qui filent pour une partie de cartes ? que j'ai demandé. On va jouer à cenne.

Y était pas mal tard quand qu'on a rentrés dans maison sus Damien. Faut dire qu'y avait une tempête qui commençait dehors, que t'arais pensé que le diable s'en mêlait. C'est ben simple, Jennifer, Andrew pis moi, on a eu de la misère à faire les cent pieds entre les deux maisons, tant que la neige était épaisse.

C'est jusse quand qu'on a été dans le litte que Jennifer m'a dit pourquoi c'est faire que le curé avait pas su qu'on était déjà mariés. C'est parce que, notre mariage à Salem, c'était pas un vrai mariage. Le celui qui était supposé nous avoir mariés, c'était pas un pasteur, comme je pensais, c'était un sorcier qu'était ami avec Jennifer.

Quand que j'y ai demandé pourquoi c'est faire qu'alle avait voulu qu'on se marisse pour vrai, pis venir rester dans un pays frette, alle a répond qu'a voulait être certaine que j'étais pour m'occuper d'Andrew.

Pour dire le vrai, je commençais à me demander si c'était ben mon garçon, rapport qu'on pouvait pas dire qu'y ressemblait aux Rioux. Je connaissais parsonne dans ma famille qu'avait les cheveux rouge carotte, pis Jennifer avait les cheveux noirs. Ben astheure, mon gars ou ben non, j'étais pogné.

Ah ! oui, y avait pas de doute à y avoir : Jennifer c'était vraiment une sorcière !

TROISIÈME PARTIE

Les uns et les autres

Chapitre 27

Saqawi'gann – Les douze jours de Noël

Le père Martineau avait été délégué pour célébrer la messe de minuit au campement. Quelques jours auparavant, il avait été voir le chef pour l'informer, presque lui dicter, qu'il comptait sur la présence de tous à cette occasion.

— Nous célébrons la naissance de Jésus. C'est une fête catholique et personne ne doit être absent. Non seulement je compte sur votre présence, mais je souhaite également que vous soyez vêtus décemment, et non avec vos habits cérémoniels de Sauvages.

Le chef inclina la tête en signe d'assentiment, en songeant toutefois que les Micmacs seraient sans doute plus intéressés par les rites catholiques si le père Martineau cessait d'employer ce ton condescendant chaque fois qu'il faisait allusion aux fêtes micmaques traditionnelles.

La veille de Noël, comme le chef s'y était engagé, tout le campement se rend à l'école pour prier à minuit. Chacun a apporté de la nourriture et on restera jusqu'à l'aube.

Au matin commence le *Pestie'wa'taqtimk*[1], pendant lequel les gens honorent un nom différent chacun des douze jours.

Le soir suivant, les Micmacs commencent à se déplacer de maison en maison en offrant à l'occupant une croix enveloppée dans un morceau de tissu. Ensuite, tout le monde danse au son du violon avant de recevoir la nourriture que l'hôte a préparée.

Dans la soirée du 26 décembre, une violente tempête fait vibrer la région du Bas-du-Fleuve. En quelques heures, il tombe plus de trente pouces de neige, si bien que portes et fenêtres sont recouvertes de blanc.

Au campement, le rassemblement a commencé. Tous les habitants sont réunis dans la salle communautaire prévue pour abriter les diverses cérémonies propres aux Micmacs. Danses traditionnelles et nouvelles, chants, célébrations costumées se succéderont presque sans interruption pendant les douze jours compris entre le 26 décembre et le 6 janvier.

Sur une longue table, divers plats traditionnels sont disposés.

Cette année, les femmes se sont surpassées. Pendant douze jours, on pourra déguster de la *lasup taqawan siga'lat*[2], de la *apli'kmujuey*[3], du *mui'n etoqtasit*[4], du *pag wadjawessi*[5], de la viande de *matues*[6], le tout arrosé de *sgmugualaw*

1. Célébration des noms.
2. Soupe aux œufs de saumon.
3. Viande de lièvre.
4. Ours grillé.
5. Six-pâtes de gibier.
6. Porc-épic grillé.

esamqwat[7] et de vin de petits fruits. Les enfants se régaleront de sucreries à base de miel d'épinette.

Dans toute la salle résonnent les souhaits de *Wel Nue'le'wumg ag Puna'ne wung*[8].

La fête débute par la remise de présents aux enfants. Ainsi, les plus petits reçoivent des cadeaux liés aux jeux : canots miniatures pour les garçons, poupées pour les filles. La poupée est faite en laine et en cuir, et décorée de rubans de soie et de perles de verre. Elle est habillée de vêtements micmacs et de la coiffe traditionnelle. Les canots sont des répliques des canots pleine grandeur, capables de braver la mer et les rivières.

Comme les canots, les poupées servent à la fois de jouet pour les enfants et d'objet nécessaire à un grand nombre de rituels de guérison. Parfois même, les poupées sont les héroïnes de légendes, servant ainsi à transmettre la sagesse des anciens aux jeunes générations.

Les adolescents se voient remettre des couteaux de chasse au manche fait d'os de caribou, alors que les adolescentes reçoivent des blouses brodées ou des robes de cuir serties de perles colorées.

Pendant que les enfants admirent et comparent leurs présents, Pilip Prosper, le chef, qui jusque-là ne s'est pas montré, se présente sur la scène, magnifiquement vêtu d'un costume en peau d'orignal orné de dessins en peinture minérale ocre rouge et jaune. Matlen, la femme du chef, a attaché au costume des crocs et des griffes d'animaux afin de renforcer le son et le mouvement de la danse. D'abord lentement, puis, de plus en plus rapidement, Pilip se met à danser. Sa danse imite le vol et le cri de l'outarde. Sa manière

7. Boisson à la gomme d'épinette.
8. Joyeux Noël et bonne année.

particulière de bouger son corps ressemble à s'y méprendre à des battements d'ailes.

Pilip danse pendant de longues heures. Un à un, les hommes de la tribu se joignent à lui. Et commence la danse du serpent dans laquelle les danseurs évoluent en formant une ligne qui ondule, s'enroule et se déroule à la manière d'un serpent. Certains jeunes garçons se mettent aussi à danser et à chanter, d'abord en retrait, puis en se joignant au groupe des hommes. Ils utilisent une crécelle faite d'un cadre en bois et remplie de petits cailloux.

Tous danseront et chanteront ainsi jusqu'à épuisement.

Les femmes, Sanet en tête, se sont réunies dans un même espace et bavardent tout en surveillant les gamins du coin de l'œil. Pour elles, les fêtes ont commencé par la préparation de nombreux plats qui serviront à régaler les habitants du campement. Plus tard, alors que les jours de célébration passeront, elles chanteront et danseront à leur tour, accompagnées de chants de *Koju'a*: «amenez vos petites sœurs, amenez ceux que vous aimez et dansons tous ensemble».

Hommes et femmes dansent en cercle, et parfois les hommes quittent le cercle et dansent à côté, de manière plus libre.

Ce jour est ainsi marqué par la danse traditionnelle. Tard avant dans la nuit, les femmes décident d'aller coucher les jeunes enfants qui tombent de sommeil. Certains dorment déjà sur le sol, indifférents à la dureté du plancher de bois. D'autres ont l'estomac barbouillé après avoir ingurgité trop de sucreries.

Sanet est la première à habiller ses deux fils pour les ramener à la maison. Quand elle veut ouvrir la porte pour sortir, elle n'y parvient pas. À l'extérieur, la neige accumulée fait obstacle. Fatiguée par une troisième grossesse, elle appelle Ji'nmul à la rescousse. Leurs efforts réunis ne donnent aucun résultat.

Chacun leur tour, les hommes poussent sans plus de succès. Les Micmacs sont prisonniers !

Un à un, chanteurs et musiciens se taisent. C'est que le problème est grave. On ne peut tout de même pas attendre au printemps pour sortir de la salle communautaire. Appeler à l'aide ? Mais qui ? Tous les membres de la communauté sont là, sans exception.

Restent Oona et Albin, qui ont décliné l'invitation pour se rendre à une noce à Roches-Noires. Il est toutefois impossible de les joindre au téléphone, personne dans la communauté ne sachant exactement qui, à Roches-Noires, se marie.

On enlève manteaux et bottes aux enfants et on les étend sur des matelas de fortune constitués des vêtements extérieurs des adultes. Le chef Prosper invite les adultes à s'asseoir en cercle.

— On a amplement de quoi manger, on va attendre le jour. Quand il fera clair, je vais téléphoner pour avoir de l'aide. Du monde avec des pelles. D'ici là, je pense qu'on devrait continuer la fête.

C'est Sanet qui, la première, remarque qu'Hannah est assise dans un coin, le teint pâle et les mains tremblantes.

— Tuma !

Il suit le regard de sa sœur et se précipite près de son aïeule.

— Hannah…

— C'est le moment, Tuma, *Sketekemouc* est venu…

Sketekemouc… le fantôme annonçant une mort prochaine. Ainsi, Hannah retournera bientôt à la Mère Terre. Tuma se sent envahi d'une tristesse incommensurable. Hannah va partir, quitter le campement pour aller dormir dans le petit cimetière près du lac. Tuma lui tourne le dos pour dissimuler les larmes qui lui montent aux yeux. Il voudrait crier sa peine, sa colère, même. Certaines personnes ne devraient pas mourir et Hannah est de celles-là. Certes, la vieille femme a presque terminé son périple sur terre et son départ est dans l'ordre des choses, mais c'est injuste. Tout en reconnaissant qu'il devrait se réjouir que la vieille femme trouve enfin le repos, il en est incapable.

À Roches-Noires, après avoir fait acte de présence à la noce de Jennifer et de Paul-André Rioux, Oona et Albin quittent la ferme, en dépit des protestations de leurs hôtes.

— Amusez-vous, la veillée est encore jeune.

Oona sourit en entendant l'expression, puis elle précise :

— Il vaut mieux que nous partions. Depuis l'épidémie au campement, je ne suis jamais tranquille.

Albin renchérit :

— J'ai jeté un dernier coup d'œil à Serge, tout à l'heure. Il va bien, ne vous inquiétez pas.

Ce qu'Oona n'a pas voulu dire, c'est que, depuis quelques heures, elle est troublée par un pressentiment. Dès qu'ils sont à l'extérieur, elle s'en ouvre à son mari.

— Il va arriver quelque chose de grave au campement. Je le sais. Je le sens.

Au cours des quelques mois de cohabitation avec elle, Albin a appris que sa femme ne parle jamais de ses pressentiments sans que ces derniers ne se confirment.

— Tu veux qu'on se rende là-bas demain ?

— Non, ce serait mieux tout de suite. On va prendre nos raquettes, la neige commence à tomber. Oh ! Albin, j'ai le cœur serré, tu ne peux pas savoir comment…

La première rencontre avec Hannah semblait avoir décuplé les facultés de perception d'Oona. Alors que la vieille femme s'entretenait avec les esprits des ancêtres, Oona avait tout d'abord ressenti une chaleur envahir tout son corps. Cette sensation lui étant étrangère, elle n'en avait parlé à personne.

Au cours des mois qui suivirent, alors qu'elle travaillait à l'Hôpital de Rimouski, il lui arrivait de pressentir que les patients qu'on lui confiait allaient vivre ou mourir, cela avant même que le médecin n'ait posé son diagnostic. Ces épisodes de voyance étaient toujours précédés d'une sensation de chaleur dans tout son corps.

Parfois, également, sans qu'il lui soit besoin de voir ou de toucher une personne, un signal aigu vrillait son cerveau. L'intensité de la douleur provoquée par le signal lui permettait de déterminer la gravité de ce qui allait suivre. C'était cette sorte de signal qu'avait reçu Oona le soir de la noce de Paul-André.

Le couple habite tout au bout du Rangfrette, à égale distance du village de Roches-Noires et du campement des Micmacs. Après un bref arrêt à la maison pour prendre les raquettes, Albin prend la route du campement à bord de sa motoneige, Oona assise derrière lui. La neige se fait de plus en plus serrée et Albin devine plus qu'il ne voit le sentier.

Bientôt se dessinent les premières maisons du campement. Le jeune homme arrête le moteur, chausse ses raquettes.

Bien emmitouflé, le capuchon rabattu sur le visage, il ouvre la marche, suivi de près par Oona qui a du mal à voir à plus de quelques pieds devant elle. Il est près de quatre heures lorsqu'ils atteignent l'édifice abritant la salle communautaire où ils savent qu'ils retrouveront les leurs. À leur grand étonnement, toutefois, la neige bloque complètement l'entrée.

— Il va falloir trouver des pelles.

Albin sait qu'on en laisse toujours près de l'entrée, mais il lui faut quelques minutes pour repérer les manches de bois qui dépassent à peine d'un amoncellement de neige.

— On va se faire un chemin. Je passe le premier, je ne veux pas que tu te fatigues trop.

— Pas de danger. Je suis forte, tu sais.

Oui, Albin sait que, sous sa frêle charpente, sa femme possède une force étonnante.

Après une heure de travail épuisant, la jeune femme déclare forfait à contrecœur. La sueur imbibe ses vêtements et ses cheveux sont plaqués sur son front. Enfin, la pelle heurte la porte avec un bruit sourd. De l'intérieur, Oona entend Pilip s'exclamer :

— Ça y est ! On va pouvoir sortir !

Ce que les deux jeunes gens voient d'abord sont des corps étendus sur le sol. Oona ne semble pas s'en soucier, attentive à retrouver la vision qui lui est parvenue plus tôt : Hannah, la vieille Hannah, agonise.

Bien vite, elle rejoint Tuma et les autres qui font cercle autour de la femme-aux-herbes. Tous pleurent. Hannah lève des yeux fripés vers les siens et souffle :

— Il ne faut pas pleurer. Je vous aime.

Et elle meurt, tout doucement.

Malgré la peine de chacun, les célébrations se poursuivent, selon la tradition.

Les onze jours restants sont consacrés aux danses spontanées, aux chants. Quiconque le désire s'élance sur la piste et commence à bouger, accompagné des claquements de mains et du son des tambours. Tristes ou plaintifs, les chants célèbrent la mémoire de celle qui a marché sur terre pour guider les pas de chacun.

Chapitre 28

Toute part en démanche

Ça faisait pas une semaine qu'on était mariés que les problèmes ont commencé. D'abord, Jennifer avait attrapé du mal quand qu'était venue nettoyer la maison, rapport qu'a s'habillait pas assez pis qu'était pas habituée non plus à nos grands frettes.

La v'là-tu pas qu'a s'est mis à tousser, tousser, tellement que je me demandais si alle allait pas virer consomption.

— Je vais appeler un docteur.

Jennifer voulait rien savoir. A disait qu'était capable de se guérir tu-seule, que c'était pas le frette de dehors qui la rendait malade, c'était le frette en dedans. Faut dire qu'on avait beau chauffer, y faisait toujours frette dans maison.

Un matin, j'ai dit à ma femme de rester au chaud en dessour des couvartes, que j'étais pour y faire de la soupane pis que j'y apporterais dans le litte. Andrew est descendu en même temps que moi ; y a pas mangé, y voulait aller s'occuper des jouaux à Nador. Y était pour manger un morceau à maison paternelle.

Fabienne a toujours été contraireuse, ben là, c'était rendu quasiment comique. A s'occupait d'Andrew, a y donnait à manger, a y parlait en frança ; lui y montrait quèques mots d'anglais. Elle qui voulait rien savoir de Jennifer, a traitait Andrew mieux que son propre fils. Toute ça, jusse pour montrer qu'a faisait plus de cas du fils de Jennifer que de la femme de son père.

Jennifer s'était rendormie pendant que j'étais en bas. J'y ai passé une main sus le front, était brûlante. C'te fois-là, y avait pas ni si ni ça, j'étais pour caller un docteur. Je m'ai habillé pis j'ai travarsé de l'autre bord à maison paternelle, rapport qu'on avait pas encore le téléphone chez nous.

On n'avait pus de docteur qui restait à Roches-Noires toute le temps astheure, mais y avait un docteur qui venait de Rimouski deux fois par semaine, pour l'après-midi. J'ai été chanceux, j'ai tombé sus la bonne journée, la secrétaire m'a dit que le docteur voirait Jennifer, j'avais juste à me présenter avec elle au dispensaire.

Ça fait que malgré que Jennifer voulait pas, je l'ai forcée. Le docteur a dit qu'a faisait une poumonie. Y a donné des pilules en masse, du sirop itou pour qu'alle arrête de tousser. Y fallait qu'a se repose au litte, pis y a dit qu'a fasse attention pour pas pogner du frette.

Pendant qu'on retournait à maison, Jennifer a commencé à dire que j'avais eu ben tort d'aller dépenser mon argent en pilules, qu'était ben capable de se soigner tu-seule. Pis que je serais mieux de soigner la maison à place, rapport qu'a tombait en morceaux.

— Comment ça, la maison tombe en morceaux ? J'ai travaillé comme un malade pour tout réparer.

— Travaillé ou non, il y a quelque chose de pas normal ici.

Je voulais pas qu'a se rende plusse malade, mais là, alle en mettait trop.

— Il me semblait que c'était toi qui pouvais tout expliquer ? Que la maison n'est pas hantée du tout ? On ne peut pas se battre contre les revenants, Jennifer. Mais j'ai une idée…

J'y ai conté toute ce qui s'était passé avec Damien que les Micmacs disaient qu'y était mort, pis pas mort en même temps.

— Ça ne serait pas lui qui vient ici pour essayer de nous faire peur ?

— Non, je viens de te dire qu'il ne se rappelle plus rien. Mais si ça peut te faire plaisir, quand tu vas aller mieux, on va aller le voir, mon frère. On va essayer de lui expliquer qu'on reste dans sa maison maintenant, puis lui demander de cesser ses folies, de ne plus faire tomber des choses par terre. Mais je ne garantis pas que ça va marcher, par contre. Parce que, selon moi, ce n'est pas seulement sa mémoire que mon frère a perdue, c'est sa tête aussi.

Mais Jennifer allait pas mieux, pis la maison était vraiment en démanche. Le toit de la cuisine d'été pardait ses bardeaux de cèdre, un par un : je fournissais pas de réparer. Les portes d'armoire tombaient, elles itou ; j'avais beau visser *tight*, ça tombait pareil.

Dans notre chambre, les murs étaient en planches de deux pouces. Le printemps d'avant, j'avais replacé quasiment toutes les planches du côté est, rapport qu'a tombaient en démanche. J'avais peinturé, itou, pis j'avais mis de la peinture de qualité. Ben là, la peinture s'écaillait quand c'était pas la planche qui tombait.

Je fournissais pus d'aller à côté pour téléphoner, ça fait que j'ai faite venir la compagnie du téléphone pour avoir un téléphone icitte même, dans maison. Par après, j'ai eu beau essayer, la ligne grichait tout le temps. Ben pire, c'était pareil dans maison paternelle, rapport qu'on était sus la même ligne, les deux maisons.

Pas moyen de téléphoner, ça voulait dire qu'y fallait que je me rende au village pour faire les commissions. Le char à Damien, ça faisait longtemps qu'y avait le hoquet. Je m'ai acheté un char usagé qu'avait pas trop de millage. Ben le maususse de char passait plus de temps au garage que dans ma cour. Paulo Sirois faisait la grimace quand qu'y me voyait arriver.

— Je comprends pas, je comprends pas pantoute, P.A. J'ai beau examiner le char sus toutes les coutures, je vois rien qu'est en démanche.

Une femme qu'était malade, une maison en démanche, un téléphone qu'on pouvait pas téléphoner avec, un char qui marchait pas, je voyais pas que c'est qui pourrait arriver de pire.

J'ai pas attendu longtemps pour le savoir, de quessé qu'allait arriver de pire : un matin de bonne heure, Fabienne est venue frapper à porte.

— Son père, vous pouvez-tu aller sus Morin, téléphoner pour le docteur ? Le téléphone griche sans bon sens, on comprend rien, pis mononcle Jules file pas pantoute, y renvoye partout.

Le docteur a dit que Jules avait la pendicite, pis qu'y fallait l'opérer. On dirait ben que nous autres, les Rioux, on est pas chanceux. Quand la malchance se met après toi, a te lâche pas… Une affaire attendait pas l'autre. C'est comme si qu'on arait été maudits.

Je pensais ben qu'on avait eu notre dose de malchances pour un boutte, mais je m'ai trompé… Andrew s'occupait des jouaux à Nador toutes les jours. Y avait ça dans le sang, on dirait ben ! En toué cas, mon gendre était ben content, y disait que le jeune travaillait ben. Ben, faut crère que c'était trop beau pis que, même cette affaire-là, ça pouvait pas continuer à ben aller. Y est arrivé quèque chose que, des fois, ça te fait te demander si c'est ben vrai qu'y a un Bon Dieu.

Un beau matin, v'là-tu pas que la Fidèle, une jument ben douce, a vu une couleuvre. Les jouaux ont peur de ça, les sarpents. Ça fait qu'alle a rué drette dans son enclos pis alle a débâti le mur ben comme y faut. L'écurie s'est effouérée, la Fidèle en dessour. Nador était en beau fusil, y disait qu'Andrew avait pas faite attention, pis que c'était pour ça que la Fidèle avait mouru.

Encore une histoire pour mettre la chicane !

Jennifer a commencé à prendre du mieux. Était capable de se lever, de rester deboutte pis de préparer le manger malgré qu'était encore faible. Mais je m'attendais pas pantoute à que c'est qu'a m'a dit, un dimanche quand que je revenais de la grand-messe.

— Va falloir déménager, P.A. Ton frère ne nous laissera jamais en paix dans sa maison. Je pensais que j'étais plus forte que lui, mais je me trompais. Tout ce qui est arrivé, ce sont des avertissements. Si on n'en tient pas compte, les malheurs vont continuer.

Le printemps est arrivé sans qu'on le voye venir. Une journée, y avait de la neige partout, pis le lendemain, quasiment toute était fondu. On a pu ôter nos *overshoes* pis c'était ben plus plaisant pour marcher. Les femmes étaient contentes itou de pus avoir à mettre les gros manteaux d'hiver.

J'ai décidé… d'agrandir la maison paternelle encore une fois !

Je sus été au village, j'ai demandé de l'aide. Ludovic, Roméo pis Albert sont venus. À nous autres quatre, on a bâti une aile qu'était complètement privée à part une porte entre les deux maisons. J'ai gardé mon atelier où c'est qu'y était, mais pour le reste, on était chacun chez nous. On se voyait de temps en temps avec Fabienne, Nador pis les flos. Mais pas trop souvent. Y avait jusse Serge qui montait chez nous quasiment toutes les jours.

Jules, y était ben inquiet pour sa fille, la ménagère du curé.

— On la voit quasiment pus. J'espère juste qu'a s'est pas amourachée d'un bon à rien du village. Qu'esse t'en penses, toi, P.A. ?

Moi, je voyais pas de mal à ça.

— Peut-être que c'est ça. Si oui, a va souffrir, la pauvre fille. Rapport que je pense pas qu'y en aille ben gros qui tentent sus elle. Mais des fois… on peut pas savoir. J'aime pas ça, P.A., j'aime pas ça pantoute !

— Même si est en amour avec un gars du village, c'est toujours ben pas péché. À moins qu'y seye marié ! Mais je pense pas. Ça se saurait su tu-suite. T'as-tu quèque chose contre le mariage de ta fille ?

Faut dire itou que ma nièce était pas ben ben avantagée même si alle était moins corporente qu'avant. Mais ça, c'était pas une affaire que je pouvais dire à son père.

— D'un coup que ton futur gendre, c'est un survenant. Apparence qu'y en a un qui se promène au village ces temps-citte. Tu serais-tu de contre ?

— Faut espérer que j'aille pas à être pour ou contre. Et pis même si ça marchait, la vois-tu, mon Émilie, se promener beau temps, mauvais temps par les chemins pis jamais savoir où c'est qu'a va coucher le soir ?

Ben finalement, Jules avait raison de s'inquiéter. Émilie a partie un beau matin avec un grand dieu des routes qu'avait passé quèques jours au presbytère. On a pus jamais entendu parler d'elle.

Jules l'a ben mal pris. Y est allé voir le curé.

— Me semble que quand une fille travaille au presbytère, on devrait pas avoir peur qu'a vire mal ! Si c'est ça, votre religion, moi, je veux pus rien savoir. Pourquoi c'est faire que vous l'avez pas surveillée ? C'est ben simple, si je me retenais pas...

Y a sorti du presbytère en claquant la porte.

La malchance a continué.

Un joual qui pogne le mors aux dents pis qui s'emballe, on voit ça de temps en temps, pas souvent. Mais quand qu'y a quèqu'un sus le joual, là, c'est une autre affaire !

C'est Serge qui l'a trouvé. Lui, ben sûr, aussitôt que la *trail* a été passable, y a recommencé à aller parler aux arbres, comme y disait. Ben, c'est là qu'il l'a trouvé, Andrew. À terre, drette à côté du vieux chêne. Apparence qu'y s'était pété la tête sus une roche, en tout cas, y saignait.

Serge est revenu à maison le plus vite qu'y pouvait, mais c'est pas facile de courir dans une *trail*. Avec toutes les croches, faut quand même une bonne heure. Y est arrivé tout essoufflé pour dire de que c'est qu'y avait vu. Fabienne a pogné les nerfs comme d'habitude.

— Veux-tu ben me dire ce que tu faisais là, toi, quand t'es supposé être icitte à maison, faire le ménage de l'atelier à pépère ? Lady, elle, où c'est qu'alle était ?

Là, je trouvais que Fabienne en mettait un peu trop.

— À place de chicaner Serge, ça serait pas mal mieux que tu téléphones pour avoir un docteur. Pis peut-être même appeler le curé itou, vu qu'y saigne, ça pourrait être grave. La pouliche, on s'en occupera après.

Y avait pas moyen d'avoir un docteur avant une couple d'heures, apparemment qu'y avait eu un gros accident de char entre Roches-Noires pis Rimouski. Quand tu sors du village, la route fait une *curve* avant le grand boutte drette. Y a souvent des accidents dans ce coin-là, rapport que le monde va trop vite. Là, y avait pas mal de blessés pis toutes les docteurs de l'hôpital étaient occupés. Y étaient pour nous envoyer une ambulance aussitôt qu'y pouvaient.

Fabienne s'égosillait au téléphone.

— Dites-leur d'arrêter à la ferme Rioux parce que l'accident est dans le bois pis y sauront pas comment y aller. Mon gars va leur montrer le chemin : c'est lui qui a trouvé le blessé.

En attendant l'ambulance, on pouvait téléphoner au curé, lui, on sait qu'y est toujours là quand qu'on en a besoin. Y est arrivé quasiment tu-suite.

— Serge, mon garçon, viens donc me raconter ce que tu as vu.

— Andrew est couché à terre dans *trail*, juste en dessour du vieux chêne. Y arait jamais dû aller là : des fois, le Grand Esprit qu'est dans le chêne se fâche. Là, toujours ben, y a une jambe pliée en dessous de lui pis y a du sang qui sort de son oreille.

— Oh ! C'est pas bon, ça. Pas bon du tout. Nous allons prier pour lui.

L'ambulance a fini par arriver, les deux ambulanciers ont sorti un brancard pis y ont suivi Serge, pis le curé. Andrew était ben comme Serge l'avait dit: couché au ras le chêne. Apparence que quand qu'y l'ont trouvé, y avait beau pas avoir connaissance de quessé qu'y se passait, y se lamentait quand même.

Sus le retour, le curé est arrêté chez nous; Fabienne y a servi du thé. Était mal à l'aise, ma Fabienne, rapport que, le joual, c'était à elle pis à Nador. D'un coup que ça partirait une autre chicane avec Jennifer?

— C'est-tu grave, monsieur le curé?

— Oui, hélas, ma pauvre Fabienne! Andrew s'est frappé durement la tête contre le sol. Il se pourrait qu'il ait une commotion cérébrale.

Quand que Jennifer a su que son gars avait rasé mourir, alle a eu une faiblesse pis alle a pris le litte encore une fois.

Je pouvais même pas aller à l'hôpital voir Andrew rapport que je voulais pas la laisser tu-seule, d'un coup qu'alle arait besoin de de quoi. Toujours ben qu'on a fini par les réchapper toutes les deux.

Chapitre 29

C'est de ta faute

Avant que Nador parte pour Montréal, j'y ai parlé de Jules.

— Depuis que ta sœur a levé le *fly*, ça m'a tout l'air que ton père fait une vraie dépression. T'as-tu une idée de quessé qu'on pourrait faire pour le sortir de là ? Je peux pas demander au curé de venir : Jules veut pus rien savoir de la religion, rapport qu'y dit que c'est la faute au curé si Émilie a partie.

— Je sais pas quoi vous dire, le beau-père. Mon idée qu'y va falloir attendre que ça passe tu-seul. Je voulais qu'y vienne voir un docteur à Rimouski, y a jamais voulu, y dit qu'y est pas malade.

— Pas malade, pas malade, c'est vite dit. Astheure qu'on a fini au presbytère, j'avais dans l'idée de jacker la maison pour faire une cave. Ton père avait dit qu'y aiderait, mais là, ça me met à gêne d'y demander…

— Savez-vous, le beau-père, je pense au contraire que ça serait une bonne idée. Si y vous a dit qu'y aiderait, y voudra pas se dédire, pis peut-être ben que ça le sortirait de ses idées noires. En toué cas, ça vaudrait la peine d'essayer, vous pensez pas ? Moi, je pars pour Montréal dans deux jours, mais Fabienne a un numéro où c'est qu'a peut me rejoindre. Si y a quèque chose, gênez-vous pas…

« Gênez-vous pas », c'est vite dit. Mon gendre, y avait rien pour l'empêcher de partir aussitôt que la neige avait fondu. Même que, des fois, y se payait un petit voyage ou deux l'hiver. J'avais doutance que c'était juste pour faire courir ses jouaux qu'y partait, mais c'était pas de mes affaires.

Fabienne, elle, a disait rien. Mon idée qu'alle avait eu le temps de s'accoutumer depuis le temps que Nador courail-lait. En toué cas, a tenait pas de sa mère pour ça. Madone, elle, si y avait fallu qu'a save une affaire de même sus moi, j'étais pas mieux que mort.

J'ai bâti les carrés en bois que ça prenait pour jacker la maison, pis j'ai été à Rimouski, louer un *jack* hydraulique.

Par après, je suis été voir le curé Ladouceur pour faire annoncer la corvée. Je savais que j'arais pas de trouble à avoir du monde, rapport que j'en avais parlé quand qu'on avait travaillé sus le presbytère pis quasiment toute le monde avait donné son nom. Le curé, lui, y savait pas trop s'y devait venir.

— Je vais annoncer la corvée dimanche, mais j'hésite à aller vous aider. Si vous me dites que ça peut déranger votre beau-frère, il serait peut-être plus simple de m'abstenir.

— Venez si vous voulez, monsieur le curé. Jules, va ben falloir qu'y finisse par lâcher prise. Me semble que ça fait assez longtemps qu'y est enfarmé tu-seul dans son coin. Et pis, on va être assez de monde, y ara toujours moyen de pas vous mettre ensemble pour travailler.

— En tout cas, vous pouvez toujours compter sur moi pour bénir le chantier. Ensuite, je verrai ce que je dois faire. Mais dites-moi, Paul-André, il semble que vous soyez pas mal ambitieux? J'ai entendu dire que vous voulez également faire un solage sous la maison de votre frère?

— Je sais pus trop, monsieur le curé. La maison sus Damien est pas mal maganée, comme qui dirait. Jennifer pis moi, on reste pus là, astheure. On a notre place ben à nous autres, dans maison familiale. Pis pour le solage chez nous, ben, vous savez, au printemps passé, quand la glace a fondu dans rivière, on a rasé d'avoir de l'eau dans le sous-sol. J'ai pas envie d'attendre que ça recommence. La maison va être jackée assez haut pour qu'on aille pus peur des inondations, au printemps.

— C'est une sage décision, en effet.

Nador avait raison: quand j'ai demandé à Jules s'y voudrait aider, y a dit oui tu-suite. Même que ç'avait l'air d'y faire plaisir. Y avait pardu ses yeux tristes. Le matin qu'on commençait l'ouvrage, y s'est levé de bonne heure, y a parlé à Fabienne, y a dit bonjour aux filles pis à Serge et pis y a déjeuné avec des crêpes pis du sirop.

Jacker une maison, c'est dangereux. Faut que les boîtes seyent ben faites, pour pas s'effouérer. Faut jacker juste un ti-boutte à fois, un ou deux pouces, pas plus, en faisant le tour: au coin, dans le milieu, à l'autre coin, l'autre milieu… Par chance que les gars du garage étaient là. Paulo pis Josephat Sirois ont beau être habitués à réparer des chars, y sont pas manchotes non plus pour la menuiserie.

Ah! on a eu ben de la chance! Au commencement. L'ancien maire, Ludovic Lepage, était là, lui avec, pis Albert Taché est venu faire son tour, itou. Toute du monde qui savaient que c'est faire, pis qui le faisaient ben. Ça fait que dans ce sens-là, oui, on peut dire qu'on a été chanceux. En seulement…

On saura jamais comment ça s'est passé. Toujours est-il que Jules est passé en dessour de la maison pour redressir une planche. Et pis sans qu'on comprenne pourquoi, la boîte de bois s'a effouérée ! La maison s'a mise à canter sus ce bord-là, en écrasant la jambe à Jules. Y criait comme un possédé, le pauvre !

Laissez-moi vous dire que, relever une maison qu'est sus le camp, c'est pas facile. Ç'a pris quasiment trois heures avant qu'on vienne à boutte de sortir Jules de là. Y avait la jambe tellement maganée qu'on voyait juste de la viande, pus de peau pantoute, pis y souffrait le martyre. Fabienne avait callé l'ambulance, mais des ambulanciers, c'est pas des menuisiers. Y a fallu qu'y attendent qu'on sorte le beau-frère avant de le mettre sus la civière.

— Inquiétez-vous pas, monsieur Lebel, on va vous mener à l'hôpital tu-suite, pis le docteur va vous donner de quoi pour vous ôter votre mal.

Jules a pas répond. Y avait pus son jugement, pis c'était aussi ben comme ça.

L'ambulance a parti. Y avait pus parsonne qu'avait le cœur à l'ouvrage, ça fait que j'ai décidé que c'était mieux d'attendre quèques jours. J'ai promis aux hommes de téléphoner aussitôt que je saurais de que c'est qu'y arrivait à Jules, pis j'ai sauté dans mon pick-up pour aller à l'hôpital de Rimouski.

Quand je suis arrivé, une garde-malade m'a montré une place où c'est que je pouvais attendre. Alle a dit que le docteur viendrait me voir aussitôt qu'y en saurait plusse. Je m'ai assis dans un gros fauteuil que tu renfonçais quasiment jusqu'au fond tant les *springs* étaient maganés. À côté du fauteuil, y avait une table avec des revues pour faire patienter le monde, je suppose. Moi, je suis pas fort sus la lecture, j'ai pas ben gros d'instruction et pis j'avais pas besoin de lire pour me tenir compagnie ; j'avais ben assez de jongler à cet accident-là.

— D'un coup c'est de ta faute, P.A. ? Des fois, tu veux aller trop vite. — Jamais de la vie. Les boîtes étaient solides ! Je suis pas un apprenti, quand même ! Eille, s'y fallait que ça seye de ma faute, je sais pas comment je ferais pour vivre avec ça. Pis, pauvre Jules, lui qu'est déjà pas ben fort, s'y faut qui parde sa jambe, c'est des plans pour qu'y déprime à tout jamais !

J'ai ben dû attendre un gros quatre heures avant d'y voir la binette, au docteur. Pis avec la face qu'y avait, je savais que c'était pas des bonnes nouvelles.

Y avaient pas pu sauver la jambe à Jules, y l'avaient coupée en bas du genou.

Quand le docteur m'a dit ça, je m'ai mis à brailler sans pouvoir m'en empêcher. Pourquoi c'est faire que ça arrive, des affaires de même ? C'était-tu à cause que Jules allait pus à messe ? Y était toujours ben pas tu-seul à pas pratiquer sa religion. Pis vous me ferez pas accrère que toute le monde qui va pas à messe pardent leu jambe ?

Fabienne a avarti Nador, comme de raison. Même si Jules avait dit qu'y fallait pas le déranger.

— De que c'est que tu veux qu'y fasse de plusse, mon gars ? Je suis ben soigné à l'hôpital, pis le docteur a dit que, quand que la plaie serait cicatrisée, je pourrais avoir une jambe artificielle. Ça fait que dérangez pas Nador, y a de l'ouvrage à faire à Montréal, pis icitte, y peut rien faire pour moi.

Nador est arrivé en machine, avec une femme blonde que parsonne connaissait. Y l'a laissée à l'auberge avant de venir à maison. Je sais pas si y pensait que ça se saurait pas qu'y était accompagné, mais y se trompait. Faut dire itou que la femme avait l'air ben légerte. Était écourtichée sans bon sens, a faisait de l'œil à toutes les hommes qu'a rencontrait.

Y était en joual vert après moi. Y disait que c'était de ma faute, que j'avais pas faite attention, que j'étais juste un sans-génie. Fabienne était en saudit, elle itou.

— T'arrives icitte avec une guidoune pis tu fais des reproches à toute le monde ! Si tu te respectes pas, respecte le père chez nous, au moins.

Y est resté trois jours, Nador. Y allait toutes les jours voir Jules, par après, on sait pas trop ce qu'y faisait. En toué cas, on a été ben contents toutes les deux, Fabienne pis moi, quand que Nador a reparti pour Montréal avec sa poudrée. On arait été encore plus contents si y nous avait pas dit qu'y avait trouvé de l'ouvrage pour trois filles de Rimouski qui voulaient s'en aller à Montréal.

— Je leur rends sarvice, vous comprenez…

Fabienne dérageait pas.

— J'ai jamais eu honte de même, son père ! Ça fait longtemps que je sais qu'y couraille, mais là, c'est le boutte du boutte. Mon mari qui se promène au village avec une fille que c'est clair que c'est une mauvaise fille. Y a juste à la regarder avec ses cheveux teindus pis ses jupes au ras les fesses pour comprendre. Pis les autres, là… Mon mari est un *pimp*, son père. Y a pas d'autres mots. En toué cas, quand qu'y va revenir à l'automne, y va avoir ma façon de penser en pleine face. Je supporterai pas ça ben longtemps que le monde rise de moi à Roches-Noires, je vous en passe un papier.

Pour une fois, j'étais d'adon avec ma fille. Moi avec, j'arais filé pour y mettre mon pied quèque part, à mon gendre.

On s'est remis à l'ouvrage drette le lendemain que Nador a parti. Rapport qu'on pouvait pas laisser la maison jackée comme ça. Je peux dire que, c'te fois-là, j'ai checké les boites comme y faut avant de laisser les autres commencer l'ouvrage. On a égalisé la terre, pis on a coulé une *slab* de ciment. Tant qu'à faire, aussi ben que l'ouvrage seye faite comme y faut. Quand le ciment a été pris, on a faite les *footings*. De la grosse ouvrage. Sale, itou.

J'avais bâti un escalier de quatre marches pour que Fabienne pis les flos peuvent descendre dans cour, mais c'était quand même malcommode, surtout pour Madou. Les escaliers, quand t'as un pied qui veut rien savoir, c'est malaisé à descendre sans bon sens.

Pour encourager Fabienne, j'y disais qu'après que la construction seye finie, on était pour avoir un bon solage, solide pis toute.

— Tu vas pouvoir avoir un caveau pour les patates pis les carottes que ça fait longtemps que tu veux en avoir.

— C'est pas ça qui va faire une différence. Toute ce que je voudrais, moi, c'est que votre femme se mêle de ses affaires pis qu'alle asseye pas de me dire comment runner la maison.

J'arais dû, j'arais donc dû écouter le curé pis pas me marier !

Chapitre 30

Saqawi'gann – L'Hiver et le Printemps

On est en *Penatmuiku's*[1], c'est-à-dire au mois d'avril. De mémoire de Micmac, on n'a jamais eu d'hiver qui dure aussi longtemps, sans compter que rien ne laisse croire que le froid cessera de sitôt.

Empêchés de jouer à l'extérieur par un vent qui vous scie les poumons, les enfants, du plus jeune au plus âgé, n'arrivent pas à trouver de distraction qui retienne leur attention bien longtemps. Les rencontres avec Matiw l'Aîné sont attendues avec impatience, car Matiw a l'art d'ouvrir un monde magique aux yeux des enfants.

Assis en rond sur des couvertures, près d'un poêle ronflant, les enfants se préparent à écouter l'Aîné.

— Aujourd'hui, je vais vous raconter la rencontre entre l'Hiver et le Printemps. Un soir qu'il était assis devant sa cabane – ça fait bien des années de ça –, l'Hiver, un vieil homme aux longs cheveux blancs, a vu tout à coup une petite fille entourée d'une lumière dorée qui faisait fondre la neige quand elle marchait. Quand on regardait ses yeux, on voyait des étoiles qui s'allumaient comme dans le ciel;

1. Lune de la pondaison.

elle avait de longs cheveux, plus noirs que ceux des corbeaux, et puis ses joues étaient roses. Quand elle respirait, c'était comme si l'air autour d'elle réchauffait. Et savez-vous ce que l'Hiver lui a dit ? Non ? L'Hiver lui a dit, comme ça : "Étrangère, tu es la bienvenue chez moi. Ma cabane peut t'abriter cette nuit et te protéger contre les animaux féroces qui rodent dans la forêt. Assieds-toi." La petite fille est rentrée, elle s'est assise sur le tapis de neige.

— L'Hiver lui a donné du thé ?

— Non, A'ntile. L'Hiver a pris deux pipes remplies de tabac, il lui en a donné une. Ils ont fumé ensemble.

— Les filles fument pas la pipe, proteste Pilsit.

Matiw sourit et prend le temps de souffler un peu en regardant les enfants. Tous semblent fascinés. Matiw lui-même aime bien cette légende. Il l'a racontée très souvent, en changeant les mots parfois, mais en gardant toujours la même magie dans l'œil. Il reprend la parole.

— Quand la fumée du calumet a dégourdi sa langue, l'Hiver s'est mis à parler. Il a dit : "Je suis manitou. Je change l'eau en glace." "Je respire, répondit la petite fille, et sources et rivières se mettent à couler." L'Hiver et la petite fille ont continué de parler, l'un après l'autre, toute la nuit. L'Hiver ne s'apercevait même pas que l'air de sa cabane devenait moins froid. Comme il n'était pas habitué à la chaleur, il a fini par s'endormir. Alors, la petite fille est allée parler aux oiseaux puis aux graines cachées : "Il fait moins froid, vous pouvez sortir." C'est depuis ce temps-là qu'on voit les jeunes pousses pointer en souriant au soleil quand il commence à faire plus chaud. Et puis, pendant que le vieil Hiver continuait à dormir, la jeune fille a caressé ses cheveux blancs. À mesure qu'elle passait sa main dans les cheveux, l'Hiver rapetissait. Les murs de la cabane sont tombés, puis les tapis de neige ont fondu. L'Hiver a fini par être tout petit, tellement léger que la jeune fille a pu le prendre doucement dans ses mains. Elle s'est mise debout toute droite, avec de la lumière autour de son corps. Elle a appelé le vent du Sud : "Vent qui viens du Sud et qui t'en vas vers le Nord, emporte l'Hiver avec toi, reconduis-le dans son pays." Le Vent a pris l'Hiver puis l'a emporté sur un nuage. La forêt et la plaine se sont remplies de lumière, de chansons et de parfums. C'est comme ça, les amis, que le printemps chasse l'Hiver.

A'nji'j proteste :

— Je ne l'aime pas, ton histoire, Matiw. Moi, j'aime ça, l'hiver. On peut glisser en traîneau. Et puis, Noël, c'est pendant l'hiver.

Pilsit dit à son tour :

— Oui, mais l'été, il y a des fleurs, des oiseaux, et tu peux te baigner dans la rivière.

Et Matiw de conclure :

— L'hiver, les fleurs et les oiseaux dorment. Quand ils sont bien reposés, c'est l'été. C'est la même chose pour nous : si on ne se repose pas, le lendemain, on ne peut pas faire son travail. Pour ceux dans le groupe qui savent lire, j'ai préparé des feuilles avec notre calendrier écrit dessus. Les autres peuvent demander à So'sep de leur expliquer ce que ça veut dire. On se revoit mardi.

Les gamins revêtent leurs chauds manteaux et sortent en se bousculant. Ils ont besoin de bouger après une longue période d'immobilité.

Chapitre 31

Le monde risent de nous autres

Avec Jennifer, on était assis sus la galerie. V'là-tu pas que j'ai vu mon Serge qui prenait le bord du bois.

— Serge ? Où c'est que tu t'en vas de même ? Je sais ben qu'y fait beau, mais y fait encore trop frette pour se baigner.

— Je vas pas me baigner, pépère, juste me promener, dire bonjour aux arbres.

Mon petit-fils, c'est pas vraiment un de la terre. Je dirais plutôt que c'est un de la forêt, pareil comme les Sauvages. Serge, y pense juste au bois, y l'aime comme c'est pas possible. Tiens, justement, je me rappelle une fois...

Y était encore ben petit. Je l'avais entendu mettre des clous dans une vieille canisse rouillée pendant un bon boutte. Y devait être pas plus haut que trois pommes quand y est rentré dans l'atelier tout excité, un après-midi. « Z'ai ben fatigué, pépère. Z'ai travaillé fort ! » Je comprends qu'y avait travaillé ! Y avait arraché toutes les clous dans les marches du perron. Y en restait pas un seul. Quand j'y avais demandé pourquoi qu'y avait faite ça, y m'avait répond :

— C'est pace que les clous, ça fait bobo au bois.

À moins que ça seye un enfant des nuages ? Des fois, je trouve que son parler est pas en équipollent avec son âge. Mais c'est pas pour ça qu'y est pas intelligent, ben au contraire. Quand je dis qu'y me ressemble, c'est à des affaires de même que je pense : que mon petit-fils, c'est un de la forêt. Moi, j'aime travailler le bois ; lui, y aime ça, parler aux arbres. Ça sert pas à grand-chose d'essayer de l'empêcher d'aller dans forêt. Y est attiré comme si y avait un aimant.

— Dire bonjour aux arbres ? Ça te tenterait pas de rester icitte à place, pour parler à ton pépère ?

— Laisse-le tranquille, Frenchie.

Tant qu'à ça, y était assez grand pour se débrouiller tu-seul, mon Serge. Y est parti en disant :

— Inquiétez-vous pas, je serai pas parti longtemps. Arrive, Gripet !

Dans trois jours, c'était pour être la Fête-Dieu. Y a pas à dire, le temps passait vite !

Par chance que Madou était bonne en catéchisse ! Était arrivée première de sa classe. Ça arait dû être elle qui faisait la Sainte Vierge, au reposoir, mais avec son pied, a pouvait pas tenir des heures deboutte. C'était pour ça que les sœurs l'avaient choisie pour faire l'ange suspendu. Fabienne était un peu inquiète pour sa fille.

— Ça te fait pas peur d'être pendue dans les airs comme ça pendant une couple d'heures ?

— Ben non, môman, y a pas de danger. Les sœurs nous attachent comme y faut, vous savez.

Moi, je me promettais ben de pas manquer ça. Jennifer, elle, voulait rien savoir.

— Je suis pas catholique, je le serai jamais. Ça m'intéresse pas, ces affaires-là.

Même si a comprenait pas ce que Jennifer disait, Madou s'a mise à brailler en entendant parler fort.

— Pourquoi c'est faire qu'a m'aime pas, Jennifer ?

Fabienne était pas de bonne humeur. Alle a répond à sa fille :

— Occupe-toi pas d'elle. C'est pas qu'a t'aime pas, c'est jusse qu'est mal élevée.

Par chance que Jennifer comprenait pas encore toute en frança… Quand même, plus que ça allait, plus que ma vie était compliquée entre ces deux-là, surtout depuis qu'on était reviendus dans maison familiale.

Quand le fameux jeudi est arrivé, on est allés à messe en famille. Y manquait rien que Jennifer. C'est pas pour dire, mais le monde commençait à parler de contre elle. C'est vrai qu'a faisait toute pour ça. À Roches-Noires, le monde sont pas plus méchants qu'ailleurs, mais, dans les petites places, y a pas jusse les femmes qui bavassent. Les hommes avec. Pis je savais qu'y manquait pas de monde pour se moquer de P.A. Rioux pis de sa sorcière noire. Rapport que Jennifer était toujours habillée en noir, été comme hiver.

Après la messe, on est allés au reposoir qu'était accoté sur le mur du couvent. Là, on a vu notre Madou suspendue avec des strappes qu'étaient cachées par la robe. Avec ses beaux cheveux blonds qui flottaient au vent, était belle en si vous plaît ! Y avait de quoi être fier ! En seulement, on a pas été fiers longtemps. Parce que, d'un coup, y s'est mis à mouiller sus l'ange qu'était en dessous de Madou. La petite avait pas été capable de se retenir. Toute le monde a parti à rire, à part notre petite pis la celle qu'avait reçu la pisse. Les deux braillaient.

Quand on est reviendus à maison, Fabienne était enragée noir.

— Veux-tu ben me dire pourquoi c'est faire que t'as pas pris tes précautions avant que les sœurs te passent les strappes autour du corps ? Tu trouves pas qu'on a fait assez rire de nous autres de même ?

— C'est pas de ma faute, môman. Toutes les anges, on était dans grande salle à école, pis on n'avait pas le droit de sortir.

— C'est donc ben insignifiant, ce règlement-là. En tout cas, j'espère que les sœurs ont eu leur leçon pis qu'a vont envoyer les élèves à toilette avant de les habiller, astheure. Viens, on va te changer.

— Je veux garder ma robe pour la procession au flambeau.

Le dimanche qui suivait, y était pour avoir une procession, à la gloire du Sacré-Cœur de Jésus. Moi, les processions, je dirais pas que je trouve ça plaisant. Tu marches, t'as mal aux pieds, tu chantes pis tu pries. En plusse, ça faisait un boutte que ma jambe gauche faisait des sparages. Mais icitte, au village, toute se sait, pis si tu vas pas à procession, tu passes pour un mécréant. À moins que je demande au curé de m'exempter ? Comme ça, y arait pas de bavassage.

Fabienne essayait encore de faire ôter la robe à Madou.

— C'est juste dans trois jours, la procession. Tu vas quand même pas garder ta robe sale sus le dos pendant toute ce temps-là, hein ? Et pis, tu pourras pas aller à procession, Madou. C'est trop long à marcher avec ton pied.

— Maudit pied ! Si je pourrais, je le couperais !

Jules était assis dans la barçante. Y est venu blême.

— Madou ! Que je t'entende pus jamais dire ce mot-là !

— Excusez, papy Jules, je voulais pas vous offenser. En tout cas, môman, la robe est à moi. C'est ça que vous avez dit.

Comme Fabienne s'avançait pour y ôter la robe, la petite a voulu se sauver, a s'a enfargée avec son pied croche pis alle a tombé à pleine face à terre.

— Mon doux, mon bébé ! T'es-tu fait mal ?

Madou braillait tellement qu'était pas capable de parler. J'ai fait ni une ni deux pis je l'ai pris dans mes bras. A s'était cognée sus le coin de la table, alle avait une belle poque sus le front, pis son pied gauche, le pied qu'était pas croche, était tellement enflé qu'on aurait dit une balloune.

— Faudrait caller le docteur.

— Ou ben donc l'amener voir Albin, astheure qu'y fait le ramancheur.

— Son père, je vous l'ai déjà dit, pis je vas vous le dire une dernière fois. Je veux pas que mes enfants aillent sus le ramancheur. Jamais, vous m'entendez ?

— Pour pas t'entendre, Fabienne, faudrait que je seye sourd. Mais je comprends pas. Si tu calles le docteur, y va bander le pied de Madou, pis, avec son autre pied malade, a pourra pus marcher pantoute. Tandis que le ramancheur, lui…

— J'ai dit non.

— Bon. Ben, fais à ta tête, dans ce cas-là.

— C'est ça que je vas faire.

Le vieux docteur Lemieux soignait pus, astheure. On a callé à clinique, pis ça adonnait qu'y avait un docteur qu'était « de garde », comme y disent. Un petit jeune qu'avait encore la couche aux fesses. Y est venu, y a strappé le pied à Madou et pis y a dit qu'y faudrait pas qu'a marche dessus pour au moins deux semaines.

— Allez à la pharmacie Lyrette, à Rimouski, ils louent des béquilles. C'est jour férié, mais je vais téléphoner et le patron fera une exception pour vous.

— Je veux pas marcher avec des béquilles, bon !

— On n'a pas le choix, Madou. Ton pépère P.A. peut toujours ben pas te charrier tout le temps dans ses bras.

Tu-suite après le dîner, Fabienne est partie pour Rimouski dans le vieux char à Damien que c'était quasiment rendu une antiquité.

Pas longtemps après, alle a téléphoné pour dire qu'était stuckée à Rimouski.

— Le char veut pus rien savoir. Vous pouvez-tu envoyer quèqu'un me charcher ?

C'est vrai que le char avait pas mal de millage dans le corps. J'ai téléphoné au garage pour parler à Paulo Sirois.

— T'irais-tu à Rimouski tower le char pis ramener Fabienne en même temps ?

Quand qu'y sont arrivés, Fabienne en avait gros sus le cœur.

— Ce char-là, son père, on arait dû le mettre à *scrap* ça fait longtemps. On devrait penser à en acheter un neu.

— On n'est pas à pied, on a le char à Jules, pis le mien. Un autre char neu, ça peut attendre.

— Vous vous êtes faite passer un citron, son père. Mais on sait ben, quand c'est pour votre Jennifer, toute est beau, mais quand c'est pour moi…

— Fabienne…

— C'est correct, son père, j'ai compris. Je dis pus rien.

Chapitre 32

L'étrange

On a sué toute l'été. À radio, y appellent ça une canicule. C'est un mot à cinq piasses qui veut dire qu'y fa chaud sans bon sens. Dans le jour, Fabienne fermait les stores pour garder la fraîche dans maison, mais ça aidait pas le diable.

Jennifer, elle, ç'a avait pas l'air de la déranger. C'est vrai qu'à Salem, l'été, ben des fois, c'est encore plus chaud que par icitte.

Le jour que je parle, on était assis sus la galerie, elle pis moi. On se barçait toutes les deux, mais on parlait pas. Y avait pas grand-chose à dire. D'un coup, Fabienne a rouvert la porte pis alle a dit:

— Pourquoi c'est faire que vous rentrez pas, son père? Y annoncent de l'orage pis vous savez comme moi que c'est dangereux d'être dehors dans ce temps-là.

Jennifer a parti à rire, comme pour dire qu'a créyait pas à ça, que c'était dangereux. Fabienne était pas contente. Alle a plissé les lèvres pis alle a dit, avant de rentrer:

— Faites à votre idée, d'abord.

C'était vrai qu'on voyait des gros nuages noirs, mais je pensais pas qu'y allait mouiller tu-suite.

— On va rentrer betôt, Fabienne.

— C'est ben correct de même, son père.

Jennifer pis moi, on l'a vu venir quand y a dépassé le croche. Y marchait drette, raide comme un piquet. On arait dit un soldat.

Quand y est arrivé devant la galerie, y m'a regardé ben en face.

— Je voudrais parler à monsieur… Rioux. Paul-André Rioux.

— Vous l'avez devant vous. Elle, c'est ma femme, Jennifer. Vous avez affaire à nous autres ?

— Je voudrais vous parler… dans le pa… particulier.

Tu parles d'un étrange, toi… S'y bégayait de même dans le litte, ça ferait pas des enfants forts.

— Ah ? Venez avec moi, d'abord, on va aller dans mon atelier.

On a faite le tour par en arrière. Y avait quèque chose qui me chicotait, ça fait que j'y ai demandé :

— Je vous connais pas, vous êtes pas de la paroisse, certain. Vous venez-tu de Rimouski ?

— Je viens de pas mal plus loin que… ça. Mon nom, c'est… Joseph Lafleur.

— J'avais raison, c'est pas un nom de par icitte. D'où c'est que vous venez donc ?

— C'est une longue histoire, monsieur… Rioux.

— Eh ben allez-y, je vous écoute.

— C'est une histoire qui vous concerne… in… indirectement.

— Indirectement ? Que c'est que vous voulez dire par là ?

C'était quasiment comique de voir comment qu'y était mal à son aise, le jeune. Y savait pas trop comment répondre à ma question. Y a fini par sortir :

— Je veux dire que c'est… un renseignement que je veux vous de… demander, pis en même temps je veux vous parler de quèque chose de… personnel.

Coudon, quelle sorte de tête folle qu'était là, pour l'amour ?

— Dis donc, mon jeune, t'as-tu fini de parler en paraboles ? Je te connais pas, je t'ai jamais vu, pis là tu m'arrives comme un cheveu sus la soupe pour me dire que tu veux me parler de quèque chose de personnel, mais qui me concerne pas ? Me prends-tu pour un sans-génie ? Écoute, si c'est la charité que tu veux, ma fille va te donner une assiettée de soupe pis tu pourras coucher dans grange pour une couple de jours. Mais t'as pas l'air d'un quêteux, t'es ben habillé pis toute. Ça fait que si tu me disais que c'est que tu veux une fois pour toutes ?

— Fâchez-vous pas, monsieur… Ri… Rioux ! Ma mère disait toujours que je faisais trente-six détours avant de… di… dire ce que j'avais à dire. Je suis venu de loin, ben loin, du bord de… l'Abitibi pour vous voir, vous et surtout, pour voir Na… Napoléon.

Si y a quèque chose qui m'enrage, c'est ben qu'on rise de moi.

— Là, c'est assez ! Si tu veux pas que je te montre le respect dû aux vieux à coups de pied dans le derrière, t'es aussi ben de scrammer d'icitte au plus sacrant. Envoye ! Que c'est que t'attends ?

— Je comprends pas. J'ai dit… quèque chose pour vous… pour vous fâcher ? Laissez-moi voir Nap… Napoléon, y va vous dire que je suis pas un méchant gars…

— Encore Poléon ? T'es pas correct, mon jeune, t'es pas correct pantoute. Ça fait je sais pas comment de temps qu'on n'a pas entendu parler de Poléon, on sait même pas si y est en vie, pis là, toi, t'arrives la bouche en trou de cul de poule pis tu dis que tu veux y parler? Ben commence donc par le trouver, si t'es si fin que ça!

— Vous savez pas où est Nap... Napoléon? Ah! ben là, je comprends encore moins! J'étais certain qu'il était revenu chez vous après...

— Après qu'y s'est sauvé de prison, tu veux dire?

— On s'est sauvés en... ensemble. Nous autres deux pis un Sau... Sauvage qui vient de par icitte, lui itou.

En v'là une affaire, astheure! Si ce jeune-là était en prison avec Poléon, ça voulait-tu dire que c'était un bandit? Fallait que j'en save plus long.

— Comment ça, sauvés ensemble?

— On s'est cachés pendant deux jours dans... dans une vieille cabane proche de la pri... prison. Parsonne a jamais pensé nous charcher là. Par après, ben, moi, j'ai pris le bord de... de l'Abitibi, j'ai trouvé de l'ouvrage, j'ai fait le motton. J'ai monté ma propre bus... business. Là, je venais demander à Nap... Napoléon de venir travailler pour moi.

— Tu dis que t'as fait la piasse? Cet argent-là, tu l'as gagné honorablement?

— Ah! ça oui! Je vous jure, monsieur... Ri... Rioux. Je volerai plus jamais, j'ai pas envie de retourner en... dedans. Comme ça, Napoléon est pas revenu au village, quand on s'est sauvés de prison?

— Lui non, mais on a eu la visite de la police parzempe. Y ont fouillé partout. Même que ç'a fait tellement peur à ma femme qu'alle a commencé à débouler. Les polices ont rien trouvé parce qu'y avait rien à trouver. On sait toujours pas où c'est que Napoléon est passé. Si y était par icitte, on le saurait. Toute se sait dans les petites places, mon gars. Tu peux rien cacher. Rien de rien.

Le jeune me regardait, l'air surpris. On arait dit qu'il me créyait pas.

— Pourtant, Napoléon avait ben dit qu'y… qu'y attendrait quèques jours pour pas se faire pogner par les bœufs pis que par… par après, y reviendrait au village. Y comptait sus ses parents pour le cacher si la po… police se pointait. Y parlait aussi de la maison de son oncle qu'était vide…

— La maison à Damien, tu penses ben que c'est la première place qu'on a regardée quand on a su que la police le cherchait. Mais y était pas là non plus. Écoute, c'est une histoire qui regarde toute la famille, ça. Es-tu ben pressé ? Parce que, sinon, tu pourrais rester icitte à soir et pis je demanderais à mon plus vieux, Fabien, de venir veiller à maison. Tu vas pouvoir nous parler de Poléon pis peut-être répondre à des questions.

— Ça me dérange pas de… de rester un peu. Pas trop longtemps parzempe, parce que je veux pas laisser mon gérant tout seul, j'y fais pas… pas trop confiance. C'est pour ça que je suis venu : je voulais demander à Nap… Napoléon pour être mon gérant.

— Un voleur comme gérant ? T'es pas barré à quarante, le jeune !

— Napoléon pis moi, on était des chums. Je sais qu'y m'arait jam… jamais volé une cenne noire.

J'ai téléphoné à Fabien pour y demander de venir après souper, que j'avais de quoi de ben important à y faire savoir.

— Ça peut pas attendre, votre affaire importante, son père ? Parce que Kathleen est ben proche de son temps pis j'aime pas la laisser tu-seule.

— T'as juste à demander à un des garçons de téléphoner icitte si Kathleen a besoin. Ça prend vingt minutes en char, de chez vous à icitte.

— Dans ce cas-là, c'est d'adon. Mais je vous avartis, je resterai pas longtemps.

Sur les entrefaites, Serge est reviendu du bois. Y s'est glissé dans cuisine sans faire de train pis sans dire un mot.

— Joseph Lafleur, ici présent, va souper avec nous autres. Y est venu de l'Abitibi. Y va nous donner des nouvelles de Poléon.

Fabienne en revenait pas.

— Hein? Poléon est en Abitibi?

— Euh… c'est pas tout à faite ça, mad… madame. Des nouvelles de Napoléon, j'en ai pas moi… moi non plus.

J'ai pas pu me retenir d'y dire:

— T'en as plus que nous autres, en toué cas.

C'était clair que Fabienne avait de quoi qui la travaillait.

— On peut ben le garder à souper, son père. Mais avez-vous oublié que c'est la procession au flambeau en l'honneur du Sacré-Cœur de Jésus à soir?

— C'est pas toi qui disais qu'y allait mouiller pis que c'était dangereux d'être dehors? Vas-y si tu veux, moi, je vas rester avec notre invité. Mais mon idée qu'avec le ciel noir qu'on a là, c'est pas certain qu'y va y avoir ben du monde à procession.

Je m'étais pas trompé. Comme on se mettait à table, Odélie Ruest a téléphoné pour dire que la procession se ferait juste l'autre semaine rapport qu'y était pour avoir un orage électrique.

Napoléon, je comprendrai jamais pourquoi y a volé. C'est ben sûr qu'y a pas appris ça de sa mère. Ni de moi, tant qu'à ça. Madone était pas toujours commode, en seulement était honnête: alle arait pas volé une cenne à parsonne. Peut-être ben qu'on en saurait plus en parlant à notre visite.

Fabienne pis les filles ont desservi vite fait. Lafleur regardait tout autour de lui. Y en revenait pas de voir les meubles que j'avais faites.

— Pourquoi c'est faire que vous louez pas une sa... une salle pour exposer vos meubles ?

J'ai pas pris la peine de répondre. Mon dire, c'est que, ce jeune-là, y était pas capable de suive une idée jusqu'au boutte. Y varnoussait icitte pis là, y changeait de sujet à toute minute. Par chance, Fabienne y a pas laissé la parole plus longtemps.

— Tenez, son père, v'là Fabien qui arrive. On va pouvoir commencer la réunion.

Quand on a dit à Fabien pourquoi qu'on l'avait fait demander, y était pas content pantoute.

— Voir si ça aurait pas pu attendre, depuis le temps qu'on n'a pas de nouvelles de mon frère.

C'est rare que mon plus vieux se fâche. Ça y ressemble pas pantoute de garrocher des affaires de même dans face du monde. D'habitude, Fabien est ben plus patient que moi. Mais là, y était énervé rapport à sa femme, qui pouvait débouler n'importe quand. En plusse, y commençait à tonner, le ciel était noir sans bon sens. Apparence qu'on était pour avoir un orage électrique effrayant.

Le ciel était complètement bouché ; on voyait pas les éclairs, mais on entendait un grondement, t'aurais dit que le ciel jouait du tambour. A fallu allumer les lumières, les nuages étaient rendus noirs.

— Bon ben, on t'écoute, le jeune.

— Napoléon, je l'ai connu en dedans, comme que... j'ai dit à monsieur Rioux. Moi, ça faisait une semaine que j'étais en prison, j'ai été arrêté parce que... j'ai volé, pareil comme Poléon.

— T'as volé une banque, toi avec ?

— Non, c'est dans un magasin que je me suis fait arrêter, juste comme je sortais avec une tévé. Vous comprenez, j'avais une commande.

— J'ai mon saudit voyage ! Commander un vol, ça, c'est la meilleure ! Bon, t'as volé, t'as été arrêté, pis y t'ont mis dans la même cellule que mon frère.

— Ben oui. Avec un Sauvage de par icitte, itou. Y s'appelait S'an. Y disait que ça voulait dire Jean…

Y commençait à m'énarver, le jeune, avec sa manière de dire toutes les détails. Pour Fabien, lui, c'était encore plus pire.

— Pas besoin de nous conter toute ta vie. Ça fait que aboutis, parce que ma femme est à veille d'acheter pis je veux pas la laisser tu-seule trop longtemps.

Comme Fabien finissait de parler, y a eu un gros coup de tonnerre. Tellement fort qu'on a toutes sauté. Après ça, les éclairs ont commencé. Ça faisait des dessins de toutes les couleurs sus les murs. Les filles à Fabienne criaient, a se cachaient les yeux avec leurs mains. D'un coup, toutes les lumières se sont éteindues, on n'avait plus d'électricité. Gripet tremblait dans son coin, Framboise avait disparu pour aller se cacher quèque part, pis Coucou arrêtait pas de crier.

— Les filles, pour l'amour, mettez-y sa couvarte sus la cage. On s'entend pas penser, icitte dans.

Fabienne a pris la couvarte qu'on y mettait pour la nuitte pis aussitôt qu'y a fait noir, Coucou s'est fermé le bec.

— On va allumer des chandelles bénites. J'en ai drette icitte, dans le buffet.

Fabien s'est levé.

— Bon, ben moi, je reste pas plus longtemps. Kathleen a peur du tonnerre pis, dans son état, c'est mieux que je seye avec elle. Son père, vous nous tiendrez au courant si vous apprenez des affaires qui valent la peine.

C'était quasiment insultant pour notre visite, mais Fabien a sorti, y voulait pus attendre. Quand y a ouvert la porte, on voyait des éclairs partout, quasiment comme un feu d'artifice.

C'était parti pour être pas piqué des vers. Le mois de juin, c'est un mois pour ça, les orages. D'un coup, on a entendu comme des coups de mitraillette sus les vitres : la grêle ! Les grêlons étaient de la grosseur d'une paparmane. Ça tombait dru, je vous en passe un papier. Ça pétait sus la tôle du *truck*, assez que j'ai pensé que ça allait grafigner toute la peinture, c'est ben simple !

Le vent a commencé sa chanson, on voyait les arbres plier de l'autre bord du chemin. Gripet s'a mis à hurler, Framboise miaulait dans l'atelier. Un vrai concert.

La première affaire qu'on a su, c'est que le char de Fabien était pus dans cour. On l'avait même pas entendu partir avec toute le vacarme. Lafleur avait vraiment pas l'air à son aise.

— Voyons, le jeune, tu vas pas me dire que t'as peur du tonnerre, quand même ? C'est bon pour les femmes, ça. Sais-tu, tu m'as pas l'air trop vaillant, toi. Ça serait-tu pour ça que tu voulais engager Poléon pour travailler pour toi ? Je sais pas si t'arais faite une bonne affaire. Poléon, c'est mon garçon, mais ça m'empêche pas de voir ses défauts. Je peux te dire que l'ouvrage, dans le temps, y aimait pas trop ça. Coudon, Serge, prends Gripet dans tes bras qu'on l'entende pus limoner, on est même pas capables de parler.

Dans l'écurie, les jouaux menaient tout un vacarme, y braillaient de peur, eux autres itou. D'un coup, le tonnerre a claqué encore une fois. C'te fois-là, on a entendu craquer du bois en arrière de la maison. Le tonnerre était tombé sus l'écurie.

Le feu a pogné quasiment tu-suite dans le foin. On voyait du feu dans le châssis pis par les craques dans le bois.

— Jennifer, Serge, venez m'aider, faut sortir les jouaux de là avant qu'y passent au feu. Serge, tu vas connecter la *hose* pis tu vas arroser la maison ben comme faut, du bord de l'atelier. Avec toute le bois sec que j'ai là, s'y faut que le vent vire de bord, l'atelier pis la maison vont y passer. Par chance qu'y mouille un peu.

On a sortis tandis que Fabienne prenait sa fille dans ses bras. Je pensais que le jeune Lafleur nous suivait, mais non, y est resté vissé sus sa chaise. Tu parles d'un emplâtre, toi !

Toujours est-il qu'on a eu de la misère à faire sortir les jouaux, tant que ça brûlait fort. Finalement, on a réussi à les lâcher dans le clos. L'écurie a continué à brûler. Serge arrosait comme un bon. D'un coup sec, toute a arrêté. Le vent a tombé, y mouillait quasiment pus. Même que le soleil s'est montré le boutte du nez, le ciel nous a donné un coin de bleu.

L'écurie qu'on venait de rebâtir était pus de service pantoute. C'était juste un tas de planches noircies. On a quand même envoyé de l'eau dessus pour faire sûr que c'était ben éteint, au cas où le vent se lèverait encore. Allait falloir s'occuper de rebâtir un autre fois, mais, *never mind*, pour astheure, je voulais que le jeune Lafleur continusse son histoire.

On est rentrés mouillés comme des lavettes. On s'est essuyés, par après, on s'est assis autour de la table. Juste comme on allait enfin pouvoir commencer à parler au jeune, le téléphone a sonné. C'était Fabien. Kathleen avait commencé ses petites douleurs pis y partait pour l'Hôpital de Rimouski.

— Dis à ta femme qu'on a ben hâte de savoir si c'est un gars ou ben donc une fille. On va attendre ton appel… Bon, astheure, monsieur Lafleur, on vous écoute.

— Je vous disais qu'y nous ont mis… mis dans même cellule, Napoléon pis moi. Voleur avec voleur, je suppose. On s'est ben entendus, on est qua… quasiment du même âge. En prison, on n'a pas grand-chose à… faire pour passer le temps, ça fait qu'on jase. Votre gars en avait plus long que moi à dire, parce que moi, j'ai pas… pas de famille. Lui, il parlait de vous autres, il disait de quoi que… que vous aviez l'air. À force de l'entendre parler, me semblait que je vous conn… connaissais, moi avec. Sa mère, vous, monsieur Rioux, ses sœurs Flo… Florence pis Fa… Fabienne, sa sœur la plus vieille qu'était rentrée sus les sœurs, je sais toute ça. De la manière qu'y parlait, c'était clair qu'y… était ben attaché. Y m'a dit qu'y avait pas… voulu que la police vous avertisse quand y l'ont mis en dedans. Y voulait pas que sa mère aye… de la peine. On s'est cachés dans vieille cab… cabane que je vous ai parlé, mais au boutte de deux… deux jours, on n'avait pus rien à manger et pis y… y nous restait quasiment pus d'argent.

Mon gars avait de l'argent ? D'où c'est que ça pouvait venir ? Les polices y avaient toujours ben pas laissé l'argent du vol de banque.

— De l'argent ? Comment ça ? Y vous laissent votre argent en prison ?

— Ben… c'est-à-dire que, si on veut, on peut tra… travailler à cuisine ou ben donc à buanderie, ça nous fait quèques… cennes pour acheter des cigarettes ou ben donc des… des gâteaux à cantine.

— Bon, c'est la faim qui vous a faite sortir de votre trou. Après, que c'est qui s'est passé ?

— Ben après, Poléon disait que, le mieux, ça serait de trouver un char. Qu'y pourrait venir me mener en Abitibi… c'est vrai qu'avec un char, ça va plus vite que sus le pouce… pis ensuite… y prendrait le bord de Roches-Noires…

Quand qu'y parlait de son village… y venait les yeux brillants sans bon sens. Le Sauvage, lui, y était parti sus le… sus le pouce.

Ça sortait pas vite, quèques mots à fois, après, y s'arrêtait de parler.

— Coudon, va-tu falloir te sortir les mots de la gorge un par un ? Continue, pis arrête-toi pas avant d'avoir fini.

— Ah ! excusez-moi, monsieur Rioux. Ma mère disait toujours…

— Laisse faire ta mère. Envoye !

— Où c'est que j'étais rendu, donc ?

C'est ben simple, j'avais envie de le pogner par le chignon du cou pis le sacrer dehors à coups de pied dans le derrière. Non, mais ça se peut-tu, être lambineux de même !

— Tu parlais de trouver un char. Quand tu dis trouver, je suppose que tu veux dire voler ?

— Euh… c'est Nap… Napoléon surtout qui voulait un char. Moi, j'étais prêt à aller en Abitibi sus… le pouce. Je savais que la police me charcherait p… pas là-bas. Finalement, Napoléon a trouvé une vieille minoune. Y avait peur que ça lâche en chemin. Y m'a dit : “On la prend pareil, le… le boutte de chemin qu'on va faire avec ça sera toujours ça de moins à faire du pouce.” C'est là que, moi, j'y… j'y ai dit de pas s'occuper de moi, que j'irais en… Abitibi par mes propres moyens. Napoléon, lui, y avait d'autres plans. Y m'a dit : “Moi, m'en vas aller embrasser ma mère, après, je m'en vas aux *States* le temps de me faire oublier.”

J'en revenais pas.

— Aux *States*, tu dis ?

— Ben oui, pourquoi ?

Non, mais, à quoi c'est que j'avais pensé, donc, en contant mes histoires à Poléon ?

— Pour rien. Continue.

— Y reste pus grand-chose à dire. Napoléon a promis de me donner des nouvelles… mais comme je savais pas où… c'est que j'allais rester… Finalement, je m'ai trouvé un loyer pas pire pantoute… J'y ai dit que… ce serait moi qui viendrais le voir. Ça fait que me v'là, et pis vous me dites qu'y est jamais venu… ici et pis que vous savez pas où c'est qu'y est.

On était pas ben ben plus avancés qu'avant, à part une affaire que je voulais checker, mais j'attendrais que Lafleur seye parti.

Fabienne y a préparé un litte en haut, mais c'était clair qu'alle faisait contre son gré. A m'a faite signe qu'a voulait me parler dans le privé.

— C'est un voleur, son père. Vous êtes certain que vous voulez le garder à coucher ? D'un coup qu'y part avec nos affaires ?

— Quelles affaires ?

— Je sais pas, moi. La TV, le pick-up pis les records, vos machines électriques dans l'atelier, on sait jamais.

Pauvre Fabienne, va !

— Non, mais tu le vois, emporter toute ça dans ses bras jusqu'au village ? T'as pas remarqué qu'y était venu à pied quand qu'y a débarqué du train ? Tu t'en fais pour rien.

— Pis s'y part avec le *truck* ? En toué cas, moi, j'ai dit ce que j'avais à dire. Venez pas vous plaindre après si vous vous faites avoir par un beau parleur.

Des fois, Fabienne a se conte des peurs, pis a se cré.

L'orage était ben fini, toute le monde a sorti sus la galerie, Jennifer avec. Pendant toute le temps qu'on avait parlé dans maison, alle avait pas dit un mot. Je voulais pas faire une impolitesse, j'ai juste dit au jeune :

— Ma femme comprend le françа, mais alle a de la misère à le parler.

On a veillé un peu, mais on n'a pus parlé de Poléon. *Never mind!* Toute était dit, je cré ben.

Le lendemain, on a mangé vite fait, par après je suis été mener Lafleur à gare pour qu'y prenne le train pour Québec. De là, y se rendrait en Abitibi. Y m'avait laissé son adresse et pis son numéro de téléphone, au cas.

— Si Napoléon se montre la face, dites-y que j'aimerais ça y parler.

— Moi itou, figure-toi, j'haïrais pas ça y dire un mot, à mon gars.

— S'y revient, vous avez juste à me téléphoner collect.

C'est ben beau, dire à Poléon de téléphoner, mais pour ça, faudrait d'abord qu'on le trouve.

Chapitre 33

Saqawi'gann – Traditions

La langue micmaque n'a maintenant plus de secrets pour Ji'nmul. Non seulement s'exprime-t-il avec aisance, mais il refuse de parler français ou anglais tant il s'est identifié à son peuple d'adoption.

Les travaux communautaires terminés, il est libre d'aller et venir à sa guise, d'échanger avec les autres membres de la communauté, ou de s'enivrer.

Lorsqu'il est sobre, il aime s'asseoir parmi les enfants pour écouter les Aînés parler de l'histoire des Micmacs. Cette histoire, il la veut sienne. Son esprit est une page blanche sur laquelle se grave une nouvelle souvenance.

Parmi toutes les histoires, celle qu'il préfère est celle de l'Isle-aux-Brumes. Chaque année, avant la période consacrée aux jeux de l'été, So'sep l'Aîné la transmet fidèlement aux enfants. Devenus adultes, ceux-ci iront la raconter à leur tour.

— Il y a de nombreuses lunes, plusieurs familles d'Indiens micmacs occupaient la région entre Rivière-Ouelle et Rimouski. Elles respectaient profondément la forêt, où le peuplier, le tremble, le mélèze et le pin gris offraient leur parfum. C'était une forêt magique où vivaient orignaux, caribous et où le lièvre et la perdrix abondaient. La richesse de la terre était telle qu'il suffisait de regarder autour de soi pour y trouver le bouleau nécessaire à la fabrication des canots.

Même si beaucoup d'enfants connaissent cette histoire, ils l'écoutent avec une attention toujours renouvelée. Et lorsque So'sep demande :

— Qui peut me dire comment on appelait le grand fleuve à ce moment-là ?

Le chœur des enfants répond :

— *Mijeogun !*

— Vous avez raison. *Mijeogun* donnait de la morue, du saumon, de la truite, de l'anguille, du phoque et du marsouin. Le jour où mon histoire commence, la chasse d'hiver était terminée, et les familles avaient abandonné pour un temps les sentiers de la grande forêt. La vie au village était calme. On construisait des canots avec le bouleau, comme maintenant. Or tout à coup ce jour-là, deux jeunes hommes essoufflés surgirent de la piste principale qui menait de la forêt profonde au campement. Ils en avaient long à raconter. Le soir d'avant, pendant qu'ils marchaient le long de la rivière, ils avaient entendu des voix qui se rapprochaient. C'était des étrangers portant des peintures de guerre au visage. Leurs cris gutturaux donnaient à penser qu'ils avaient de mauvaises intentions. En entendant ce récit, les hommes du village se mirent à discuter. Les étrangers avaient certainement l'intention de piller le village et il fallait absolument mettre femmes et enfants à l'abri. Sans perdre de temps, les canots valides furent chargés de provisions. On donna à trois hommes âgés de la tribu la tâche de veiller sur les femmes et les enfants et on les fit monter dans les canots en direction d'une île située en face du village. Pendant ce temps, un guerrier courut demander de l'aide aux Malécites qui la leur offrirent immédiatement.

C'était l'heure entre chien et loup, le moment où, sur le rivage du grand fleuve, les mouettes saluent la fin du jour. Les Micmacs restants se cachèrent dans la forêt pour observer les étrangers. Ils découvrirent que c'était une bande d'Iroquois, composée d'environ trente guerriers. Fréquemment, les Iroquois remontaient le long des plus grandes rivières, soit pour y chasser, quand ils avaient besoin de provisions, ou pour piller les villages.

Dissimulés par les arbustes qui entouraient le village, les Micmacs virent avec consternation les Iroquois entrer dans leurs cabanes pour en ressortir avec quelques peaux et un peu de nourriture. Puis, sans doute déçus par leurs prises, ils allumèrent des torches et les lancèrent dans l'ouverture des cabanes qui se mirent aussitôt à brûler. Les Micmacs assitèrent, impuissants, à la destruction de leur village. Le combat semblait perdu d'avance. Ainsi, en compagnie des Malécites, ils montèrent dans les canots pour aller rejoindre les femmes sur l'Île. Or il se trouva qu'un Iroquois, laissé en sentinelle, perçut le bruit des feuilles qui bougeaient au passage des Micmacs et de leurs amis Malécites. Il les suivit à distance et vit les embarcations s'éloigner en direction de l'Île. Aussitôt, il alerta ses compagnons. Sans bruit, les Iroquois récupérèrent leurs canots près de la rivière et naviguèrent ainsi jusqu'au fleuve. La nuit était magnifique, illuminée par les "lumières qui dansent".

Surexcité, Piél s'écrie :

— J'en ai vu, des lumières qui dansent. Maman dit que ça s'appelle des aurores boréales.

So'sep réplique :

— Ta mère a raison, ce sont bien des aurores boréales que les Indiens appellent les lumières qui dansent ou encore la danse des esprits. On ne les voit que la nuit. Mais je continue mon histoire : les Iroquois pagayaient lentement quand le soleil sortit de sa cachette pour chasser l'ombre. Les guerriers se réjouirent, car ils croyaient pouvoir rattraper rapidement leurs ennemis. Mais devant eux se déroula un spectacle comme ils n'en avaient jamais vu. Une ceinture de vapeur entourait l'Île, la rendant ainsi quasi invisible. Un hurlement de déception jaillit de la poitrine des guerriers. Pour accoster sur l'Île, il fallait connaître le chenal. Un seul endroit, pas très large, donnait et donne toujours accès à l'Île. Les Iroquois, ne le connaissant pas, pagayèrent jusqu'à ce que les rochers pointus déchirent l'enveloppe fragile de leurs canots. Ils ne savaient pas nager et plusieurs se noyèrent dans le fleuve. Les rares embarcations encore à flot repartirent vers l'embouchure de la rivière, saluées par les cris de joie des Micmacs.

À l'instar des enfants, Ji'nmul claque des mains pour manifester sa joie.

So'sep continue son récit.

— Les Iroquois survivants empruntèrent donc la rivière pour retourner à leur territoire. Mais le Grand Esprit qui, comme chacun le sait, protège les valeureux Micmacs, décida que les Iroquois n'avaient pas encore été assez punis. Au milieu de la rivière, il fit tourbillonner l'eau, emportant ainsi les canots restants. Depuis ce temps et encore aujourd'hui, on trouve des os blanchis des Iroquois imprudents sous le petit pont. Et c'est pourquoi on a donné à ce cours d'eau, par moquerie, le nom de rivière Wulutsuk, qui veut dire "la rivière tranquille". C'est pourquoi aussi l'île qui a sauvé les Micmacs de la cruauté des Iroquois s'appelle L'Isle-aux-Brumes. Encore aujourd'hui, les Micmacs qui habitent l'île font un grand détour pour éviter de passer près des rochers où les leurs, emportés par les flammes, furent enterrés… car on dit que leurs esprits hantent cette partie de l'Île. Ainsi parlait mon père, et son père avant lui, et encore et toujours.

Chapitre 34

De Profundis

Dans le village, y a pas mal de monde qui savent que Napoléon a jamais été dans l'armée, qu'y était en prison. Mais c'est des affaires que tu parles pas de.

Oui, mais, si Poléon était encore en vie, pis si c'était vrai qu'y voulait s'en revenir à maison, pourquoi c'est faire que parsonne l'avait vu ? C'était ben beau penser qu'y s'était caché, mais fallait toujours ben qu'y mange. Pis, par icitte, si quèqu'un vole du manger, on le sait tu-suite. Ça me faisait de quoi à jongler, en toué cas. J'ai parlé à Fabienne.

— Pour Poléon, là, j'ai ben envie d'aller parler à Oona.

— Vous allez pas la déranger juste parce qu'y a un smatte qu'est venu vous dire que mon frère était en vie, quand même ?

— Ben oui. Y en a qui disent que ton amie est voyante. A serait médium, itou. Si Poléon est mort, a devrait pouvoir nous le faire savoir, pis peut-être ben y parler, itou.

Je suis rentré prendre une veste pis avartir Jennifer.

— Je pars pour la journée. Je devrais être revenu pour le souper.

Au boutte du Rangfrette, je m'ai arrêté sus Oona. Elle pis son mari avaient faite pas mal de changements. Apparence que lui, y avait viré ramancheur pis qu'y était pas mal plusse bon que le vieux Leblanc. Y était pas maladrette de ses mains pour d'autres choses, itou. Astheure, Oona avait un bureau, et pis y avait une salle avec des chaises où c'est que tu pouvais attendre. Ben, vous me crèrez si vous voulez, mais y avait pas mal de monde qu'attendait. Même que le marchand général était là. J'ai pas pu me retenir, j'y ai demandé :

— Alphée ? Que c'est que tu fais icitte, pour l'amour ? Tu viens-tu pour le ramancheur ?

— Oui, je m'ai viré un pied. Mais je veux voir la Sauvagesse, itou. Apparence qu'a sait ben des affaires que parsonne d'autre peut savoir.

On a beau dire, le monde avait gardé l'habitude d'appeler Oona la Sauvagesse pis je pense qu'y avait rien pour changer ça. On l'avait connue quand qu'était ménagère du curé Bigot, pis je crèrais ben qu'à part de nous autres, parsonne l'appelait Oona.

J'ai pas demandé à Alphée c'était quoi qu'y voulait savoir avec Oona. Je m'ai assis pis j'ai attendu mon tour. Quand que je suis rentré dans le bureau, j'ai demandé à Oona si a pouvait m'aider à trouver Poléon.

— Hum… d'après ce que vous me dites, ça fait tout de même longtemps qu'il a disparu. Je peux toujours essayer, mais je ne vous garantis rien. Vous auriez pas quelque chose qui aurait appartenu à votre fils ? Ça m'aiderait.

— Je sais pas trop. Faudrait que je regarde à maison. Tu peux rien me dire en attendant ?

— Je vas essayer. Attendez que je me concentre…

— C'est parce que…

— Chut ! Ne parlez pas, s'il vous plaît.

J'avais l'air d'un beau codinde à attendre là, deboutte, pendant que la Sauvagesse se concentrait. Et pis a s'a mis à parler.

— Hum… les ondes sont contradictoires ! Je vois un long chemin de terre, mais je perçois aussi de l'eau, beaucoup d'eau.

— Bon, j'avais raison, d'abord !

— S'il vous plaît, monsieur Rioux ! Si vous m'interrompez tout le temps, ça m'empêche de voir…

— Escusez !

— … Je vois un homme qui marche en chambranlant comme s'il était en boisson…

J'ai passé proche de dire que Poléon prenait jamais de boisson, mais je m'ai retenu à temps. En même temps, j'ai eu une autre idée. D'un coup ça serait Damien à place de Poléon ? Y était souvent en boisson, lui. Y a rien qui dit qu'y était pas revenu chez eux pis qu'y était trop saoul pour trouver son chemin ! Ah ! mais non, ça se pouvait pas ! Si qu'y serait reviendu, y serait pas avec les Micmacs astheure.

— J'en reviens toujours à mon idée… Il y a de l'eau, autour de lui. Beaucoup d'eau. C'est tout ce que je peux vous dire.

De l'eau… Oona disait qu'y avait de l'eau autour de Poléon. Serge avait parlé qu'y était supposé avoir un mort dans la rivière Tranquille. J'ai décidé d'y retourner, des fois que quèque chose m'arait échappé la première fois.

Je m'ai assis au bord de l'eau pis j'ai passé longtemps à regarder le tourbillon. Si que j'arais été charcher Oona, Poléon y arait-tu parlé ? Y se connaissaient pas ben gros dans la vraie vie, ces deux-là…

Je pourrais pas dire combien de temps je suis resté là à rien faire. Une couple d'heures, peut-être. Je regardais l'eau, mais je la voyais pas vraiment. Les images me tournaient dans tête. Je pensais à mes gars. C'est drôle à dire, mais mon plus vieux, Fabien, qui me donne juste de la satisfaction, c'était rendu qu'y passait après Poléon dans ma tête. Dans le temps, Madone m'accusait que Poléon, c'était mon préféré, tandis qu'elle, a penchait du bord de Fabien. Je pense que c'est cette fois-là que j'ai réalisé que tes enfants, c'est toujours tes enfants, malgré qu'y font ben ou qu'y font mal.

Je suis pas un bon père, je le sais. Je sais pas comment faire pour réparer, mais parsonne peut dire que je suis pas un bon grand-père.

Encore là, tu te fais des accrères. La voyante a parlé d'eau. Regarde autour de toi, P.A. C'est rien que ça qu'on voit, de l'eau. Continue à charcher. Envoye, P.A. Faut toujours ben qu'y seye quèque part, Poléon.

Quèque part, oui. Mais où ? C'est ça que j'ai faite, charcher encore. J'ai marché du long de la rivière jusqu'à la mer pis j'ai revenu par l'autre bord. Oui, j'ai charché. J'ai trouvé, itou ! Drette en dessour du petit pont qui séparait ma terre de celle de Damien j'ai vu des osses.

Pour aller en ville par le chemin, faut marcher deux milles. Mais quand tu suis la rivière avec les croches, ça doit ben faire au moins un mille de plus. Je suis arrivé sus Fabien tout essoufflé.

— J'ai trouvé Poléon !

— Comment ça, trouvé Napoléon ? Vous voulez dire qu'y est revenu à maison ?

J'ai conté mon affaire à Fabien, mais ça l'a pas impressionné ben gros.

— Des ossements, ça veut pas dire que c'est ceusses de mon frère. Et pis êtes-vous sûr que c'est des os humains ? Peut-être ben que c'est un chien ou ben donc un mouton qui s'a neyé. Le mieux, je pense, c'est de téléphoner à police provinciale. Eux autres, y vont y voir.

— Oui, mais, si c'est Poléon, moi, je voudrais l'enterrer avec ta mère, dans notre lot au cimetière.

— Je comprends, son père, mais, si jamais c'est pas Poléon, et pis qu'y ressout un beau matin, de quoi c'est que vous allez avoir l'air, hein ?

La police est venue, y ont ramassé les osses et y les ont apportés pour les envoyer à l'Institut médico-légal de Montréal. Apparence que c'est là qu'y peuvent te dire c'est les osses de qui. Ben, pas le nom de la parsonne, mais si c'était un homme ou ben une femme, pis quel âge que la parsonne avait.

Y a pas à dire, quand t'attends pour quèque chose de même, tu vires en rond dans maison. Je m'assisais, je me levais, je sortais, je rentrais. Je savais pus quoi faire de mon corps. Une fois, Jules m'a demandé :

— Veux-tu ben me dire ce que t'as à virailler de même ? La réponse de la police viendra pas plus vite. Faut attendre, P.A. On peut juste attendre.

J'ai ben vu que Fabienne levait la tête, mais a parlait pas. A m'avait pas dit un mot direct depuis la fois où c'est que j'y avais faite savoir que c'était moi, le maître de la maison. A toujours été rancunière, Fabienne, ça fait que je savais pas pantoute quand c'est qu'a se déciderait à me parler. En toué cas, moi, j'étais ben décidé à pas faire le premier pas.

Never mind! Y a toujours ben un boutte! Je suis son père, après toute. A me doit le respect.

Ç'a pris du temps avant qu'on aye la réponse de l'Institut médico-légal. Mais on a fini par savoir que c'était ben les osses d'un homme pis qu'y avait l'âge que Poléon arait eu quand qu'y est sorti de prison.

J'ai demandé de ravoir les osses pour les enterrer dans le cimetière à côté de Madone. Les polices ont pas voulu. Fallait qu'y savent avant si c'était une mort naturelle ou ben donc si y avait eu de la malice, comme quèqu'un qu'arait fait exprès pour que l'homme se neye.

— Pis quand vous allez le savoir, je vas-tu pouvoir enterrer mon gars ou ben donc si vous allez trouver une autre défaite?

Y avait pas ni si, ni ça, ç'avait ben l'air que je pourrais pas les avoir. Pourtant, moi, j'étais certain que c'était Poléon. Y avait quèque chose en dedans de moi qui me disait que je me trompais pas. J'arais jamais dû écouter Fabien pis appeler la police. Mais là, j'étais ben décidé à les achaler jusqu'à temps qu'y me redonnent mon gars.

Quand Jules a rentré dans l'atelier, le lendemain, y m'a vu en train de faire un cercueil. Même s'y restait juste des osses, j'étais pas pour les jeter de même dans le trou.

— C'est pour qui, la tombe?

— Pour mettre les osses à Poléon quand que la police va me les remettre. S'y faut, m'en vas aller jusqu'au premier ministre, mais y vont me les donner, je t'en passe un papier. Je vas demander au curé de dire la messe des morts en présence du cercueil. Même si y a fait des affaires croches dans sa vie, parsonne va m'empêcher d'enterrer mon gars en terre bénite.

J'ai pas eu le temps de finir la tombe, rapport que le téléphone a sonné.

— C'est pour vous, son père. C'est Fabien.

Y braillait comme un enfant.

— Kathleen est morte, son père.

Mon gars était veuf avec six enfants.

La tombe que j'avais faite pour Poléon, c'est Kathleen qu'on a mise dedans. Fabienne a sorti de sa ouate, alle a cousu une belle garniture en satin pour sa belle-sœur. On l'a exposée ici-dedans, rapport que, même si y avait une partie de la maison qu'était privée, Fabien pouvait pas la mettre dans gare, à cause des passagers pour le train. Pauvre Fabien, y était pas parlabe. Y passait son temps à brailler que c'en faisait pitié.

Le matin des funérailles, l'église était pleine. Jennifer a refusé de venir à église.

— Tu fais partie de la famille, maintenant que nous sommes mariés, Jennifer.

— Tu sais bien que les églises et moi… Et puis, ta bru, je la connaissais à peine.

— Je suppose qu'il est inutile d'essayer de te faire changer d'avis ?

— Inutile. Je reste ici.

Une vraie tête de mule.

Le curé avait demandé à Fabien de parler en avant, mais mon gars était pas capable. C'était la mode, astheure, pendant les funérailles, de parler du défunt. C'est les bessons,

Daniel pis Michel, qui se sont levés. Y avaient préparé un hommage pour leur mère.

« Kathleen Rioux était une mère comme je souhaite à chacun de vous. Une femme de devoir, mais aussi une femme d'amour pour son mari, pour ses enfants, pour la vie. Pourtant, Dieu l'a rappelée à lui prématurément. On dit que ce sont les meilleurs qui partent en premier. Nous, ses enfants, sommes convaincus que l'âme de notre mère s'est envolée directement vers le bleu du ciel. »

Je pensais pas que mes petits-fils étaient capables de ben parler de même. Si on arait pas été dans l'église, le monde arait applaudi.

Par après, y a eu un lunch à gare. A fallu que Johanne s'occupe d'order à Rimouski, à cause qu'on pouvait rien tirer de Fabien. Une vraie moppe. Y restait là, les yeux dans le vide. Y parlait pas, y restait assis. Là itou, y avait du monde sans bon sens, rapport que Fabien était échevin en plusse d'être chef de gare. Je suis allé le trouver dans sa chambre. Y était couché sus le litte, y tenait un oreiller dans ses bras pis y braillait comme un veau.

— Ramasse-toi la face, mon gars. Y a du monde en masse qui veulent te souhaiter leurs sympathies.

— Je peux pas, son père, je peux juste pas.

Moi, en toué cas, je pouvais pas le laisser de même. Fallait que je le brasse.

— Ça se pourrait-tu que tu seyes lâche, coudon, Fabien Rioux ? Envoye, lève-toi, passe-toi un linge dans face pis arrive de l'autre bord.

— Son père, vous pouvez pas savoir que c'est que ça fait de parde ta femme.

— Ah ? tu penses ça, toi, mon gars ? Moi avec, j'ai eu du mal quand ta mère est morte, tu sauras.

— C'est pas pareil. Vous pis môman, vous étiez pas aussi proches que nous autres. Kathleen pis moi, on pensait la même affaire, on élevait nos enfants ensemble, pis on était fiers. C'est un morceau de moi qu'est parti. Ça me fait un trou dans le corps pis y a parsonne qui peut le remplir, ce trou-là…

Je l'ai traîné quasiment de force. Pis quand qu'on a été dans la grande salle, pis que Fabien a vu toute le monde qu'était là, c'est ben juste si y a pas reviré de bord. Mais je l'ai pogné par un bras, pis je l'ai obligé à rester.

Quand toute la visite a partie, on a tenu un conseil de famille. Fallait savoir de quoi c'est qu'y allait arriver aux enfants, pis de quoi c'est que Fabien voulait faire avec le bébé.

— T'as pris une décision, Fabien ? Pourquoi tu demandes pas à Isabelle de rester à maison pour prendre soin de ses sœurs ?

— C'est pus la mode astheure, son père, de faire rester la plus vieille fille à maison pour prendre soin de la famille. Isabelle veut étudier, pareil comme ses frères. Ça serait pas juste d'y faire lâcher l'école juste parce qu'est une fille.

Y avait quèque chose qui chicotait Fabienne.

— T'as toujours ben pas pensé à moi pour s'occuper de ta famille, Sainte-binne ? J'en ai ben assez à faire comme c'est là. Surtout que Johanne va se marier betôt.

— Non, Fabienne, c'est pas à toi que je pensais, c'est à Fleur-Ange Lepage. Je sais ben qu'a travaille au presbytère astheure que notre cousine est partie, mais peut-être que le curé pourrait trouver une autre ménagère ? Fleur-Ange pourrait venir rester à gare pis faire l'ordinaire.

On voyait ben que Fabien se raccrochait à n'importe quoi. Pourquoi c'est faire que Fleur-Ange arait lâché une job pas de trouble pis qui paye pas pire pour prendre une job qui paye quasiment pas, avec un bébé en plusse. Jules pensait à une autre affaire.

— Fleur-Ange peut pas rester chez vous avec toi, ça serait pas de convenance pis ça ferait jaser.

— Ah! mononcle, s'y faut se fier aux commérages, on est pas sortis du bois. Faut pourtant ben que je fasse quèque chose. Si c'était pas de manquer à Kathleen, je l'arais ben mariée, Fleur-Ange, si ça prend ça pour faire farmer le monde. De que c'est que je peux faire? Johanne va se marier, Fabienne veut pas avoir plus d'ouvrage, pis je la comprends. Je suis toujours ben pas capable de prendre soin d'un bébé tu-seul: faut que je travaille, si je veux nourrir ma famille.

Madame O'Neil écoutait toute ce qu'on disait. Alle a pris la parole, elle itou. Après toute, alle avait ben le droit, c'était la grand-mère des enfants à Fabien.

— *Well!* Je suis trop vieille pour prendre soin de *baby* Nathalie *and the little girls*, mais je peux prendre Isabelle, Daniel *and* Michel avec nous autres pour rester. *After all*, je suis Isabelle's *godmother*.

Pauvres enfants qu'allaient être éparpillés partout… Coudon, y a-tu une sorte de malédiction sus les Rioux pour que les enfants seyent tout partout au lieu de dans famille? Y ara-tu un Rioux qu'avait mal faite dans le passé, pis que nous autres toutes, on payait pour?

C'est là que Fabienne a eu une idée.

— Pourquoi c'est faire qu'on demanderait pas à Oona? Était ben amie avec Kathleen, alle a pas encore de flo. A pourrait prendre la petite pour un boutte, le temps que Fabien trouve une vraie gardienne… Mon idée qu'a serait d'adon. Tu veux-tu que j'y téléphone, Fabien?

C'est ça qu'a été décidé, finalement. Oona a pris le bébé, Josée pis Eileen sont venues rester à maison paternelle, même si Fabienne disait qu'avait trop d'ouvrage. Par chance, Johanne donnait un coup de main de temps en temps.

La police avait la tête plus dure que moi. J'ai pas eu les osses. Rapport que je pouvais pas les enterrer, j'ai demandé à la fabrique si je pourrais avoir un tit morceau de terrain au cimetière, pour mettre une plaque avec le nom de mon gars.

— Comme ça, au moins, ça va nous faire une place pour prier pour lui.

Le curé a accepté de dire une messe.

— Ce ne sera pas une messe de funérailles, puisqu'on n'a pas de corps ni de preuve, mais ce sera une messe à l'intention de votre fils.

A ben fallu s'en contenter, coudon. Mais à toutes les fois que j'y pensais, ça me faisait mal au cœur de savoir que le squelette de Poléon traînait dans un tiroir à morgue.

Chapitre 35

Portrait de famille

Deux dimanches après l'enterrement de Kathleen, Fabien a téléphoné qu'y voulait venir voir ses filles.

— J'ai des affaires à vous dire, itou. Pis une affaire à vous demander.

Y est arrivé après la grand-messe. Y a commencé par embrasser les deux petites comme si y les avait pas vues depuis un mois.

— Pôpa s'ennuie ben gros de vous, les filles. La maison était quasiment trop petite quand que vous étiez là, mais, astheure, est rendue ben grande. Pis ben vide.

Josée avait de quoi à dire, elle itou.

— C'est-tu vrai, son père, que vous allez vous remarier, pis qu'on va avoir une autre mère ?

Parsonne parlait, on se demandait toutes de que c'est que Fabien était pour répondre à sa fille.

— Ben non, Josée, j'ai pas dans l'idée de me remarier. Quand on a eu une femme comme ta mère, on la remplace pas.

Eille ! C'était-tu un message pour moi, ça ? Parce que j'avais marié Jennifer ?

Jennifer a rien dit. A dit jamais rien. Pourtant, je suis certain qu'alle avait compris. Des fois, je me demande si est en vie, ou ben donc pas, celle-là. Astheure qu'alle a eu de que c'est qu'a voulait avec le mariage, c'est comme si qu'était pas là pantoute. A parle pas, a travaille jusse quand est obligée, pis pour le litte, là, ben c'est zéro, zéro, zéro ! Quand j'y dis que, dans religion catholique, est obligée de se donner à son mari, a fait juste rire. Là, a reste assis pareil comme si qu'alle était une roche.

En toué cas, des fois, je me dis qu'alle a pas de cœur.

Par chance, Andrew est pas mal plus plaisant. Y s'adonne ben avec les filles à Fabienne, surtout avec Thérèse, pis avec Serge itou.

Fabienne a touché l'épaule de son frère.

— Tu peux venir quand tu veux, voir les filles. Je pense que je parle pour le père itou, quand je dis que tu seras toujours le bienvenu dans maison paternelle. Là, sans te commander, commence par t'assire, m'en vas te donner à manger, t'es maigre comme un clou.

— Merci, Fabienne. T'es ben *blood*.

Y s'est assis, y a quasiment pas touché au jambon.

— Scuse-moi, c'est pas que c'est pas bon, c'est juste que j'ai pas faim pantoute.

— Va falloir que tu te forces pour manger, mon frère. T'as charge de famille, tu peux pas te laisser dépérir.

— C'est justement ça que Desneiges m'a dit, à matin.

— DESNEIGES ? !

— Ben oui, imaginez-vous qu'à matin, pendant que je me faisais la barbe, le téléphone a sonné, pis c'était Desneiges qu'était à l'autre boutte de la ligne. J'ai rasé de tomber assis.

Était au courant, pour Kathleen, pis c'est ça que je voulais vous demander, son père, ou ben toi, Fabienne : y avez-vous écrit ?

On a répond quasiment ensemble, Fabienne pis moi.

— Ben non.

Fabienne a dit que ça s'était fait tellement vite pour Kathleen, alle avait même pas pensé à avartir sa sœur. Moi, c'était pareil.

— Comment c'est que ta sœur a pu être au courant quand parsonne y a dit ? À moins que les sœurs…

— Le couvent est à Rimouski, son père. Je pense pas que les sœurs s'occupent de ce qui se passe icitte, à Roches-Noires.

— Ah ! ben celle-là, est bonne ! De que c'est que tu y as dit, à Desneiges ?

— Rien, son père. Quasiment rien. Son téléphone m'a pris par surprise. C'est elle, surtout, qu'a parlé. Pas longtemps, parzempe. La ligne était ben mauvaise. Alle a dit de toutes vous saluer, pis de vous dire qu'était pour prier pour Kathleen pis pour nous autres toutes, pis qu'a nous aime ben gros. Après, alle a raccroché.

— Je comprends pas. Pourquoi c'est faire qu'alle a pas téléphoné icitte, à maison paternelle, au lieu de chez vous ?

— Je vous l'ai dit, son père. A voulait me faire ses condoléances.

Ça faisait un boutte astheure, qu'on avait pas besoin d'aller charcher notre malle au village, parce qu'y passaient dans les rangs. T'avais pus rien que juste à marcher jusqu'à ta boîte à malle.

Le lundi, j'ai vu venir le pick-up qui passait la malle, mais j'en ai pas fait de cas. Juste comme j'étais pour partir pour aller au village, v'là-tu pas que le *truck* s'est arrêté pis que le facteur a mis une lettre dans boîte.

— Thérèse, t'irais-tu charcher la malle, ma belle fille ?

Alle a beau être sourde, a comprend pareil que c'est qu'on y demande avec des signes pis en lisant sur les lèvres. Est sortie pis est revenue avec la lettre.

Ça venait du couvent des sœurs, mais c'était pas l'écriture de Desneiges. Les mains me tremblaient en rouvrant la lettre. J'étais certain que c'était une mauvaise nouvelle. Ben, je me trompais pas. C'était pour nous avartir que Desneiges, ma plus vieille, était défuntée.

> *Monsieur Paul-André Rioux,*
>
> *Nous avons la douleur de vous faire part du décès de votre fille, mère Saint-Pascal, emportée le 8 juin dernier, par le paludisme. Le Seigneur l'a rappelée dans son paradis où nous ne doutons pas qu'elle soit heureuse de rencontrer enfin son Créateur. Mère Saint-Pascal s'est éteinte après la prière du matin, au couvent de* Nuestra Señora del Rosario. *Elle a été inhumée dans le petit cimetière attenant à notre mission de* Punto Obispo. *Elle repose maintenant dans les bras de Notre-Seigneur Jésus-Christ.*
>
> *Nous vous offrons nos sincères condoléances.*
>
> *Votre sœur en Jésus-Christ,*
> *Mère Saint-Ulric, supérieure*
> *Maison mère des Sœurs du Saint-Rosaire*

Y a des affaires qu'on comprend pas dans vie. Dans la mort, itou. Était morte le 8 juin. Pis Fabien disait qu'alle avait téléphoné deux jours avant.

Quand j'ai lu la lettre à toute le monde, Fabienne s'a mis à brailler. Elle pis Desneiges avaient toujours été ben proches. Pis quand les filles ont vu leur mère en larmes, ben naturellement, alles ont suivi. Josée pis Eileen comprenaient pas trop ce qui se passait, mais a voyaient ben qu'on avait de la peine. D'un coup, Fabienne a sauté. A venait de voir la date dans la lettre, elle itou.

— Son père, vous rendez-vous compte que ma sœur a téléphoné à Fabien juste quèques jours avant de mourir ? A devait pourtant être ben malade. C'est à se demander où c'est qu'alle a pris la force. Donnez-moi la lettre, son père. M'en vas aller voir mon frère à gare, m'en vas y montrer la lettre.

C'est là que Serge a parlé.

— Peut-être que matante Desneiges voulait vous faire savoir qu'elle aussi était pour mourir, mais qu'alle a changé d'idée ? Ou bien, peut-être qu'elle était déjà morte quand alle a téléphoné ?

Fabienne l'a regardé, enragée noir.

— De quoi tu te mêles, toi ? Ta tante, tu l'as même pas connue. Voir si Desneiges était capable de téléphoner quand qu'était à l'agonie ! Les fantômes qui téléphonent, moi, je cré pas à ça. Continue comme t'es parti là, à colporter des affaires qu'ont pas d'allure, pis je te mets grand pensionnaire à Rimouski l'année prochaine.

C'était pas la première fois que Fabienne menaçait d'envoyer Serge à Rimouski. Lui, à toutes les fois qu'alle en parlait, y faisait la grimace, pis y disait pus rien.

Fabienne a sorti, alle a parti le char pis a s'a rendue au village la pédale au plancher. En seulement, est revenue pas plus avancée que quand qu'alle avait partie. Fabien tenait son boutte. Y avait pas menti, Desneiges y avait vraiment téléphoné.

Ça commençait à faire pas mal de monde de défunté, ça. Y avait eu Madone, la petite fille à Fabienne qu'était partie avant d'arriver, Damien que c'était pareil comme que, vu qu'y se rappelle pas de nous autres, Kathleen, Poléon que parsonne savait rien de, pis peut-être Florence, qu'écrivait jamais.

Fabienne a pas braillé longtemps. Est forte, ma fille. Dure, même.

— Son père, je pense que votre brassard de deuil est encore correct. Moi, ben, naturellement, je vas mettre ma robe noire que je viens de coudre pour Kathleen. Mais va falloir que j'aille chercher du matériel pour moi pis les filles. Johanne itou, ça y prend une robe.

Johanne était pas d'adon pantoute.

— Fabienne Lebel ! Si tu penses que m'en vas porter une robe noire en plein été, pour une sœur que j'ai même pas connue, tu te mets un doigt dans l'œil jusqu'au coude. C'est une robe blanche que je vas mettre. Drette à l'automne à part de ça. Comme j'ai dit que je ferais.

— Tu peux quand même pas te marier pendant qu'on est en deuil de notre sœur ?

Mais Johanne itou, c'est ma fille. Pis elle itou, alle a une tête dure.

— Pourquoi que j'attendrais ? Desneiges me connaissait même pas. Quand je suis née, était déjà sus les sœurs. Pis de où c'est qu'est rendue, alle en fera pas de cas que je me marisse astheure ou ben après le deuil. Ça fait que oublie la robe noire.

Moi avec, je trouvais que Fabienne en faisait trop.

— Tu vas pas obliger les filles à mettre du linge noir. Sont ben trop petites. Si alles ont pas porté de noir pour Kathleen, pourquoi c'est faire qu'alles en porteraient pour

Desneiges qu'a connaissent pas ? Et pis c'est pus la mode, ça, le grand deuil.

V'là ma Fabienne qu'a partie à rire.

— De que c'est que vous connaissez là-dedans, la mode, vous, son père ? Votre Jennifer, elle, alle a rien que ça, des robes noires. Desneiges, c'est une Rioux. Kathleen, c'était une rapportée, c'est pas pareil.

Eileen était pas d'adon.

— Vous saurez, matante Fabienne, que, notre mère, c'était pas une rapportée. C'était *notre* mère, pis a faisait partie de la famille Rioux, pareil comme nous autres.

C'était quasiment comique de voir une aussi petite bonne femme tenir tête à Fabienne. Alle avait les deux poings sus les hanches pis ça paraissait qu'était en beau joual vert. Malgré qu'on était dans le deuil, a fallu que, moi pis Fabienne, on se force pour pas rire.

— T'as raison, Eileen. Ta mère était une Rioux. Je m'excuse d'avoir dit ça. Je te promets de pas recommencer. Astheure, ma belle fille, va jouer avec tes catins.

Quand que les filles ont été couchées, ce soir-là, Fabienne a sorti ses portraits. La darnière fois que Desneiges était venue à maison avant de s'en aller dans les pays chauds, Fabienne avait voulu à tout reste prendre un portrait de famille. Juste à regarder, on avait la larme à l'œil, nous autres.

— Son père, j'ai ben envie de faire agrandir ce portrait-là, on pourrait le mettre dans un cadre pis le mettre dans le salon. De que c'est que vous en pensez ?

Je sais pas pourquoi qu'on avait pas pensé à ça avant, mais j'étais d'adon. Des portraits, ça fait des beaux souvenirs. On arait ben dû en prendre plus souvent quand que toutes nos enfants étaient à maison, itou. Mais Madone était pas forte là-dessus, alle avait même pas de kodak.

Pour Desneiges, on a demandé au curé de dire une messe en souvenir. Une messe commémorative qu'y appellent ça. Une sorte de funérailles pas de corps. Fabien, Serge pis moi, on portait notre brassard. Fabienne avait fini par entendre raison, pis les filles étaient pas habillées en deuil. Y avait juste pour elle que Fabienne avait tenu absolument à porter du noir. Tête de pioche, va !

Après la cérémonie, on pouvait même pas aller voir Desneiges au cimetière en même temps que Madone pis Kathleen. Me semble que les sœurs araient ben pu nous demander ce qu'on voulait, au lieu de faire enterrer Desneiges au boutte du monde. Fabien, lui, y acceptait pas ça.

— Son père, je pense que, Desneiges, c'est icitte qu'a devrait être enterrée, dans le lot familial, à côté de môman pis de Kathleen. J'ai ben envie de demander pour rapatrier le corps.

— J'y ai pensé, mais c'est de savoir comment faire. C'est-tu ben compliqué ?

— Ça doit pas. Pendant la guerre, les soldats qui mouraient de l'autre bord étaient enterrés là parce qu'y en avait trop, mais, nous autres, on a juste notre sœur. M'en vas voir de que c'est que je peux faire pis m'en vas vous tenir au courant.

— Les sœurs seront pas contentes.

— Je m'en sacre ! C'est nous autres, la famille à Desneiges. On a ben le droit de vouloir prier sus sa tombe.

C'est vrai que Fabien avait toute le temps été proche de sa sœur, rapport qu'y se suivaient, ces deusses-là. Toujours ben qu'y a eu beau se démener, y a pas eu moyen de moyenner.

— Apparence qu'au Pérou, y disent que déterrer un corps, c'est manquer de respect à la personne qu'est défunte.

— Ben coudon, va ben falloir se contenter de ça. Quand je pense qu'on peut même pas avartir Florence… C'est triste, une famille toute éparpillée de même. Fabien, mon gars, quand tes enfants seront grands, montre-leur qu'une famille, ça se tient ensemble.

Ah! vous savez, son père, c'est pas facile avec les jeunes d'aujourd'hui. Y veulent toutes s'en aller en ville. Pis quand y sont loin… y reviennent pas souvent ou ben donc pas pantoute.

— Espérons que les tiens feront pas pareil. À propos, j'ai demandé à garde Thériault c'était quoi, le paludisme. A m'a répond que c'était une maladie qu'on attrape dans les pays chauds. C'est à se demander pourquoi c'est faire que la supérieure du couvent a envoyé Desneiges dans un autre pays de même, pis au boutte du monde en plusse, quand que c'était facile à voir qu'était déjà malade.

— Ah! ça, son père, ça fait longtemps que j'ai arrêté de me poser des questions sus les sœurs pis les curés. Y en a qui sont fins, d'autres qui sont bêtes. C'est du monde ordinaire, comme nous autres.

Encore un autre qu'avait l'air de s'éloigner de la religion!

Toujours ben qu'on a mis une plaque avec le nom de Desneiges avec la date qu'était née, pis celle qu'était morte.

Comment ça se fait donc que, nous autres, les Rioux, on est pas capables d'enterrer nos morts comme du monde? Desneiges, peut-être ben Poléon pis Florence, des fois, on dirait quasiment qu'y a une malédiction sus notre famille.

On a continué à aller voir Madone pis Kathleen au cimetière, pis à prier pour Desneiges pis Poléon. Je sais pas si c'était vrai que Fabienne parlait avec sa mère, mais en toué cas, était souvent au cimetière, pis a restait longtemps devant la tombe de Madone. A disait que sa mère y parlait.

Ça fait que j'ai ben pensé à mon affaire pis j'ai décidé de parler à Madone, moi avec.

« Ça te dérange pas trop, Madone, si que j'ai marié Jennifer ? Je peux pas te faire de tort, t'es pus là. Je t'ai aimée gros comme le monde, Madone, mais ça commençait à faire longtemps que t'étais partie. Tu dois ben te rappeler que, moi, quand que je suis parti, t'avait arrêté de penser à moi. Ou ben si tu y pensais, c'était pour m'haïr. Y paraît que les absents ont toujours tort. Ça t'a pris du temps avant qu'on revienne comme mari et femme. Ben là, moi, c'est pareil. T'es pus icitte. Quand l'ennuyance me prend, même si je te parle dans ma tête, c'est pas ça qui me réchauffe. Toi, on sait ben, au ciel, tu dois pas t'ennuyer rapport que t'es avec Desneiges pis Poléon. Tu m'en voudras pas, hein, Madone ? Pis tant qu'à y être, vu qu'y paraît que tu parles souvent à Fabienne, dis-y donc qu'alle arrête d'asticoter Jennifer. Moi avec, j'ai le droit d'avoir une créature ben à moi. »

J'ai pas parlé que Jennifer voulait rien savoir pour le litte, rapport que c'était pas de ses affaires, à Madone, quand ben même qu'était rendue de l'autre bord.

Chapitre 36

Saqawi'gann – Une étoile est née

La mort d'Hannah, la chamane, avait fait réfléchir Oona. Elle constatait que ses visions étaient de plus en plus fréquentes, sans compter qu'elles s'avéraient la plupart du temps. De toute petite fille, elle avait toujours eu le don de lire dans l'âme des gens, non pas les pensées – elle n'avait rien d'une télépathe –, mais plutôt dans l'essence même de la personne.

Voilà qu'elle pressentait les événements à venir. Peut-être devrait-elle mettre ce don à profit pour aider les autres, mieux encore que par son métier d'infirmière ? C'était cette pensée qui l'avait menée, plusieurs mois auparavant, à se confier à son mari.

— C'est drôle, je me disais justement la même chose.

— Quoi ? Tu te disais que je pouvais savoir ce qui arriverait ?

— Non, bien sûr. Mais je me disais que je serais peut-être plus utile en faisant le ramancheur qu'en soignant les gens avec la médecine des Blancs. Il n'y a pas de ramancheur ni à Roches-Noires, ni à Rimouski.

— Pour faire ça, il faudrait que tu arrêtes de travailler à l'hôpital. Es-tu certain de ne pas le regretter ?

Après quelques semaines de réflexion, Albin décida de quitter son poste d'infirmier. Le directeur exprima ses regrets.

— Vous nous manquerez. Vous étiez un excellent infirmier et nous aurons du mal à vous remplacer. Enfin, puisque c'est décidé…

Albin quitta l'hôpital, le cœur léger. Lui et Oona ouvriraient une sorte de dispensaire non conventionnel où l'un soignerait les corps tandis que l'autre s'occuperait des âmes. Oona avait toutefois une crainte.

— On pourrait avoir des problèmes avec la police si on se fait prendre à soigner.

— Ne crains rien. On est tous les deux des gardes-malades. Nous aurons des problèmes seulement si nous demandons de l'argent. Les gens donneront ce qu'ils voudront. Si la contribution est volontaire, personne ne peut rien nous reprocher.

Ce jour-là, le sol du campement est détrempé par la neige fondante. La boue colle aux bottes des enfants et des hommes tandis que les femmes, exaspérées, nettoient sans relâche les planchers.

Encore une fois, Ji'nmul a disparu. Sanet l'a vu marcher vers l'orée de la forêt, trébuchant presque à chaque pas. À plusieurs reprises, dans le passé, elle avait tenté de savoir où il se rendait. Mais l'homme refusait toujours de répondre. Elle savait qu'il serait absent quelques jours et reviendrait ensuite – mais dans combien de temps ? – son vin cuvé jusqu'à une prochaine fois.

Sanet approche de son terme. Déjà, depuis le matin, l'enfant à venir donne des signes qu'elle ne peut pas ignorer.

Lasel, sa jeune sœur, est partie avec des amis, passer la journée et la soirée à Rimouski.

Ses deux premiers accouchements ont été particulièrement difficiles, aussi, en l'absence de son homme, décide-t-elle de prévenir elle-même la sage-femme. Certes, le moment venu, elle aurait pu demander ce service à son père, mais, pour ne pas changer, lui aussi est ivre.

... Maudite boisson ! Si je m'écoutais, je mettrais la hache dans les tonneaux de bagosse. Bel exemple pour les enfants !

Quand l'enfant sera né, elle ira trouver le chef afin de discuter avec lui de la possibilité d'interdire la fabrication d'alcool dans la communauté. Mais, pour l'instant, elle a plus important à faire. Elle enfile ses bottes, s'arrête un instant, le souffle coupé par une contraction, avant de franchir la porte de la maison pour se rendre chez Bella. Cette dernière l'interroge :

— C'est pressant ?

— Pas avant la fin de la journée, estime Sanet avant de reprendre le chemin de la maison.

Malgré les petites douleurs qui la tenaillent, Sanet commence à préparer de la soupe dans un immense chaudron. Ses hommes et ses deux fils ne manqueront de rien pendant les quelques jours où elle sera alitée.

La soupe préparée, elle se rend dans la réserve. Il y a suffisamment de viande fumée pour nourrir son monde et elle pourra donner vie l'esprit tranquille.

Elle ne remarque pas que son père se lève, chausse ses bottes et sort de la maison en compagnie de Taniél. Ce n'est que lorsqu'il claque la porte qu'elle a conscience de son départ.

— Papa ! Où tu vas ? crie-t-elle, sans que Gabe se retourne.

Une violente crampe lui coupe presque le souffle et elle doit s'étendre. Entre deux contractions, elle a le temps de se demander :

— Mais où est Bella, pour l'amour ?

Bientôt, la tâche de mettre au monde un enfant la requiert tout entière et elle s'abandonne. Lorsque Bella ouvre la porte, elle constate que Sanet est quasi inconsciente, le visage déformé par la douleur.

Toutes les heures de la journée, le vent souffle et tourbillonne sans relâche dans le corps de Sanet. La nuit vient, avec son cortège d'ombres. Au chevet de Sanet, Bella est de plus en plus inquiète. L'enfant se présente mal. Il lui faut de l'aide. Téléphoner à Oona, peut-être ? Certes, il se peut que la jeune femme ne soit pas chez elle, mais c'est à tenter.

— Piél ? Va charcher Matlen. Vite !

Le plus jeune fils de Sanet ne répond pas. Étonnée, Bella ouvre la porte de la chambre et jette un coup d'œil circulaire dans le séjour.

La pièce est vide d'occupant.

— Ça, c'est la meilleure !

Bella sait que ce bon à rien de Ji'nmul est encore une fois parti pour un lieu et temps inconnus, mais où sont Gabe, Taniél et Piél ?

Il faut s'arranger autrement.

— Sanet ? Je sors téléphoner. Je reviens tout de suite.

Sanet ne répond pas, tout à la douleur qui tenaille son bas-ventre.

Bella sort et frappe à la porte de la maison voisine qui se trouve être celle de Matiw et A'ni'es Prosper.

— Vite, il faut téléphoner à Oona. Ça presse.

Et elle ressort aussitôt, sachant que ce sera fait.

De retour dans la chambre de Sanet, la sage-femme constate que le travail semble s'être arrêté.

— J'aime pas ça. J'aime donc pas ça, marmonne-t-elle en passant un linge humide sur le visage en sueur de Sanet.

L'enfant, une petite fille, vient au monde quelques heures plus tard, alors que Bella est encore seule avec Sanet.

— Un cœur bleu !

Puis, elle jette un regard inquiet vers la mère, craignant que cette dernière ne l'ait entendue.

Un cœur bleu, un enfant né avec une malformation cardiaque, quelle épreuve pour Sanet dont c'est la première fille…

« Mieux vaudrait qu'elle ne vive pas », songe Bella, qui s'en veut immédiatement de sa pensée. Toute nouvelle créature est un don du Grand Esprit.

Comme Bella va déposer l'enfant dans le ber, Oona fait son entrée. Elle s'approche, prend la petite fille dans ses bras et ferme les yeux, essayant ainsi de percevoir les chances de survie de la nouveau-née.

À ce moment, Sanet ouvre les yeux, hume l'odeur de la sauge qui brûle et dit, faiblement :

— Ma petite fille… Je vais l'appeler *Gloqowejl*[1].

Gabe est sorti, bien décidé à voir où se rend Ji'nmul, qui a tendance à disparaître chaque fois qu'il est ivre. Taniél sur ses talons, il suit Ji'nmul dans la forêt. Mais bien vite, l'homme disparaît dans l'ombre et Gabe n'arrive pas à le retrouver. Lorsqu'il se retourne, il constate non seulement que Taniél l'a suivi, mais que Piél est là également. La présence de ses petits-fils n'arrange pas du tout Gabe, qui commence à se sentir somnolent. Il s'assied sous un arbre

1. Étoile.

et ferme les yeux. « Une minute, juste une minute, puis je m'en vais reconduire les enfants », a-t-il le temps de songer avant de sombrer dans un sommeil éthylique.

Alors Taniél et Piél s'assoient à leur tour pour veiller sur le sommeil de leur grand-père, tandis que, dans le ciel, la naissance de leur sœur fait luire une nouvelle étoile.

Chapitre 37

Parle, parle, jase, jase

Le dimanche après la grand-messe, on était toujours une bonne gang à se ramasser au magasin sus Alphée pour jaser. Ce dimanche-là, en plus de parler de Desneiges, j'ai pas pu m'empêcher de parler de Poléon.

— J'ai eu de la visite y a pas longtemps. Un ami de Poléon qu'a déjà été dans l'armée avec lui.

J'avais pas sitôt dit ça que je le regrettais. Juste à voir la face à Henri Proteau, c'était clair qu'y était pour en profiter pour varger sus moi.

— Dans l'armée, hein ? C'est drôle, ça, parce qu'on l'a pas vu souvent en uniforme, ton Poléon. En fait, on l'a *jamais* vu en uniforme. Tu veux-tu nous faire accrère que l'armée donne pas de parmission aux soldats pour qu'y viennent visiter leu famille ? À moins que l'uniforme qu'y portait aye pas été pour l'armée ? On sait jamais, des uniformes, y en a ben des sortes. Même en prison, y paraît…

Alphée a fait ni une ni deux.

— Proteau, quand c'est que tu vas apprendre à farmer ta grande gueule ? On parle pas en mal des morts.

Proteau voulait pas lâcher prise.

— Justement, si la Sauvagesse parle aux morts, peut-être ben qu'a pourrait demander à Poléon dans quelle armée qu'y était ? Rapport que P.A., lui, y a pas l'air de le savoir.

Parlant de ça, je sais pas de que c'est que tu fais à ton monde, mais ç'a ben l'air que, tes enfants, y ont juste une idée, c'est de sacrer leur camp de la maison. Ta Florence serait-tu rentrée dans l'armée, elle itou, par hasard ?

Une fois, Fabienne avait dit qu'a pensait que Henri Proteau avait quèque chose de contre la famille Rioux. Moi, je trouvais qu'y était aussi malfaisant que Zotique Bernier, dans le temps. Zotique, y était de même, lui avec. Toujours à vouloir engendrer la chicane. Pis le plus pire, c'est que ça marchait. C'est ben simple, pas m'être retenu, j'y arais mis mon poing dans face à Henri Proteau. Je sais pas pourquoi, mais, cet homme-là, il a le don de te picosser drette où c'est que ça fait mal. Là, y était parti pour la gloire, y avait pas fini de faire le jars.

— … Faut dire que y a pas juste les enfants de P.A. qui sont partis du village pis qu'on sait pas de où c'est qu'y sont rendus. Toi, Rosaire, ton neveu Philippe, le garçon à ta sœur Gemma, y s'est pas gêné pour lever le fly de Roches-Noires, dans le temps, ç'a l'air.

Rosaire s'est quasiment jeté sus lui.

— Espèce de langue sale, m'en vas te faire ravaler tes paroles…

Les autres hommes parlaient toutes en même temps. Chacun avait de quoi à dire, mais parsonne était du dire de Proteau.

— Laisse-le faire, Rosaire.

— Non, mais ça prend-tu un sans-génie pour dire des affaires de même. Philippe Bernier, c'est rendu un artisse, astheure. La darnière fois que je suis été à Rimouski, j'ai vu une annonce. Y va venir donner un concert betôt. Moi, en toué cas, je veux pas manquer ça.

— Le jeune Bernier, on le voit à TV, on l'entend au radio. T'es-tu sourd pis aveugle, Henri Proteau ?

— Non, y est pas sourd pis aveugle, mais c'est clair qu'y lui manque une couple de tarauds. Ça vaut même pas la peine de s'en occuper. Un sarpent, on écrase ça avec le pied.

Le plus pire, c'est que Rosaire, y est comme moi : y est pas vite pour répondre. Y en a qui peuvent virer une affaire de bord, boutte pour boutte. Mais, nous autres, on n'a pas ce talent-là. Ça fait qu'au lieu d'y répondre que c'était lui, Rosaire Lévesque, qu'avait appris quasiment toutes ses tounes à son neveu, Rosaire a resté figé.

Je m'ai viré du bord de Roméo pour y demander :

— Toi, Roméo, de que c'est que t'en penses d'Oona ?

Y a compris tu-suite que je voulais détourner la conversation, Roméo. Pis y a embarqué dans mon jeu.

— La Sauvagesse ? Je pourrais pas dire si est bonne, rapport que j'ai jamais eu besoin d'aller la voir, mais les ceusses du village qui sont allés sont toutes d'adon pour dire qu'elle pis son mari, y connaissent leur affaire.

Rosaire Lévesque, lui, y pensait pas de même.

— Capable ou pas, moi, j'irai pas. J'ai eu ma leçon avec Joseph-Étienne Leblanc. Y a pus un ramancheur qui va me toucher astheure. J'aime mieux rester avec mon mal.

Parsonne avait de quoi à dire là-dessus. Rapport que ça faisait ben ben longtemps que Rosaire boitait. Y avait toujours eu dans l'idée que Leblanc l'avait rempironné au lieu de le renmieuter. Mais, moi, je pensais pas de même.

— C'est pas pareil pantoute, Rosaire. Leblanc, y tolérait pas que tu le regardes de travers. Prends ma petite-fille Madou, par exemple. Je suis certain que si Fabienne était d'adon, Albin pourrait y ramancher son pied croche. Mais malgré que Fabienne pis Oona sont amies, ma fille veut rien savoir.

Des fois, Roméo haïssait pas ça, m'étriver.

— On sait ben, ta Fabienne, alle a sa tête dure. Pareil comme sa mère dans le temps. Madone, a donnait pas sa place pour toute régenter, hein, P.A. ?

Ça, pas moyen de dire le contraire. J'ai ri, moi avec.

— Madone, c'était quand même une femme dépareillée, Roméo.

— C'est ben vrai que ta Madone était une bonne femme, même si était parente avec Leblanc.

— Parente de la fesse gauche, Roméo. Rien que de la fesse gauche, oublie jamais ça.

Albert Taché avait une question.

— Parlant d'autre chose, toi pis Jules, vous avez jamais rien faite avec les terres que vos femmes ont hérité de ?

— Pourquoi c'est faire que tu parles de ça ? Tu tenterais-tu dessus, par hasard, ces terres-là ? T'as envie d'acheter du bois pour le moulin ?

Là, Roméo avait pas pensé, avant de parler ! Si qu'Albert Taché avait tenté sus ces terres-là, ça ferait longtemps qu'y aurait fait affaire avec nous autres. Comme de fait, c'est ça qu'y a répondu à Roméo.

— Tenter sus des terres maudites ? Jamais de la vie ! Ah ! je dis pas que j'ai pas acheté un peu de bois sus la terre à P.A. icitte présent, mais acheter toute la terre, la faire mettre à mon nom, y en est pas question. Je veux pas parler de malheur, mais, mon idée, c'est que, ces trois terres-là, parsonne va vouloir les acheter.

J'ai ben vu que le maire pis Fabien se sont regardés. Pis Gérard Ruest a fait signe que non. Ça voulait dire qu'y savaient de quoi, mais qu'y parleraient pas, ces deux-là.

Comme de fait, en sortant du magasin général, je suis arrêté sus Fabien pour essayer d'en savoir plus.

— J'ai remarqué que tu regardais du côté du maire quand qu'on a parlé des terres maudites. Tu saurais-tu des affaires que je devrais savoir ?

— Je peux pas parler en plein, son père. Toute ce que je peux vous dire, c'est qu'y se prépare des gros changements à Roches-Noires. Des changements que toute le monde vont profiter de. Le maire va convoquer une réunion spéciale la semaine prochaine pis vous allez toute savoir.

Y a pas eu moyen de lui en faire dire plus long.

Tu-suite le lendemain, j'ai sorti.

— Fabienne, je m'en vas au village. Je vas ramener les enfants après l'école.

— C'est d'adon, son père.

La première affaire que je voulais faire, c'était aller sus Albin. Pour une fois, y avait quasiment parsonne, ça fait que j'ai pas attendu longtemps.

— Qu'est-ce qu'on peut faire pour vous, monsieur Rioux ?

J'y ai dit de que c'est que j'avais dit au docteur, que j'aimerais ben savoir si y pouvait faire de quoi pour ma jambe.

— On va regarder ça.

Y a fait un peu comme le docteur. Y m'a faite virer la jambe de tous bords tous côtés. Je faisais la grimace.

— Ça vous fait mal ?

— Disons que ça fait pas de bien.

Pendant qu'y regardait, j'y ai demandé :

— Comment c'est que vous avez viré ramancheur à place de garde-malade ? Vous avez-tu un don ?

— Je dirais plutôt que c'est une tradition familiale. Aussi loin que je me rappelle, dans ma famille, on apprenait à replacer les os ou les muscles. Mais je pense que je vais vous décevoir, je ne peux rien faire pour vous. Vous n'avez rien de déplacé, vous faites de l'arthrose.

Ben ça, c'était la meilleure !

— C'est ça que le docteur de Rimouski m'a dit. Coudon, je pensais qu'un ramancheur, c'était plus bon qu'un docteur ?

Y s'a mis à rire.

— Disons que nous ne sommes pas si différents que ça, pour les problèmes musculaires ou squelettiques. Chose certaine, nous ne faisons pas de miracles ni l'un ni l'autre.

— Y a quèque chose qui me chicote… Vous parlez sur le très bien pour un Sauv… je veux dire pour un Micmac. Comment ça se fait ?

Y riait encore plus.

— Je parle bien pour un Sauvage, c'est ça que vous voulez dire ? C'est bien simple, monsieur Rioux : j'ai eu la chance de pouvoir étudier. Ce qui, comme je vous le disais plus tôt, n'est pas une garantie de miracle.

— Pis Oona, elle ? A n'en fait-tu, des miracles ?

— Qu'est-ce que vous voulez dire ? Ma femme est voyante et médium, vous le savez bien puisque vous l'avez déjà consultée.

Bon ! Ben au moins, je serais pas venu pour rien.

— Je peux-tu y parler encore ?

— Mais certainement.

Je voulais avoir toutes mes enfants avec moi. Ben oui, toutes. Desneiges était morte, Poléon itou, mais y restait Florence qu'on trouvait pas. C'est de ça que je voulais y parler, à Oona.

— La darnière fois, vous m'avez dit que mon Poléon s'était neyé, au moins, comme ça, je sais de où c'est qu'y est, astheure. Mais là, c'est ma fille Florence que je voulais vous parler de…

— Un instant, monsieur Rioux ! Je ne vous ai jamais dit que votre fils s'était noyé, j'ai dit que je voyais beaucoup d'eau autour de lui, ce n'est pas la même chose.

Coudon, était-tu pour se dédire, astheure ?

— Non, c'est vrai, peut-être ben que vous m'avez pas dit mot pour mot qu'y s'était neyé. Mais après que vous m'avez parlé, j'ai trouvé des osses dans rivière Tranquille. Si c'étaient pas les osses à Poléon, qui c'est que ça pouvait être ?

La v'là qui part à rire. Coudon, a risait-tu de moi, elle itou ?

— Que c'est que j'ai dit de si drôle que ça ?

— C'est pas ce que vous avez dit, mais plutôt votre façon de voir les choses. Monsieur Rioux, j'ai l'impression que vous vous faites des idées à notre sujet, à Albin et moi. Nous avons aussi nos limites. C'est vrai que je vois certaines choses, mais pas nécessairement ce que je veux voir. J'arrive aussi à parler aux morts, mais ils ne répondent pas toujours. Autrement dit, je n'ai pas toujours le contrôle sur ce que je vois ou entends. Donc, je peux peut-être vous donner une idée, mais ne vous attendez pas à ce que je puisse vous dire précisément où se trouve votre fils.

— Ah ! pour ça, y a pas de problème, Oona. Je l'ai enterré, mon Poléon. Y est en paix, astheure. Je peux prier sus sa tombe.

Alle a resté la bouche ouvarte, comme si a savait pas quoi me dire. En toué cas, moi, ma conscience était tranquille.

Pour une fois, je suis d'adon avec toi, P.A. Poléon, y est ben là où c'est qu'y est.

— Je peux-tu vous demander de trouver une autre parsonne ? Ma fille Florence. Est partie pour Québec y a déjà un bon boutte pis on n'a pus jamais eu de nouvelles. C'te fois-citte, j'ai pas pris de chance, je vous ai apporté une petite estatue de sainte Thérèse. C'était dans chambre à Florence, quand qu'a restait avec nous autres. Vous pouvez-tu savoir où c'est qu'alle est, ma fille ?

— Donnez-moi la statue et laissez-moi me concentrer...

Alle a pris la statue dans ses mains, alle a farmé les yeux. A parlait pas pantoute. Je commençais à trouver que ça y prenait du temps, quand que, d'un coup, alle a dit :

— Votre fille est vivante. Elle est dans une grande ville avec de nombreuses personnes autour d'elle, autant des hommes que des femmes. C'est tout ce que je vois.

J'ai dit merci pis j'ai parti. C'était le temps d'aller charcher les enfants à école.

J'ai été à pâtisserie à Odélie charcher un sac de cinq livres de fleur pour Fabienne, pis, tant qu'à y être, j'ai acheté des petits pains au chocolat pour les enfants. Comme ça, ça leur ferait deux surprises : une pour le dessert pis l'autre pour plus tard. Fabien pis Fabienne le savaient pas encore, mais ça serait pas long que leur sœur serait avec nous autres.

M'en vas aller la charcher, pis m'en vas y demander de revenir à maison. — Tu rêves en couleur, P.A. Montréal, c'est pas Roches-Noires. C'est grand, trop grand pour trouver quèqu'un quand qu'on sait pas où c'est qu'a reste. Pis d'un coup qu'a revient pis qu'a veut ravoir Serge avec elle ? Après toute, c'est son gars. T'as-tu pensé à ça, P.A. ? Ton Serge, ton préféré, que tu voudrais ben garder avec toi, si sa mère revient, que c'est que tu penses qui va se passer ? Tu penses jamais avant d'agir, P.A. Pis par après, t'as des problèmes.

J'ai regardé l'heure. C'était pas encore fini, les enfants en avaient pour un bon quinze minutes avant de sortir. J'ai parqué le pick-up dans cour de l'école pour que Madou pis Serge savent que j'étais au village, pis je m'ai rendu au cimetière, visiter mes morts.

Damien, qu'était pas mort, mais c'était tout comme, Madone, Desneiges, Kathleen, Poléon. Je savais qu'y me voyaient. Étaient toutes ensemble. À moitié de ma famille au cimetière, l'autre moitié éparpillée. Florence, les enfants de Fabien…

« Madone, c'est encore moi. T'as vu, hein, qu'y a une autre place remplie au cimetière. Ben oui, notre Poléon est mort. Le pire, c'est que c'est moi qui l'a trouvé. Je sais que ça t'avait faite un gros choc quand que la police était venue nous dire que c'était un voleur. Tellement, que t'as déboulé avant ton temps. C'est-tu pour ça que t'es morte, ou ben si t'arais mouru quand même que Poléon s'arait pas sauvé de prison ? C'était pourtant pas la première fois que tu achetais… On saura jamais, je suppose, pourquoi c'est faire que les affaires sont arrivées de même. Poléon, faut pas y en vouloir, astheure qu'y est mort. Mais que c'est que je dis là, moi ! Tu dois ben le savoir que Poléon est mort. Y doit être avec toi, c'est comme rien… À moins qu'y seye en enfer à cause qu'y a volé ? Florence, elle, je sais qu'est pas morte. Tu dois la voir pareil, je suppose. Où c'est qu'alle est ? Tu pourrais pas me donner juste une petite idée ? Je sais pas, moi, des fois, tu pourrais pas m'envoyer un signe, quèque chose, pour me faire savoir où charcher ? Hein ? Demander à Jennifer ? Tu sauras, Madone, que, ma femme pis moi, on se parle quasiment pas. Si je l'aime ? Pas autant que toi, Madone, pas autant que toi. Ben non, je te conte pas de menteries, je sais pas pourquoi faire que tu penses comme ça. Tu m'as jamais faite confiance, Madone. C'est comme pour Damien. T'as jamais voulu me dire pourquoi c'est faire que tu l'aimais pas. Y t'avait rien faite, pourtant. À moins que… y t'ara-tu faite des affaires qu'y était pas supposé ? Ben astheure, y est à moitié mort, à moitié en vie, mon frère. Quoi ? Toi aussi, t'es morte ? Penses-tu que je le sais pas ? Eh ! que tu m'enrages des fois, Madone ! »

La pierre pour Poléon était encore toute neuve. J'espérais ben qu'on arait pas besoin d'autres pierres avant un bon boutte. Les deuils, ça t'ôte du soleil dans le cœur. C'est Madone qui disait ça dans le temps. D'un coup, j'ai senti, j'ai entendu un chien gronder en arrière de moi. Quèqu'un a dit :

— Tais-toi, Bandit !

C'te voix-là… Pis l'homme a encore parlé.

— Ça fait quand même drôle de revenir chez vous pour apprendre que t'es mort pis que tu le savais même pas…

Chapitre 38

Le veau gras

Ça se pouvait pas ! Ça se pouvait rien que pas !

Je m'ai reviré de bord pis j'ai vu la face de mon Poléon à moitié cachée dans une barbe, avec une calotte renfoncée sus la tête. C'est ben simple, j'avais le cœur qui voulait me sortir du corps.

— Tombez pas à terre, son père. C'est ben moi. Pis je suis pas mort, comme vous pouvez voir. Qui c'est qui m'a enterré avant le temps ?

Quand les enfants ont sortis de l'école, Poléon pis moi, on les attendait deboutte à côté du pick-up, avec le chien.

— Arrivez, les jeunes, on va vous aider à monter dans boîte. Y a pas de place pour toutes nous autres dans le pick-up.

Madou a regardé Poléon direct dans face.

— C'est qui, lui ?

J'ai pas eu le temps de répondre, c'est Serge qui l'a faite à ma place.

— C'est mononcle Poléon. Hein, pépère, c'est ben ça ?

Poléon a parti à rire.

— Sais-tu que t'es pas bête, toi ? C'est en plein ça. Lui, c'est mon chien, y s'appelle Bandit. Pis toi, c'est quoi, ton nom ?

Je voulais pas trop m'attarder au village rapport que je voulais pas que le monde reconnaisse mon gars, pis ç'avait ben l'air que, lui itou, y pressait. D'un coup qu'y avait un smatte qu'appelait la police ? J'avais l'air d'un vrai fou là, moi, avec ma pierre tombale pour un quèqu'un qu'était pas mort.

Je savais pas à quoi qu'y pensait, Poléon, mais en toué cas, y avait changé. Déjà, y arait parlé sans arrêter, mais là, y a pas dit un mot toute le temps qu'on a été dans le pick-up. Au cimetière, y avait juste dit, comme ça :

— On pourrait-tu s'en aller tu-suite à maison, son père ?

J'ai mis la pédale au plancher, j'avais trop hâte de savoir où c'est que Poléon avait été toute ce temps-là. Je roulais tellement vite que j'ai rasé de fesser la clôture avec le pick-up. J'ai braké à pas plus qu'un pouce du poteau.

J'ai pris Madou dans mes bras pour la faire descendre. Serge, lui, y a sauté en bas de la boîte avec le chien.

La petite est rentrée dans maison tout excitée.

— On a de la visite, sa mère, on a de la visite !

Poléon a rentré, y s'est planté en face de sa sœur, pis y a attendu qu'a parle. Mais était comme figée. Finalement, a s'est dégelée.

— Comme ça, t'es revenu, gibier de potence ! De que c'est que tu viens faire icitte ?

— Fabienne ! Laisse-z'y le temps d'arriver, au moins !

Jules s'est approché, lui avec.

— On te pensait mort, mon gars.

— J'ai ben vu ça, mononcle. Je vous dis que ça te pogne direct au cœur quand que tu vois ton nom sus un monument au cimetière. Mais, même si je suis mort, j'ai faim parzempe.

Les émotions, ça creuse. Fabienne, t'arais pas un petit en-cas pour ton frère ?

— On va souper betôt. Mais attends-toi pas à me voir tuer le veau gras pour toi.

Poléon a eu l'air surpris de voir que sa sœur paraissait pas contente de le voir. Dans le temps, alle l'haïssait pas, son frère. Y était pas parti en mauvais tarmes avec la famille pis y savait pas qu'on était au courant de ben des affaires.

Sus les entrefaites, Jennifer est arrivée. A fallu recommencer les présentations, rapport qu'a connaissait pas mon gars. J'avais trente-six mille questions à demander. Mais avant, tant qu'à y être, j'ai téléphoné à Fabien.

— Pourrais-tu venir faire un tour ? J'ai quèqu'un que je voudrais te présenter.

Y a pas posé de questions. Malgré qu'astheure, on a une ligne privée, on a gardé l'habitude d'en dire le moins possible au téléphone. Y a juste répond :

— M'en vas être là vers sept heures.

En attendant que le souper seye prête, j'ai faite signe à Poléon de venir avec moi.

— Arrive, on va jaser.

— Je vous suis, son père. Viens, Bandit. Mais avant, je voudrais ben savoir que c'est que Jennifer fait icitte. Vous avez toujours ben pas divorcé, pis vous pouvez pas être marié à deux femmes en même temps…

Si tu sarais comment c'est facile d'être marié à deux femmes en même temps, mon gars…

— … La mère, où c'est qu'alle est ?

C'est là que je m'ai rendu compte que Poléon avait pas eu le temps de voir la tombe de Madone, au cimetière. Fabienne a rouvert la bouche, pis je savais qu'a voulait dire que Madone était morte, pis qu'a serait trop contente de mette ça sus le dos à Poléon, à cause qu'alle avait accouché trop vite quand que la police était venue pour le charcher, lui. J'y ai fait signe que non, de pas parler. C'était pas des nouvelles à garrocher dans face d'un quèqu'un qu'a été parti aussi longtemps.

— Arrive, mon gars, on va dans l'atelier.

Poléon était dévasté.

— Sa mère qu'est morte…

Y braillait. C'était ben normal. Après toute, pour nous autres, ça faisait longtemps, mais, lui, y venait tout juste d'apprendre la nouvelle. J'ai attendu qu'y arrête de brailler. Pas besoin de dire que, moi avec, j'avais hâte en saudit de questionner mon gars. Si seulement Fabien pouvait arriver…

— Le souper est prête !

À table, les filles avaient les yeux ben grands. Faut dire qu'un mononcle qu'arrive comme ça, d'un coup sec, c'est une grosse surprise. Le mononcle, lui, y parlait pas, y mangeait, mais y faisait le tour. Sa sœur Johanne, ses nièces Françoise, Thérèse, Madou, Josée, c'était toute du monde qu'y connaissait pas… Quand qu'y a eu fini de manger, y s'est tapé sus le ventre.

— Ah !… ça fait du bien par où ça passe !

Juste comme Fabienne a commençait à débarrasser la table avec les filles, on a entendu le char de Fabien s'arrêter dans cour. Mon plus vieux est rentré dans maison pis, avant de voir Poléon, y a demandé :

— Vous allez pas me dire que Joseph Lafleur est revenu ? Pas par le train, en toué cas, je l'ai pas vu débarquer.

Poléon a sauté comme une carpe dans rivière.

— Hein ? Joseph Lafleur est venu icitte ? Ah ! ben ça, c'est la meilleure ! Que c'est qu'y voulait, donc lui ?

C'est juste quand Poléon a parlé que Fabien a reconnu son frère.

— Poléon ? Je le cré pas ! T'es pas supposé être mort, toi ?

Ça faisait deux fois que quèqu'un y disait ça. Y était pas ben ben content.

— Coudon, vous avez-tu si hâte que ça de m'enterrer ? Vous avez pris de l'avance, si j'ai ben vu que c'est que je pense avoir vu au cimetière.

— Ben là, mon gars, t'es déterré. Astheure, tu vas nous dire de où c'est que tu viens, pis ce que t'as faite pendant toute ce temps-là. On t'écoute.

— Si Joseph Lafleur est venu icitte, vous savez déjà que je suis été en prison pis que je m'ai poussé.

— Ça, on n'avait pas besoin de Lafleur pour le savoir, mon frère. Quand tu t'es poussé de la prison, la police a venue icitte.

Poléon a mis la main sus la tête de son chien, pis y a continué de parler.

— M'en vas toute vous dire. En commençant par le commencement. Je suis pas un voleur, son père, je voulais juste jouer un tour à banque. J'avais même pas un vrai *gun*, c'était juste un boutte de bois que j'avais gossé. Les polices ont jamais voulu crère que c'était un tour, pis y m'ont arrêté.

Ça commençait ben, son histoire ! Pauvre Poléon, y changerait jamais !

— Faut pas nous prendre pour des sans-dessein, mon gars. T'es pas innocent, tu voulais pas jouer un tour. La police l'a pas trouvé drôle, pis la fille à caisse non plus. T'as volé. Un gros motton, à part de ça. Si t'es venu icitte pour conter des menteries, t'as juste à prendre la porte. On te pensait mort, on peut continuer à le penser à place d'avoir honte devant toute le village.

— Fâchez-vous pas, son père. C'est vrai, je voulais faire un vol de banque. Mais j'ai pas eu le temps de dépenser l'argent, j'ai même pas eu le temps de sortir de la banque. Les polices sont arrivées tu-suite, y m'ont ôté l'argent, pis y l'ont donné au gérant. C'est pour ça que je dis que j'ai pas volé, vous comprenez. L'argent, je l'ai pas eu dans mains plus que dix minutes. Mais y m'ont mis en prison pareil. Joseph Lafleur itou. Y volait dans les magasins, mais quand que le monde était trop pauvre pour le payer, il leur donnait le stock ou ben donc y baissait ses prix. Quand que je m'ai poussé de la prison, je voulais m'en venir icitte pour vous dire que j'étais ben. Pis, par après, j'arais parti aux *States* pour me faire oublier. Comme vous avez faite dans le temps, son père. J'ai volé un char, mais y était pas en ordre pis y a arrêté de marcher quasiment tu-suite.

— Attends donc une minute, toi ! Ça serait pas toi, par hasard, qu'as *crashé* dans le boutte du Bic ?

— Jamais de la vie. Je vous dis, le char s'a arrêté quasiment tu-suite. J'ai même pas eu le temps de sortir de Montréal. Pourquoi c'est faire que vous demandez ça, son père ?

— C'est pas important. Continue ton histoire. Ton char s'a arrêté. T'étais où, au juste ?

— J'étais quasiment rendu au port de Montréal quand le char m'a lâché. J'ai débarqué, pis j'ai vu un chien, maigre qu'on y voyait juste les osses. Y charchait voir pour trouver de quoi à manger. Y avait viré une poubelle à l'envers, y fouillait dans le tas avec son museau. Je m'ai approché de lui, y s'a mis à montrer les dents. Je pense qu'y devait avoir peur que j'y vole son manger au cas où qu'y en trouverait. Ben, y avait pas mal de vidanges qui faisaient son affaire apparemment. Y a mangé pis, après, y m'a laissé l'approcher. Juste comme je commençais à le flatter, v'là-tu pas que je vois deux chars de police. Y devaient me charcher, c'est comme rien. J'ai regardé pour voir si je trouverais pas une place pour me cacher. Pas loin de la poubelle, y avait une grande boîte varte. J'ai rouvert le couvert, j'ai pris le chien dans mes bras pis j'ai rentré dedans. Les polices m'ont pas trouvé. J'ai attendu que la nuitte arrive, mais comme que j'allais sortir, j'ai senti que la boîte grouillait. J'ai levé le couvert juste un peu pour voir. Maginez-vous que la boîte était jackée en l'air. La première chose que j'ai su, j'étais rendu dans un porte-conteneurs qui venait de lever l'ancre.

— T'es sûr que t'en mets pas un peu plusse qu'y en a, Poléon ?

— Pas une miette, son père. C'est toute vrai ce que je vous dis là. Le chien pis moi, on s'est retrouvés dans le fond d'un bateau pis avant qu'on aye le temps de sortir, le bateau avait levé l'ancre. J'ai regardé le chien pis j'y ai dit : "Nous v'là mal pris, toutes les deux. Comment qu'on va faire ? Si un matelot nous pogne icitte, c'est des plans pour qu'y nous jette à l'eau." Y me regardait avec des grands yeux, pareil comme si qu'y comprenait de que c'est que j'y disais. J'ai dit : "M'en vas t'appeler Bandit, rapport que tu fouillais dans poubelles quand que je t'ai trouvé." Ben, vous me crèrez si vous voulez, mais depuis ce temps-là, y me suit partout, mon chien. Lui pis moi, on est toute le temps ensemble.

Y continuait de flatter la tête de son chien. Notre Gripet, lui, y était couché à côté de Serge. Mais Poléon avait pas fini son histoire, loin de là.

— C'est ben beau, que t'ayes sauvé un chien de la faim, pis que lui te suive partout, mais ça nous dit pas ce que t'as faite toute ce temps-là.

— Ben, comme je vous ai dit, je voulais venir à maison, juste pour quèques heures. Je savais pas où c'est que le porte-conteneurs allait, pis je savais pas comment je ferais pour débarquer dans le boutte de Rimouski. Finalement, ben je m'ai faite pogner à voler de quoi manger dans cuisine. J'avais attendu la nuitte, je pensais qu'y arait parsonne, mais je m'ai faite pogner quand même.

Y s'est faite pogner à voler. Pourquoi c'est faire que je suis pas surpris, donc?

— Pogner à voler… Coudon, c'est-tu toute ce que tu sais faire, voler?

— J'avais faim, son père, Bandit itou. Finalement, y m'ont débarqué avec mon chien à Trois-Pistoles. Le capitaine a dit que j'étais chanceux, rapport qu'y en avait que quand qu'y pognaient un passager clandestin, y le sacraient à l'eau. À Trois-Pistoles, je suis été à gare des gros chars pis j'ai sauté dans un wagon jusse comme qu'y partait. Le train s'arrête à Roches-Noires, astheure? Je le savais pas. En toué cas, je m'ai caché dans le wagon de marchandises jusqu'à Rimouski. Rendu là, j'ai descendu du train, j'ai vu des polices sus le quai de la gare. J'ai eu peur qu'y seyent là pour moi. Ça fait que j'ai été au port, pis je m'ai informé si y avait un bateau sus sa partance. Je voulais m'engager comme matelot, surtout que je savais que je pouvais garder mon chien avec moi sus le bateau. Y était pas question de l'abandonner. J'ai pas eu de misère à me faire engager, vu que j'étais prête à faire n'importe quoi. J'ai été chanceux en si vous plaît, rapport que le vraquier *Jeanne-de-la-Mer* levait l'ancre avec la marée. Ça fait un bon boutte de temps, astheure, que je vas partout dans le monde.

— Toute ce temps-là, t'es jamais revenu dans le boutte avec ton bateau?

— Au contraire, on a ben dû accoster à Rimouski sept ou huit fois, mais jusqu'icitte, j'ai jamais voulu venir à Roches-Noires, j'avais trop peur que quèqu'un me reconnaisse. Mais là, ben le vraquier est icitte pour trois jours, ça fait que je m'ai décidé. J'arrivais au ras le cimetière quand que j'ai vu le père qu'était là. C'est pour ça que je m'ai approché.

C'était toute une histoire. Mais j'avais encore des questionnements.

— Tu disais que t'étais pour commencer par le commencement…

— C'est ben ça, son père. Je vous ai toute dit.

Fabien avait la même idée que moi.

— T'as pas dit pourquoi c'est faire que t'avais parti de l'école vétérinaire.

— Ah ! ça ! J'ai lâché parce que c'était plate à mort. Y nous montraient pas comment soigner pantoute, y fallait qu'on apprenne toutes les parties du corps des animals dans des livres. J'aime pas ça, les livres, vous le savez ben. En plusse, y nous ont dit qu'on toucherait pas à un animal avant notre deuxième année. J'ai toffé jusqu'à Noël pis j'ai dit que je reviendrais pas. Mais je voulais pas arriver icitte les mains vides, ça fait que…

— Ça fait que tu t'es dit que, voler une banque, ça serait une bonne idée. Ben, ton idée, mon gars, était pas si bonne que ça. La mère était inquiète sans bon sens quand a savait pas où c'est que t'étais, pis quand que les polices sont venues pour dire que t'avais été en prison pis que tu t'étais poussé, c'est pas ça qui l'a rassurée.

Ça faisait longtemps que Madou avait farmé les yeux. Était trop jeune pour comprendre que c'est qui arrivait, mais l'heure de son coucher était passée depuis un bon boutte, pauvre tite fille. Ça fait qu'a s'a endormie. Les deux autres étaient pas ben ben vaillantes non plus. Fabienne s'est levée.

— M'en vas aller coucher les filles. Je reviens ça sera pas long.

Serge, lui, y avait pas de danger qui s'endorme. Y avait pas pardu un mot de ce que son mononcle avait dit. Comme de ben entendu, y avait son crayon pis son *pad* pour dessiner.

— Comme ça, mononcle, vous avez vu ben des pays ?

— Je comprends que j'en ai vu ! Un pis un autre. Si tu veux voyager, travailler sus un bateau, c'est le meilleur moyen. Ça te coûte rien, au contraire, y te donnent un salaire. Pis quand que le bateau est en rade – ça veut dire qu'y est arrêté proche d'une place – ben t'as le temps de visiter.

Mautadit Poléon ! Y venait juste de se montrer la face à Roches-Noires pis v'là déjà qu'y mettait des idées dans tête à Serge. Comme si y avait besoin de ça, le petit maususse. Déjà, y avait des lumières dans les yeux ! Le goût du voyagement, c'est une vraie maladie dans famille, coudon !

Quand Fabienne a partie coucher les petites, Poléon a continué.

— Astheure que je vous ai vus, je vas retourner sus le bateau, son père, ayez pas peur. Si vous voulez, même, je vas partir tu-suite à soir. Je suis pas venu pour faire de trouble. Vous aurez juste à continuer à faire crère au village que je suis mort. Mais avant de partir, je voudrais ben savoir de que c'est qu'y est advenu de Florence. Vous allez pas me dire qu'est morte elle itou ? Comment ça se fait qu'est pas icitte ?

Soliloque

Mononcle Poléon a beaucoup d'affaires à dire. J'aime ça quand y parle des pays qu'y a visités avec le bateau pis surtout des arbres qu'on n'a pas par icitte. Des arbres, mononcle Poléon dit qu'y en a tellement de sortes différentes qu'on peut pas toutes les connaître, même si on voyage beaucoup. Y m'a nommé des noms d'arbres spécials : le baobab, le figuier étrangleur, l'arbre du voyageur. C'est des drôles de noms. Paraît que, l'arbre du voyageur, on peut se servir de toutes ses parties, sont toutes bonnes à manger. J'y ai dit que quand j'aurais fini l'école, je voulais écrire des livres sur les arbres avec beaucoup de portraits. Comme ça, les enfants vont savoir de quoi les arbres ont l'air dans les autres places. M'en vas me promener dans toutes les pays que je peux pis, par après, je vas aller dans les écoles avec mes livres, montrer aux enfants à écouter le vent dans les branches. Ah! y en sait, des choses, mononcle Poléon! C'est de valeur qu'y seye été en prison. Vous, mon Dieu, vous pourriez pas y pardonner? Et pis demander à pépère qu'y y pardonne, lui avec? Ça fait longtemps qu'y a volé. Astheure, y travaille, y vole pus, je suis certain.

Chapitre 39

Saqawi'gann – Les sentiers du temps passé

Comme à l'habitude, la rencontre du Conseil de bande a lieu chez le chef Pilip. Pol Gabriel est absent. Il gît, ivre mort, devant sa cabane.

Les sujets à l'ordre du jour sont d'importance. En plus de parler des préparatifs pour un voyage de chasse à l'île d'Anticosti, on discute de la commercialisation de l'artisanat. Une autre question, tout aussi importante, celle des adolescents qui prennent de la drogue. Comme ils fréquentent l'école secondaire de Roches-Noires, ils sont absents du campement plusieurs heures par jour.

— Il faudra pourtant trouver un moyen de les aider… Si quelqu'un a une idée, c'est le temps.

Mais aucun des Aînés ne sait comment aborder la question. On passe donc au sujet suivant : comment empêcher les membres de la communauté de fabriquer de l'alcool dans le secret de leur cabane ?

— Pour la boisson, il n'y a que Gabe et Ji'nmul qui en prennent trop. Les autres hommes ne se saoulent pas. Mais ce n'est pas le pire : à force de vendre à tout un chacun, nous finirons par avoir des problèmes avec la police provinciale. Heureusement que la maison de Gabe et Ji'nmul est au bout du village. Au moins, comme ça, on ne voit pas trop sortir les clients avec des cruches de bagosse.

C'est là l'opinion de Simon Adley, opinion à laquelle adhère Roderic Gunwa. Ce dernier ajoute :

— On n'aurait jamais dû garder Ji'nmul. Je vous l'avais bien dit, à l'époque.

Matiw Prosper intervient.

— Tu oublies que Ji'nmul t'a sauvé la vie. Tu oublies aussi que Gabe aime bien la boisson, même si c'est un Micmac.

— C'est Ji'nmul qui l'entraîne.

— Chaque homme est responsable de ses actes, dit à son tour Pilip. Il faut leur parler, leur expliquer qu'ils font du tort à toute la communauté.

— Bonne chance ! En tout cas, moi, je n'y crois pas, dit encore Roderic.

Matiw suggère :

— Il faudrait les occuper. Quand Ji'nmul faisait des réparations pour la communauté, il ne buvait pas. Aujourd'hui, avec les canots à fabriquer pour le voyage à l'île d'Anticosti, tous les hommes devraient travailler.

Pilip est fier de la réputation des Micmacs comme canotiers. Il a toutefois des réserves quant à la suggestion de Matiw.

— Si Gabe et Ji'nmul apprennent que nous allons à la chasse, ils vont vouloir venir. Et je ne veux pas d'hommes ivres pendant le voyage, c'est trop dangereux. Au contraire, il faudrait qu'on les éloigne le jour de notre départ.

C'est encore Matiw qui pense à une solution.

— On pourrait leur demander d'aller chasser le porc-épic dans la forêt maudite en leur disant que Matlen manque de matériel.

Matlen, la femme du chef, est renommée pour la fabrication de divers articles d'artisanat qu'on s'arrache à la coopérative de Gesgapegiaq. Pour elle, cependant, insuffler à chaque objet le souvenir d'une époque passe bien avant les considérations matérielles.

Soucieuse de transmettre à son tour son savoir, Matlen tient régulièrement une classe de travaux pratiques pendant laquelle les aînées enseignent leur art aux cadettes. Elles appliquent les techniques d'art décoratif de leurs ancêtres, certaines ayant été transmises, intactes, de génération en génération.

Si on sait utiliser l'écorce de bouleau et les épines de porc-épic pour élaborer le motif de la double courbe, on ne sacrifie pas toutefois au modernisme. Perles de verre et rubans ornent des vêtements, tandis que les aiguilles de métal permettent de faire des broderies avec du crin d'orignal et de poser des rubans en applique.

Colliers ou ceintures, boîtes, sacs à main, cache-théières, paniers à coudre et meubles, broderies agrémentées de piquants de porc-épic teints et de poils d'orignal, avirons et raquettes, Matlen sait tout faire.

La vannerie occupe une place prépondérante au campement. Les articles sont décorés des motifs les plus divers, tirés de l'expérience et de la culture de leurs créatrices.

Après avoir réuni les meilleures artisanes de la communauté, Matlen les informe :

— Nous avons une grosse commande. Paul-André Rioux a demandé des panneaux ornementaux avec des motifs différents pour décorer des chaises et des tables de cuisine. Je lui ai promis que ce serait prêt dans trois semaines.

— On va manquer de matériel, précise A'ni'es Beetle.

— Mon Pilip s'en occupe.

Au bureau du Conseil de bande, les hommes continuent de discuter.

— Les canots devraient être prêts bientôt. Dans deux semaines, je dirais. Il était temps, si nous voulons de la viande de chevreuil. Les femmes seront contentes aussi qu'on leur ramène des peaux.

Il est convenu de cacher l'expédition de chasse à Gabe et à Ji'nmul. Matiw est triste.

— Une communauté divisée, ça pourrait être le commencement de la fin…

Le chef Pilip est d'accord avec son frère. Cependant, il fait part au Conseil d'un projet qui pourrait peut-être apporter une solution.

— Jusqu'à maintenant, sauf pour quelques exceptions, on envoie notre artisanat à la coopérative de Gesgapegiag pour la vente. Je ne sais pas ce que vous en pensez, mais nous pourrions agrandir la salle du Conseil pour avoir un magasin, juste ici, et l'ouvrir l'été. Les touristes commencent à être assez nombreux, par ici. Gabe et Ji'nmul sont les constructeurs les plus forts. Si on les tient occupés…

La réunion se termine sur ces mots tandis que, chez Matlen, les mains habiles des femmes donnent naissance à des motifs superbes.

Chapitre 40

Ceux qui partent

Poléon est resté trois jours. Au boutte de ce temps-là, y a pas eu moyen de le retenir, y a fait comme qu'y avait dit: y est retourné sus son bateau.

— Je reviendrai pus, son père. Ma vie est pus icitte, astheure. Je vas vous écrire, poste restante, à Rimouski. Toi itou, Serge. M'en vas t'envoyer des cartes postales des places où c'est qu'on va avec le bateau. Je sais ben que, Rimouski, ça fait loin pour aller charcher une lettre, mais je peux pas faire plus. Si j'envoie de quoi icitte, à Roches-Noires, ça sera pas long que toute le village va être au courant. La police va vouloir me ramasser pis, moi, j'ai pas envie pantoute de continuer à courir de tous bords tous côtés.

Y avait pas juste Serge qui écoutait de que c'est que mon grand gars avait à dire. Andrew itou, y trouvait ça intéressant. Assez que, quand Poléon a parti pour retourner sus son bateau, Andrew a décidé de le suive.

— Si je peux pas me faire engager sus le même bateau, peut-être ben que je trouverai d'autre chose, astheure que Nador a vendu ses jouaux…

Jennifer avait ben essayé d'empêcher son garçon de partir, mais y avait rien à faire. Moi, dans un sens, je me disais que c'était ben mon gars, rapport qu'y avait la tête dure des Rioux. C'est vrai que Jennifer itou, était pas mal entêtée. En toué cas, Andrew était parti, comme ça, avec juste une tête d'oreiller qu'y avait mis du butin de rechange dedans. On a su par après qu'y s'était engagé sus le même bateau que Poléon.

Ça fait que, pour le village, Poléon était encore officiellement mort. Toutes les fois que j'allais au cimetière, je sentais la honte me monter dans face.

— Tu veux toujours aller trop vite, itou. Oona t'avait dit que Napoléon avait de l'eau autour de lui pis t'as tu-suite pensé qu'y s'était neyé. Ben là, tu peux voir que l'eau qu'est autour de lui, c'est le fleuve pis la mer. — Poléon, c'est un de la terre qu'a viré son capot de bord. C'est vrai qu'y a jamais aimé ça, travailler sus une terre. Les animals, oui, y les aime, mais la terre, y voulait rien savoir. — Pense que c'est que tu veux, ton gars, c'est un voleur, pis ça va toujours rester un voleur. — Dis jamais ça ! Jamais ! Son temps, Poléon l'a pas faite en prison, mais y l'a faite pareil rapport qu'y peut pas revenir à Roches-Noires. Y est en prison sus un bateau, mais c'est une prison pareil.

Encore deux autres qu'ont partis ! Poléon, je dirais que, quand j'a revenu des *States*, c'était mon préféré. C'est lui qui m'écoutait, qui me parlait quand que Madone, Florence pis Fabien me tournaient le dos. Les enfants faisaient comme leur mère, alle avait dû leur monter la tête, mais, Poléon, lui, y me regardait avec ses grands yeux bleus, pis c'était clair que toute ce que je disais, ça l'intéressait. Pis Andrew, ben, lui, y avait écouté Poléon.

Au fond, c'est un peu de ma faute si Poléon est reparti. Si j'avais pas été si pressé de l'enterrer, y arait pu rester par icitte. Ah ! et pis non, y serait pas resté. Lui avec, y avait le diable au corps. Y voulait toute voir, toute faire. Comme Andrew. Comme moi dans mon jeune temps.

Poléon, Andrew, mes gars, j'espère que vous êtes heureux sus votre bateau…

Pas longtemps après que les gars ont partis, on a commencé à parler du mariage à Johanne. Au contraire de sa sœur Fabienne, Johanne, elle, a voulait pas entendre parler d'une noce à maison. A voulait aller à l'Auberge.

— Astheure que Gérard Ruest a agrandi la place, on n'a pus besoin d'attendre d'ôter les tables avant de danser. Y a une salle de danse exprès. Comme ça, on va avoir de la place pour swigner, toute le monde, pis ça va ôter de l'ouvrage à Fabienne. De que c'est que vous en dites, son père ?

— Je dis que c'est toi qui décides, ma fille. C'est ton mariage, c'est toi qui runnes. La semaine prochaine, je vas aller à Rimouski m'acheter un habit neu, pis une robe pour Jennifer.

Ma femme en voulait pas, de robe neuve. Alle a dit qu'alle aimait mieux rester à maison. J'ai pas voulu m'ostiner, ça servait à rien. C'est comme si a m'en voulait d'avoir une famille à part d'elle pis Andrew.

J'y ai donné ma bénédiction, à ma Johanne, avant de la mener à l'autel. Alle avait beau être jeune, j'étais content qu'a se marisse. Je savais ben que mon futur gendre avait jeunessé pas mal fort dans le temps, mais y était rendu plus sérieux astheure. Y avait été à l'École de police à Nicolet pour apprendre à être une bonne police. Apparence qu'y avait ben réussi. Son père s'en vantait.

— Troisième de sa promotion ! Et pis y avait soixante jeunes qu'étudiaient en même temps que lui.

Les nouveaux mariés étaient pour rester à Rimouski, pour astheure, rapport que c'était là qu'y travaillait, Adrien. Je sais qu'y avait l'ambition de revenir travailler à Roches-Noires, mais fallait qu'y fasse son temps, avant. Qu'y prenne de l'expérience. En toué cas, mon nouveau gendre devait penser que ça prendrait pas de temps avant qu'y revienne à Roches-Noires rapport qu'y pensait déjà à se bâtir sus le terrain à côté de la maison paternelle.

Y a pas à dire, depuis que Gérard avait toute arrangé, c'était pas mal plus beau, l'Aubarge. Y avait une grande galerie qui faisait quasiment toute le tour. En dedans, t'avais l'escalier qui monte aux chambres à gauche pis à drette de la place où c'est que tu signais quand tu voulais rester là. C'est une place qu'y appellent un *lobby*. Gérard avait placé une couple de petites tables que j'avais faites exprès pour lui, y avait mis des revues dessus. Y avait quatre gros fauteuils pour le monde qui voulaient pas rester dans leur chambre. C'était peinturé en neuf partout, y avait même des tapis Turquie. Ça faisait riche.

Le chien noir était rendu pas mal vieux, astheure, mais y était encore là. Y dormait quasiment toute le temps, y faisait pus peur à parsonne.

La noce a été ben d'agrément. Une chance, parce que ça m'a coûté tout un motton. Adrien avait invité pas mal de ses chums de police pis c'est moi qui payais toute, rapport que j'étais le père de la mariée. Johanne voulait avoir de quoi de ben faite, pis ça me faisait plaisir d'y donner.

— *Essaie pas de te faire accrère que t'es un bon père juste parce que t'as payé une grosse noce à ta fille. Tu y devais ben ça, tu penses pas ? — Ben oui, je pense. Pour une fois, t'as raison. Je sais ben que je m'en sus pas assez occupé, de celle-là. Mais là, regarde-la danser au bras de son mari. Alle a l'air ben heureuse, tu trouves pas ? — Tu te pardonnes facilement toi-même, hein,*

P.A. ? Pis dis-moi pas never mind*! comme tu fais d'habitude. Toute ce que tu peux faire pour Johanne ça rachètera jamais toute ce que t'as pas faite. — Ah ! va donc chez le diable ! — C'est ça. Mais oublie pas que si j'y vas, tu viens avec moi.*

Toute la famille était là, à part de Jennifer, comme de raison. Fabien avait toute son monde avec lui, rapport qu'y avait été charcher les trois bessons sus sa belle-mère. On les voyait pus ben souvent, ceusses-là. Y étudiaient en dehors.

Quand que les nouveaux mariés ont partis en voyage, la famille est restée dans une petite salle pour jaser. Les triplets étaient ben contents de voir leurs deux petites sœurs. Fabienne avait apporté des catins pour que les filles jousent pendant qu'on parlait avec les plus vieux.

Je me rappelais quand qu'y étaient nés pis qu'on avait parlé de leur avenir. Madone voulait que les gars fassent des cultivateurs ; moi, j'avais demandé qu'y en aille un, au moins, qui travaille le bois ; pis les O'Neil parlaient qu'y auraient ben voulu en avoir un qui élèverait des moutons. Me semble que c'était hier. Pis là, les v'là qu'étaient rendus qui s'en allaient sus leu dix-huit ans !

Daniel, Michel pis Isabelle faisaient toutes les trois leur cours classique. Moi, j'avais tout le temps pensé que, ce cours-là, c'était quand tu voulais faire un docteur, un avocat ou ben donc un prêtre. Mais c'était pas juste ça. Michel, lui, y voulait être pharmacien.

— Tu veux dire que faut que t'étudisses toute ce temps-là pour vendre des pilules ?

Le petit maususse a parti à rire, comme de raison.

— Ben non, pépère. Un pharmacien, ça fait pas juste vendre des pilules, comme vous dites. Y faut connaître les maladies, savoir quels médicaments faut prendre pour les soigner, connaître les effets secondaires.

— Les effets secondaires ? Ton pépère est ben ignorant, mon garçon. Explique-moi donc ça, que c'est que c'est.

Là, y s'est mis à donner des explications que je comprenais pas grand-chose. Apparence qu'y a des pilules que faut que tu prennes quand tu manges, d'autres avant de te coucher, pis tu peux pas toujours mélanger une pilule avec une autre, rapport que ça peux te rendre encore plusse malade. Y me disait ça avec des mots à cinq piasses. Ah ! y faisait pas exprès, mais ç'a pas été long qu'y m'a pardu dans breume.

Daniel, lui, c'était une autre affaire.

— Je vais aller à l'École nationale de théâtre. Je veux devenir comédien.

J'ai passé proche de dire que la seule affaire que je trouvais comique c'est qu'y fallait étudier pour faire le fou sus un *stage*. Mais j'ai pas parlé. C'était mieux pas, c'est moi qu'arais passé pour un pas de tête, je suppose.

Mais quand qu'Isabelle a dit de que c'est qu'était pour faire, là, j'ai pas pu me retenir. Coudon, mes petits-enfants étaient-tu toutes tombés sus la tête ?

— Je finis mon classique, ensuite, je m'inscris à l'école d'aéronautique qui vient d'ouvrir à Saint-Hubert. Je vais apprendre à concevoir et construire des avions, pépère.

— Une femme qui chauffe des avions ! On aura ben tout vu !

Isabelle a fait la grimace.

— Voyons, pépère ! Vous allez pas me dire que la place des femmes est à maison, quand même ! Et puis, je ne vais pas piloter des avions, je vais en construire.

— Une femme qui bâtit des aéroplanes, c'est encore plusse pire.

— Aujourd'hui, il n'y a aucune raison pour qu'une femme puisse pas faire le même métier qu'un homme. Même que, si vous en avez envie, je peux vous promettre qu'un jour, je vais m'arranger pour que vous puissiez faire un tour dans les airs.

— Moi, monter dans un de ces engins-là ? Ah ! non, non, non, y en est pas question ! J'arais ben trop peur de tomber. Fabien, tu vas toujours ben pas laisser ta fille faire ce qu'a dit ?

Coudon, le monde est-tu après virer fou ?

— Je fais pas de différence entre mes filles pis mes garçons, son père. Si Isabelle veut aller à Saint-Hubert, j'ai rien contre.

Ça, c'était la meilleure ! Mais les gars étaient pas mieux que leur sœur.

— Je vous comprends pas, les bessons. Ah ! pis avant que vous le disiez, je sais que vous aimez pas ça quand qu'on vous appelle de même. Mais écoutez-moi quand même, là. Moi, je pensais que, quand vous seriez grands, vous étiez pour avoir à cœur de remettre à vos parents de que c'est qu'y ont fait pour vous autres. Pour aider à élever vos trois petites sœurs, itou. Mais là, vous parlez de faire des études que je suis certain qui coûtent cher pis qui prennent du temps. Avez-vous pensé à votre père, là-dedans ? Non, Fabien, dis rien. Laisse-les répondre. Y sont grands, c'est des adultes, astheure. Ben, y doivent être capables de me dire à quoi qu'y pensent.

C'est Isabelle qu'a répond pour les autres.

— Vous avez raison pour certaines choses, pépère, mais vous avez tort pour d'autres. D'abord, mes frères et moi, on travaille tous les étés pour ramasser de l'argent pour nos études. Ensuite, avez-vous pensé que, si nous sommes instruits tous les trois, nous gagnerons un meilleur salaire et que nous pourrons mieux aider nos sœurs ? Je ne peux pas parler pour la pharmacie ou la comédie, mais, si je vous disais ce qu'un ingénieur en aéronautique gagne, vous n'en reviendriez pas. Vous savez, quand maman vivait, nous en avons souvent parlé. Elle était tout à fait d'accord pour que nous fassions des études.

Patrick O'Neil, le père de Kathleen, ma bru qu'était défuntée, s'est dérhumé. Y parlait pas souvent, rapport qu'y avait beau être icitte dans le Bas-du-Fleuve depuis belle lurette, y avait encore du mal à parler frança.

— Hum… hum… Isabelle *is our goddaugther. Of course*, nous aider elle, *you know ? Financially*, je veux dire. Nous *pay for her studies*.

Fabienne commençait à fatiguer, juste à regarder les filles.

— Déjà quatre heures. Je pense que ça serait mieux que je retourne à maison pour faire à souper, donner les bains pis coucher mon monde.

Moi avec, j'avais ma journée dans le corps. Marier sa fille, ça fait des émotions. Ça fait que j'ai dit à Fabienne :

— Dérange-toi pas, si tu veux rester encore, m'en vas y aller à maison avec la marmaille. Pour une fois que tu peux prendre un petit congé, profites-en.

Était ben contente.

— Ah ! oui, j'haïrais pas ça, rester encore un peu. Merci, son père.

Serge m'a suivi sans que j'aye à y dire. Je le savais pas, mais y avait une idée derrière la tête.

Chapitre 41

Le p'tit torvisse

C'est comme ça qu'on a faite. J'ai parti pour la maison avec les flos. Faut dire itou que Jules était pas venu à noce, pis je voulais pas le laisser tu-seul trop longtemps. J'avais toujours souleur qu'y décide de se périr. Pis comme je savais que je pouvais pas me fier sus Jennifer pour surveiller mon beau-frère, ben je le watchais.

On était pas sitôt revenus à maison que v'là mon Serge qui a commencé à m'achaler pour aller dans le bois.

— Ah ! ah ! Le chat sort du sac ! C'est pour ça que t'es pas resté à l'auberge, hein ? T'avais déjà ton idée de faite. Mais je peux pas te laisser aller, mon gars. Déjà que la journée a été longue pis que je commence à être fatigué. À part de ça, avec ma jambe raide, tu sais ben que je suis pus capable de marcher longtemps. Pis faut que je reste icitte pour watcher tes sœurs.

J'ai pas parlé de Jules, mais je pense que mon petit-fils était assez smatte pour savoir de quoi je voulais dire. Pas juste smatte, ratoureux, itou, le petit maususse.

— Je peux y aller tu-seul, pépère. M'en vas faire ben attention.

— T'es ben mieux. Parce que si jamais y t'arrivait de quoi, je pourrais pas aller te charcher. Ça fait que reste pas trop tard.

— Ah ! marci, pépère. Vous êtes ben *blood.* Arrive, Gripet !

Ben blood*! Que c'est qu'y faut pas entendre !*

Y est sorti, le chien sus les talons.

Le temps a passé sans que je m'en rende compte. D'un coup, Madou a demandé :

— Pépère, j'ai faim. Que c'est qu'on peut manger ?

C'est là que j'ai vu qu'y était rendu ben proche sept heures, pis que Serge était pas revenu.

— Attends un peu, ma belle. Pépère avait pas vu l'heure passer. Vous avez faim, les filles ? On va manger des restes d'à midi. Ça va être comme si qu'on ferait une autre noce à soir.

Thérèse a rouvert le frigidaire, alle a sorti un plat de sandwiches que j'avais rapporté de l'auberge. Moi, j'ai été charcher de la liqueur aux fraises dans l'atelier. J'ai pas mangé tu-suite, j'ai laissé les filles se bourrer la face. Par après, j'ai dit :

— Allez mettre vos pyjamas, pis allez vous coucher. Pour à soir, on va laisser faire le bain.

Alles ont monté sans dire un mot. Après, c'était notre tour.

— Jennifer, Jules ? Souper !

Jennifer a descendu, pour une fois, était parlable. Jules, lui, y a jamais été ben ben parlant.

— Serge n'est pas encore revenu, Jennifer, et il va bientôt faire nuit. Tu crois que je devrais m'inquiéter ?

— Non, je ne pense pas. Si Andrew était ici, on aurait pu lui demander d'aller voir… En tout cas, Serge est débrouillard et le chien est avec lui. Je pense qu'ils vont revenir bientôt.

Mais on passait betôt, pis un autre betôt sans voir la binette de mon petit-fils. À dix heures du soir, j'étais rendu ben mal. Je faisais juste penser à toute ce qu'y pouvait arriver à un enfant, tu-seul dans le bois, pis j'avais du mal à prendre mon respir. D'un coup y était tombé dans les mals comme à l'Isle-aux-Brumes ? Fallait-tu que je laisse les filles tu-seules avec Jules pis que j'aille voir ? Mais avec ma jambe raide, je savais que j'irais pas ben loin.

Je jonglais, je jonglais, pis j'arrivais pas à me décider. D'un coup, j'ai vu les lumières du char dans cour. Fabienne qui revenait ! J'étais pas mieux que mort.

— Pis, ma fille, tu t'es amusée ?

— Une ben belle journée, son père. Belle en toute. Quand que vous êtes partis, on a encore dansé. Y a du monde du village qui sont venus faire un tour, itou.

— Pis, à part de ça ?

— Ben… Les nouveaux mariés partent à soir. Adrien a trois jours de congé ; y vont faire leur voyage de noces à Montréal. Les enfants sont couchés ?

Eille ! Pourquoi c'est faire qu'a me demandait ça ? À cette heure-là, d'habitude, y sont toujours couchés. Mais fallait ben que j'y réponde.

— Les filles sont couchées, oui.

— Bon. Serge est dans l'atelier ? Dites-y d'aller se coucher, lui avec. Y commence à être tard.

J'arais voulu me retrouver cent pieds sous terre.

— Ben… Serge est pas icitte.

— Comment ça, pas icitte ? Où c'est qu'y est, encore ? Vous l'avez laissé sortir quand que vous saviez que je voulais pas ? Son père, vous êtes pas plus fiable qu'un enfant, ma parole. Où c'est qu'y est, allez-vous me le dire ?

— Arrête de crier, tu vas réveiller les filles.

Mais quand Fabienne est partie en grande, y a pas grand-chose pour l'arrêter.

— Je comprends pas pourquoi vous y passez toutes ses caprices, à cet enfant-là. Vous dites que vous l'aimez, mais, là, vous y rendez pas sarvice pantoute. Attendez qu'y revienne, y va avoir affaire à moi, je vous en passe un papier. Bon, Françoise qui braille, astheure. Vous voyez ce que vous me faites faire, là, son père ? Ça va me prendre des heures avant de la calmer, celle-là.

Juste comme ma fille montait dans chambre, v'là-tu pas mon Serge qu'a arrivé par la porte d'en arrière, tout échevelé, les mains pleines de sang, le linge déchiré.

— Pépère ! Pépère ! Le *wendigo* ! Je l'ai vu !

Y avait de la misère à poigner son respir, lui avec. J'y ai donné un verre d'eau.

— Prends vent, mon gars. Tiens, bois ça, ça va te renfrédir les idées. Astheure, tu vas toute me conter, sans rien oublier.

— J'ai été au ras le grand chêne, vous savez, pépère, celui qui me parle des fois. Y en avait long à me dire. Paraîtrait qu'y va venir du monde avec des *chain saws*, qui vont couper les arbres pis qui vont tuer le bois. Faut empêcher ça, pépère, faut absolument empêcher ça.

— T'as pas remarqué que la noirceur est tombée depuis un bon boutte ? On commençait à être inquiets sans bon sens. Pourquoi c'est faire que t'es resté tard de même dans le bois ?

Y avait les yeux qui brillaient, mon gars. Mais c'était pas l'excitation, c'était la peur que je voyais. Je sais pas de que c'est qu'y était arrivé, mais c'était clair qu'y s'était passé quèque chose.

— Après que j'ai parlé au grand chêne, je pense que j'ai fait de la toile. En toué cas, la première affaire que j'ai su, c'est que j'étais à terre, toute étourdi. Gripet me lichait la face pis y me poussait, comme pour me dire de me lever. Mais quand j'ai regardé autour de moi, je voyais pus la *trail*. Vous vous rappelez, pépère, que ça m'est arrivé itou, déjà ? Je m'ai levé, mais je marchais toute croche, pareil comme si j'avais été en boisson. Les arbres baissaient la tête, y en avait qui me touchaient quasiment. Mais c'est pas ça, le pire. J'ai entendu du bruit dans les feuilles en arrière de moi. Je m'ai viré de bord pis j'ai vu… j'ai vu une affaire qui ressemblait à un homme qu'arait des cornes sus la tête. Y avait le corps poilu, y était maigre sans bon sens, que la peau y collait aux osses, pis y me regardait. Sa peau, pépère, était grise, pareille comme des cendres. Y avait les yeux renfoncés, y souriait, comme si qu'y était content de me voir. Ses dents étaient toutes rouges comme du sang, pis y sentait méchant, y puait, pépère, y puait, vous pouvez pas savoir comment ! Je shakais tellement que j'étais même pas capable de courir pour me sauver. J'ai crié : "Vous êtes le *wendigo* ? Mangez-moi pas, si vous plaît. Laissez-moi partir, je reviendrai pus dans le bois la nuitte." Y restait là, y grouillait pas pantoute, pis y continuait à me montrer ses dents rouges. Ah ! pépère, vous pouvez pas savoir comment j'ai eu peur. Je m'ai accoté à un arbre pis d'un coup, la *trail* m'a apparue. J'ai parti à courir avec Gripet en arrière de moi. Gripet ! Où c'est qu'y est, mon chien ?

— Je sais pas, mon gars, y était pas avec toi quand t'es arrivé.

— Faut aller le charcher, pépère ! Si on le laisse dans le bois, le *wendigo* va le manger, sûr et certain. J'y vas drette là.

On n'avait pas entendu Fabienne qui descendait l'escalier.

— Toi, mon p'tit torvisse, tu vas pas nulle part à soir. Ni les autres jours. Drette lundi prochain, c'est décidé, je te mets grand pensionnaire à Rimouski. En attendant, tu vas passer tes journées à travailler autour de la maison. Pis je te garantis que m'en vas te tenir serré, moi. Le *wendigo* ! Voir si ç'a de l'allure, de conter des menteries de même. Dans ta chambre, pis ça presse.

— Mais mon chien…

— Ton chien connaît le chemin de la maison. Envoye, marche !

Soliloque

Pourquoi c'est faire que la fille à pépère m'aime pas ? Je sais ben qu'a peut pas m'aimer comme alle aime ses filles, mais quand même… Je veux pas aller pensionnaire à Rimouski. Comment je vas faire pour aller voir les arbres pis leur parler si je reste à Rimouski ? Pourquoi donc qu'a veut me punir ? J'ai pas conté de menteries : c'est vrai que j'ai vu le wendigo. *Pépère non plus, y me cré pas. Y pense que j'étais en boisson, mais c'est pas vrai, j'ai juste bu une gorgée. Si y savait, pépère ! J'ai été chanceux de pas être dévoré vivant.*

Je vas me sauver, m'en vas aller sus un bateau comme mononcle Poléon pis Andrew. Ça va y montrer, à fille à pépère. Je l'ai entendue : a pense que je suis mental. Mais c'est pas vrai, mon Dieu, j'ai toute ma tête à moi. C'est toujours ben pas de ma faute si je vois les affaires avant qu'alles arrivent.

Y a quèqu'un qui va venir dans le village pis qui va vouloir couper toutes les arbres, le grand chêne me l'a dit. Vous laisserez pas faire ça, hein ? À l'école, les sœurs disent que Vous êtes partout, que Vous êtes tout-puissant. Vous pouvez toute faire. Les arbres, y sont comme nous autres. S'y se font couper, ça va leur faire mal sans bon sens.

Je sais pas si c'est Vous ou ben donc le grand chêne qui m'avez sauvé la vie, mais je Vous dis merci, au cas où que ce serait Vous.

Tu penses que tu peux cacher ces affaires-là, pis ça te rebondit drette dans face. C'est pas moi qu'a parlé, c'est pas Fabienne non plus, mais quèques jours plus tard, c'était toute écrit que c'est qui s'était passé, dans *L'Écho du Large*.

Écrire des affaires de même, ça devrait pas être parmis. J'avais ben envie d'aller voir un avocat pis d'actionner ce journalisse-là. Y est allé jusqu'à dire que mon Serge avait pas de moralité ! M'en vas y en faire une, moi, de moralité, watchez-moi ben aller !

— C'est-tu toi qu'as parlé au journalisse, Serge ?

— Je savais pas que c'était un journaliste, pépère. Y m'a questionné, mais y était ben fin, y avait pas l'air de rire de moi pantoute. Ça fait que j'y ai dit que c'est qui m'était arrivé.

— Dans ce cas-là, comment ça se fait qu'y parle que tu tombes dans les mals ? C'est-tu ça qu'est arrivé ce jour-là ?

— Ben… Oui. Je voulais pas vous le dire parce que j'avais peur que votre fille me laisse pus aller dans le bois.

Sûr et certain qu'on le laisserait pus aller dans le bois. En toué cas, pas tu-seul. Mais pour aller pensionnaire, je pense que Fabienne a changé d'idée à cause qu'y avait au moins une affaire qu'était vraie dans ce que le petit nous avait dit. On a trouvé le chien vidé de son sang, drette le lendemain de l'affaire du *wendigo*.

Le pire, c'est que Gripet était couché sus notre galerie. C'était clair qu'y avait souffert. Y avait la gueule grande ouvarte, comme si y criait. Serge a braillé toutes les larmes de son corps.

Chapitre 42

Le bois qui pleure

Pas longtemps après l'affaire du *wendigo*, on a su qu'y avait des étranges qui rôdaient au village, pis dans les rangs.

Apparence qu'on avait eu peur pour rien. C'était du monde qui voulait acheter du bois. Ben du bois. Y s'étaient déjà adressés au maire. Gérard Ruest est pas un homme à décider comme ça, d'un coup, c'est quèqu'un qui prend le temps de penser à ses affaires. Mais là, c'était du sérieux.

Ça fait qu'il a convoqué une séance spéciale du Conseil à l'auberge qui servait en même temps d'hôtel de ville, rapport que Gérard était maire pis aubergiste. Comme ça, pas besoin de bâtir un hôtel de ville, ça sauvait de l'argent à la municipalité.

En seulement, quand y avait des séances du Conseil, le bar de l'auberge était farmé pour les ceusses du village. Y avait juste les tourisses qu'avaient le droit de boire. C'est le curé qu'avait demandé ça, pis c'était ben dur d'y dire non.

Le maire a pris la parole en premier, pour présenter les visiteurs. Y parlaient pour une business qui s'appelait Pour vos petits papiers Inc., une compagnie de pâte et papier qui venait du bord de l'Abitibi, je cré ben. Y ont dit qu'y voulaient acheter des terres en bois deboutte. Qu'y étaient pour bâtir une usine, que ça ferait de la gagne pour le village.

Comme d'habitude, Proteau a fait un fou de lui.

— Je vois pas pourquoi tu nous as dérangés, Gérard, vu que, nous autres, on n'en a pas, de terre en bois deboutte. Pis les ceusses qui en ont, y sont déjà prospères.

Le maire a répond qu'y avait des terres qu'appartenaient à la municipalité, pis qu'y voulait savoir de que c'est que le monde pensait de vendre ces terres-là.

— Faut pas oublier que si la municipalité vend les terres, y sera pus question de bâtir dessus, même quand le bois sera coupé. Ce qui veut dire, aussi, que le village pourra pus s'agrandir. Pus de nouveaux commerces, pus de nouvelles maisons d'habitation.

Y a pas à dire, Gérard, c'est un saudit bon maire. C'est pas pour rien qu'y est toujours élu par acclamation. Y serait ben dur à remplacer.

Parsonne avait pensé à ça, que le village resterait toujours de la même grandeur si qu'on vendrait les terres aux deux bouttes.

Mon Fabien a demandé la parole.

— Peut-être qu'on pourrait suggérer aux étranges de s'adresser au gouvernement ? Si c'est des terres de la couronne, ça empêchera pas la municipalité de continuer à s'agrandir, rapport que les terres du gouvernement sont en amont du puits dans le rang des Naufragés.

— Ouin, pis les terres de ton père pis de ton oncle itou sont au boutte d'un rang.

— Tu nous fatigues, Proteau. La municipalité a pas le droit d'empêcher les particuliers de vendre leur bien, tu le sais pareil comme moi. Ce que mon père pis mononcle vont faire de leur terre, ça regarde parsonne.

Alphée Arsenault, lui, y était d'avis qu'on devrait pas empêcher les ceusses qu'avaient le vouloir de s'agrandir. Fallait qu'on garde de la place dans le village, pis aux deux bouttes.

— Faut laisser la chance aux ceusses qui voudraient se partir en affaires, pis pour ça, ben, faut que la municipalité seye capable de leu vendre des terrains.

Finalement, le Conseil a voté pour que les terres qu'appartenaient à la municipalité seyent pas vendues à des étranges. Par après, Gérard Ruest a donné nos noms, à Jules pis à moi, pour qu'on parle aux acheteurs dans le particulier.

Drette le lendemain, les étranges sont venus à maison. Y étaient trois. Ben polis. Le plus grand parlait pour les autres.

— Je m'appelle Antoine Désormeaux. Je vous présente mes deux amis et collègues, Johnny Laforce et Louis Duchêne. Au nom de la compagnie, nous sommes intéressés à acheter vos deux terres et nous vous offrons un bon prix.

Je comprends que c'était un bon prix ! Jamais j'arais pensé que le bois pouvait valoir tant que ça.

La terre de Jules était encore toute là ; moi, la mienne, y manquait du bois dessus, rapport que déjà Albert Taché s'était servi, pis je l'avais laissé faire. Faut dire que, dans le temps, j'étais ben content d'avoir du bois toute plané pour agrandir la maison pis faire des meubles. Avoir su… Mais, bon, j'étais toujours ben pas pour encourager des étranges quand qu'on avait un moulin à bois drette icitte, à Roches-Noires. Ça fait que j'ai refusé.

— Je peux pas faire ça à Taché. Après toute, lui, y est de par icitte.

Désormeaux a répond :

— Si c'est du moulin à bois de monsieur Taché dont vous parlez, il a vendu son installation au complet à notre compagnie. Nous allons agrandir et moderniser son moulin et il va devenir contremaître. Nous comptons également bâtir une usine de pâte et papier qui va donner du travail aux gens du village qui le désirent.

Ben coudon, là, c'était une autre paire de manches. Jules pis moi, on s'est regardés. Johnny Laforce, le petit gros, a dû penser qu'on branlait dans le manche parce qu'on trouvait pas que c'était assez ben payé. Y a fait un signe à Désormeaux, pis v'là mon autre qui a monté encore son prix !

Qui c'est qu'arait pensé… C'était pas le temps de farfiner, des fois qu'y changeraient d'idée. On a dit oui, qu'on était d'adon. Après toute, ce bois-là faisait rien, y mangeait pas de pain, mais y en gagnait pas non plus. Ça donnait pas grand-chose de le laisser là.

Je m'ai demandé si les hommes savaient que c'était supposé être des terres maudites pis que c'était pour ça qu'on arait pas pu vendre ailleurs, même si on arait voulu. J'ai rien dit, Jules non plus. On s'est assis à table, pis on a signé les papiers.

Par après, Fabienne a sorti la bouteille de fort pour fêter ça. C'est là que Désormeaux a demandé :

— Connaissez-vous un monsieur Fortier ? Il refuse catégoriquement de vendre.

— Roméo Fortier ? Ben certain, que je le connais ! Pis y a raison de pas vendre. Y est propriétaire de la plus belle érablière du canton : y veut pas parde ses érables, comme de raison.

L'homme a levé les épaules comme si que ça y faisait rien de couper des beaux érables de même.

— L'érablière, je comprends. Mais le reste du terrain ? Derrière l'érablière, de l'autre côté du lac, il y a encore du bois qui ne fait rien.

Y était pas aussi ben informé que je pensais, le coupeux de bois.

— De l'autre bord du lac, le bois appartient aux Micmacs. Vous pouvez toujours leu demander, mais je pense pas qu'y vont vouloir vendre. Et pis, quand ben même que vous achetez toutes les terres des particuliers, ça sera jamais assez pour faire rouler votre usine. Mais au boutte du rang du Bossu, y a des terres de la Couronne. Vous avez juste à aller voir notre député à Rimouski, y va vous dire quoi faire pour les acheter.

Les hommes se préparaient à partir quand que Serge est rentré. Y arrivait de nettoyer l'écurie avec son père.

— Je vous présente Nador, mon gendre, pis Serge, son fils. Monsieur Désormeaux pis ses amis icitte présents sont venus pour acheter nos terres. Y vont bâtir une usine de pâte et papier.

J'arais jamais dû parler devant Serge. Je le savais, pourtant, qu'y aimait le bois. Mais je pensais pas que c'était aussi fort. Y est venu tout blanc, mon petit-fils.

— Y vont couper du bois ? Non, je veux pas ! Les arbres, c'est comme des parsonnes. Si vous les coupez, y vont souffrir.

Le celui qui parlait pour les autres leur a dit en anglais :

— Le petit garçon ne veut pas nous laisser couper les arbres.

V'là mes trois gars partis à rire. Y étaient quasiment pliés en deux. Y devaient penser que je comprenais pas l'anglais. Ben y se trompaient.

— Vous avez pas d'affaire à rire de mon petit-fils.

Mais Serge, ça le dérangeait pas que les hommes risent de lui. Y était ben sérieux quand qu'y a dit :

— Les arbres se laisseront pas faire. Si vous les coupez, vous allez le regretter.

La première affaire qu'on a su, y avait des grosses machines qui sont arrivées sus des *floats*. Ça devait être pesant en pas pour rire, rapport que le chemin qui partait du village pour aller au moulin a toute défoncé. Les ceusses des rangs étaient pas contents. Y en a qui sont allés se plaindre au maire.

— On a de la misère à passer avec nos *trucks* tant y a des trous, pis des gros trous à part de ça. Soi-disant que c'était supposé donner de l'ouvrage aux ceusses qui voulaient. Ben là, la seule ouvrage que ça donne, c'est de changer le *muffler*.

Le maire a parlé, la compagnie a réparé le chemin, pis y en ont fait un autre, en partant du boutte du rang du Bossu jusqu'à rivière.

On n'avait jamais vu ça, par icitte, une construction faite aussi vite. Dans le temps de le dire, y est arrivé du monde en masse pour monter la charpente de l'usine.

La compagnie a engagé soixante hommes de la place, pis douze Micmacs. Y avaient pas menti, quand qu'y disaient que c'était pour faire de la gagne. Toute le monde était content. Toute le monde… mais pas Serge. J'ai eu beau essayer d'y espliquer que le monde de la place était ben heureux d'avoir un salaire qui rentrait, le petit voulait pas en démordre.

— Les arbres vont se venger, pépère, vous allez voir.

Pauvre ti-gars, va ! À le voir aller, t'arais pensé qu'y était rendu comme son pépère Jules. Y parlait pus, y riait pus. On arait dit que quèqu'un y avait ôté toute sa jarnigoine.

Comme on montait dans le *truck* pour aller au village, on a vu passer une ambulance qui faisait marcher sa sirène. Alle a pris le bord de la nouvelle usine.

— Y doit y avoir eu un accident. J'espère que c'est pas trop grave.

— C'est pas un accident, pépère, c'est le bois qui se venge. Je vous l'avais dit.

Fallait que je fasse quèque chose pour y ôter ça de dans la tête, à Serge. Y était trop sensible, cet enfant-là.

— Écoute, Serge, je comprends que t'aimes pas ça quand le monde coupe des arbres, mais que c'est que tu veux, le bois, ça sert à ben des affaires, pas juste à pousser dans forêt. C'est avec du bois qu'on bâtit les maisons, que ton pépère fait des meubles, itou. Icitte, à l'usine, y vont faire de la pâte à papier. Savais-tu ça, que le papier que tu prends pour dessiner vient du bois ? Le papier pour les livres, itou, pis les portraits que tu prends avec ton kodak. Pis pour faire toute ça, faut ben couper le bois.

Y m'a pas répond. Mais j'ai ben senti que je venais de casser de quoi en dedans de lui.

Quand l'école a recommencé, ç'a pas pris deux semaines que la directrice a faite venir Fabienne. Nador était encore à Montréal, on sait ben.

— Il faudrait parler sérieusement à votre fils, madame Lebel. Serge n'étudie pas, ne fait pas ses devoirs et ne répond pas aux questions de son professeur. S'il continue comme ça, nous ne pourrons plus le garder. Il est un mauvais exemple pour ses camarades.

Fabienne a ben essayé d'y parler, mais y voulait rien écouter. Depuis qu'on avait vendu les terres pis que j'y avais espliqué pourquoi, Serge avait décidé de pus toucher à du papier. Y faisait pus ses devoirs, y étudiait pus, y avait arrêté de dessiner pis d'écrire son journal. Y allait à école comme on fait une corvée.

La directrice y a donné deux avartissements. Après, a y a dit de pus revenir.

Pauvre petit gars, va ! Fabienne avait pas avalé qu'y se fasse mette dehors de l'école. Et pis y était allé pas mal fort avec son affaire de *wendigo*. À moins que ça seye vrai ? On sait jamais, avec ces affaires-là... Surtout quand on pense à Gripet.

— Tu t'es fait sacrer dehors de l'école ? Ah ! ben ça, c'est la meilleure ! Que c'est que tu vas faire dans vie, si t'as pas d'instruction ?

— Je vas apprendre à soigner les arbres.

C'est ça qu'était ça. Y me parlait quasiment pus, c'était toute pour me répondre quand j'y demandais une question. Y m'en voulait pis y en voulait à Jules à cause qu'on avait vendu nos terres.

Y travaillait dans les bâtiments, mais c'était comme si y avait été une machine. Y avait pus de sentiments, je cré ben.

Moi qui l'aimais tant, j'avais tué mon petit-fils.

Ça serait-tu que Serge avait raison, après toute ?

Au moulin, c'était accident après accident. La journée qu'on avait vu l'ambulance passer pour la première fois, c'était un ouvrier qu'avait pas ôté sa main assez vite en avant de la scie. Y avait pardu deux doigts.

Par après, y a eu une poulie qu'était mal accrochée pis qu'est tombée sus la tête à Jean Ruest, le fils à Gérard, que, déjà, y avait pas toute sa tête à lui. Gérard l'avait placé, déjà, son gars, mais l'hôpital l'ont laissé aller : y disaient qu'y était pas dangereux.

Une poulie qui te tombe sus la tête, même si t'as toute ta jarnigoine, c'est pas ça qui te rend intelligent. Jean est resté à l'Hôpital de Rimouski pendant un mois. Quand y a repris ses esprits, y faisait juste baver, y parlait pas pantoute. Les docteurs ont dit que ça reviendrait pas.

Quand le gars à Albéric Gagnon a pogné sa manche dans poulie pis qu'y a pardu son bras, les hommes ont dit qu'y voulaient pus travailler au moulin, que ça portait malheur. La compagnie a remonté les salaires, mais les hommes avaient trop peur. Y ont débrayé.

Les Micmacs non plus, y ont pas voulu rester. Y disaient qu'y avait un mauvais sort sus le moulin pis que ça portait malchance de travailler là.

On n'a jamais su qui c'était le malfaisant, mais, une nuitte, le feu a pogné au moulin. Toute a brûlé, malgré que le moulin était proche de la rivière pis que les pompiers sont arrivés quasiment tu-suite. Au moins, y a parsonne qu'est mort, mais un des pompiers volontaires s'a brûlé la face pis les mains. Apparence que c'était grave parce que les docteurs savaient pas si y pourrait encore se sarvir de ses mains quand les brûlures seraient guéries.

Pus de moulin à bois, ça voulait dire pus de bois, ça fait que l'usine a été obligée de farmer. La compagnie a fait savoir au maire qu'y étaient pour rebâtir au printemps pis y ont demandé de commencer à trouver du monde pour travailler. Gérard a mis une annonce à l'auberge, une autre à gare. Y a faite son possible, malgré que son gars avait eu un accident, mais y a pas trouvé parsonne du village qui voulait travailler. Les hommes aimaient mieux être sus le chômage.

Ça commençait à se parler qu'y avait une malédiction sus le moulin à cause que le bois venait des terres maudites. Le monde avait peur pis, dans ce temps-là, c'est ben malaisé de leu faire entendre raison.

Chapitre 43

Saqawi'gann – La maison assassinée

Tout est prêt. Trois jours avant le départ pour l'île d'Anticosti, une grande fête permettra de renouer les liens sociaux et spirituels des chasseurs. On renouera avec les amis, on s'en fera de nouveaux.

Du tabac sera offert aux esprits bienveillants de la chasse.

Pilip a précisé que toutes les règles seraient rigoureusement respectées et que ni alcool, ni drogue ne seraient tolérés pendant le pow-wow.

Des Micmacs de Gaspé et du Nouveau-Brunswick ont accepté de participer à la fête pendant laquelle la communauté fournira les déjeuners et les soupers pour tous les invités.

La fête s'ouvrira par une prière: « Ô Grand Esprit, dont j'entends la voix dans le vent et dont le souffle donne vie au monde, entends ma prière… »

Puis, viendra la cérémonie du feu sacré, une des plus anciennes cérémonies micmaques. Tuma, le chaman, pratiquera la cérémonie qui consistait à utiliser certains cristaux et du bois naturel, car le feu doit être allumé naturellement, sans essence ou autre accélérateur. On confie à des hommes la tâche de s'assurer que le feu continue de brûler pendant les trois jours que durera le pow-wow.

On rendra honneur au grand pouvoir du feu, qui permet de se réchauffer, de cuire les aliments, d'allumer la pipe sacrée et de fabriquer des outils et des armes pour la chasse. La cérémonie sera pratiquée dans le plus grand respect des éléments et des énergies du lieu où se tient la fête. On chantera, on dansera et, bien sûr, on échangera des contes et des légendes qui portent sur la chasse et dont on peut tirer une leçon tout en se distrayant.

Bien entretenu, le feu brûle, tant au centre de la clairière que dans le cœur des chasseurs qui se préparent à l'expédition. Un chasseur se lève, bientôt imité par un autre, et par un autre encore, jusqu'à ce que se forme une ceinture dansante autour du feu. La danse dure un long moment. Puis, les nuages se dissipent pour faire place aux étoiles et à une lune brillante.

Dans la nuit, une ombre se profile, titubante. Un homme quitte sans bruit le campement, attentif à ne pas trébucher. Il prend la direction du rang Croche de Roches-Noires, indifférent au fait qu'il lui faudra quelques jours de marche avant de parvenir à destination.

Au matin du quatrième jour, alors que les braises finissent de mourir, les chasseurs micmacs se mettent en route pour l'île d'Anticosti.

Dans le ciel brille un soleil ardent, laissant présager que la chasse sera bonne.

Sur la route de Roches-Noires, Ji'nmul erre, se trompe, s'engage dans un embranchement et retourne sur ses pas. Cette route, il l'a pourtant suivie bien des fois auparavant…

Il longe la rivière Tranquille d'un pas mal assuré. Son cerveau perçoit une grande sphère illuminée. Dans son délire éthylique, il se rappelle vaguement l'histoire racontée par Sakko : « Pour faire revenir l'Homme de la lune, il faut connaître les secrets de la vie… »

Ces secrets, il est convaincu qu'il est le seul à les connaître. Qui donc a osé allumer ainsi la lune alors que, croit-il, lui seul est investi de ce privilège ?

Elle brille, mais il manque quelque chose… Et voilà que, tout à coup, il se souvient. Tout autour de la lune, il devrait y avoir des étincelles. Où sont-elles donc ? Quelqu'un les aurait-il volées ? Ou cachées ? Ji'nmul ne peut permettre un tel malheur. Il lui faut retrouver ces points lumineux, devrait-il chercher toute la nuit. Il sent, il sait qu'il est tout près des petites lumières. Même si elles se cachent, Ji'nmul a tout ce qu'il faut pour les faire briller à nouveau.

Sa marche le conduit enfin vers un endroit familier, une maison où il est déjà venu à plusieurs reprises par le passé et derrière laquelle il y a un bâtiment. Cette maison a quelque chose de particulier, il le sait, sans pouvoir comprendre pourquoi.

La brume de son cerveau se dissipe quelque peu, le brouillard s'écarte. Cette maison, c'est la sienne ! Elle lui appartient ou, plutôt, elle lui a appartenu dans une autre vie. On la lui a volée, on s'en est emparé… Il se souvient à présent qu'il aimait y pénétrer, y laisser sa trace dans la poussière du sol, prendre possession des pièces pour y laisser sa marque.

Il a même déposé un ber dans une chambre. Un tout petit lit pour y faire dormir l'enfant que Madone lui donnerait si seulement elle acceptait…

Vient ensuite le souvenir d'une scène qu'il aurait tant voulu oublier et qui pourtant revenait sans cesse le hanter.

Madone était là, devant lui, belle comme une vraie madone. Comme il l'aimait ! Et pourtant, elle n'avait pas voulu de son amour.

— Écoute-moi ben, Damien. Je t'aime pas, je t'aimerai jamais. Vous autres, les Rioux, vous portez malheur. Y a déjà ben assez de ton frère qu'a parti d'icitte en me laissant un pain au four, pense pas que je vas aller rester dans ta maison astheure.

— Si au moins tu me laissais t'aider… J'ai de l'argent, je peux te faire vivre, toi pis les flos. Pis le celui que t'as dans le ventre, je vas l'adopter, je vas en prendre soin pareil comme si y serait à moi…

Et la condamnation était tombée, cruelle, inflexible.

— Non. J'ai dit non. Sors, va-t'en d'icitte, Damien Rioux, je veux pus te voir.

Alors, il s'était mis à boire. Encore et encore. La chère image avait fini par s'estomper, et même par disparaître.

Mais il avait fallu de plus en plus d'alcool pour arriver à l'oubli. Puis, l'ivresse avait cessé d'être suffisante et les images étaient revenues le hanter.

Ce soir, il retournera dans la maison pour un dernier pèlerinage ; ensuite, il ne reviendra jamais plus. Il en a assez de souffrir.

Damien tourne la poignée de la porte arrière, sans succès. Un énorme cadenas lui interdit l'entrée. Ah ! c'est comme ça ? Alors, il fera ce qu'il a prévu.

De ses poches, il sort plusieurs chiffons imbibés d'essence. Soigneusement, il place les chiffons à des endroits stratégiques et frotte une allumette.

Des milliers de petites étoiles s'élancent vers le ciel. Il tend la main, pour attraper une étoile filante qui se dérobe. Puis, tout s'enflamme. Damien ressent une immense fierté à voir se consumer cette maison qu'on violait sans vergogne. Cette maison qui aurait dû être à lui et que tout un chacun occupait.

Satisfait, il pénètre dans la grange, frotte une autre allumette qu'il jette négligemment sur le sol. Aussitôt la paille s'enflamme tandis que l'homme s'étend. Bientôt ses vêtements prennent feu.

Insensible à la souffrance qui se répand dans son corps, il appelle :

— Madone ? Attends-moi, j'arrive !

Finis coronat opus

À Roches-Noires, chacun a une petite histoire à raconter à propos des habitants de la ferme Rioux.

L'incendie qui a ravagé la maison de Damien, dans laquelle on a trouvé un corps calciné que l'on n'est pas parvenu à identifier, fait les beaux jours des commères tandis que les allégations se succèdent, toutes plus farfelues les unes que les autres.

Brisé de peine par le désaveu de son petit-fils Serge, qui refuse toujours de lui parler, Paul-André est devenu un vieillard avant l'âge. Il faut toute l'amitié du marchand général et de l'aubergiste pour le tirer quelques instants de son marasme.

Nador a quitté définitivement Roches-Noires un soir de printemps. Certaines mauvaises langues prétendent qu'il fait le souteneur à temps plein, secondé par madame Florence, qui tient une maison de passe huppée.

En accord avec son frère aîné, Fabienne a transformé la maison de famille en hôtel qu'elle gère d'une main de maître, sous l'œil indifférent de son père. De temps à autre, des clients se plaignent d'avoir vu une ombre se faufiler dans les corridors. Peut-être l'esprit de l'oncle Damien est-il contrarié par tout ce va-et-vient et a-t-il déserté la maison « d'à côté » pour venir hanter celle de son frère. Qui sait ?

Mais le destin prend parfois des chemins inattendus. Peu après l'incendie chez Damien, lors d'une rare sortie en voiture, Paul-André et Jennifer ont eu un accident dans lequel ils ont été gravement blessés.

La crainte de perdre à jamais son pépère, qu'il aime toujours malgré tout, a fait une profonde impression sur Serge. Il s'est remis aux études avec acharnement pour, dit-il, « sauver des arbres ». Il continue de faire de fréquentes visites à son ami, le grand chêne, auquel il s'adresse avec révérence et qu'il considère toujours comme guide spirituel. Et, comme il l'avait déjà dit à son grand-père, il a commencé à écrire des livres pour montrer aux enfants du monde entier que les arbres sont des dons précieux et qu'il faut les respecter.

Au campement, Pilip s'interroge sur ce qui a bien pu arriver à Ji'nmul, disparu pendant le pow-wow et qu'on n'a plus revu. Étrange destinée que celle de cet homme d'abord perdu et trouvé, puis reperdu.

Sauf en été, où il est maintenant envahi par des touristes, le campement, qui était la fierté du chef, est maintenant à peu près désert pendant la morte-saison. Les jeunes gens valides ont quitté le campement pour s'engager comme manœuvres sur divers chantiers. Matiw, le vieux conteur, est allé, lui aussi, dormir dans le petit enclos qui borde le campement.

Dans la forêt interdite, un être sanglote. Un jour, en se mirant dans l'eau du Lac-au-Sorcier, il avait compris qu'il n'était pas comme les autres. Chaque fois qu'il avait tenté d'approcher quelqu'un, de s'en faire un ami, l'autre avait détalé à toute vitesse.

Wendigo sait maintenant qu'il est condamné à errer jusqu'à la fin des temps.

Si vous allez dans la forêt interdite, vous verrez de nombreux sentiers. Ce serait lui qui aurait tracé toutes ces pistes en cherchant quelqu'un à aimer, quelqu'un qui l'aimerait. Par les soirs de pleine lune, surtout au printemps alors que le vieux chêne ruisselle – de larmes, dit-on –, on peut apercevoir Wendigo dans le coin du Lac-au-Sorcier, ou encore au pied du vieux chêne, en train de s'abreuver de son malheur. Il lui arrive d'appeler à l'aide, de demander aux esprits de le libérer.

Quand vous entendrez ses cris, vous en aurez des frissons dans le dos, car, croyez-moi, c'est vraiment impressionnant.

En vous aventurant dans la forêt interdite, vous constaterez qu'il y a constamment une brise dans l'air… Vous savez maintenant pourquoi.

Wendigo est toujours le gardien du vieux chêne. Il est arrivé quelques fois que certaines gens aient voulu détruire la nature de son territoire ; ils ont été transformés en de grosses roches noires que l'on peut apercevoir tant au bord du fleuve que dans les rangs du village qui tire son nom de ce phénomène.

C'est ce dont j'ai entendu parler…

Aucun homme ni aucune femme n'ayant jamais attrapé une étoile filante, rien n'a jamais pu effacer la malédiction proférée autrefois par le chef.

« Toi, chasseur à l'œil vif et au pied agile, et toi, fille indigne, je vous maudis tous deux. Je vous condamne à habiter la forêt où un grand chêne abritera votre faute jusqu'à l'arrivée d'un enfant de notre race qui saura attraper une étoile filante. »

La malédiction pèse donc toujours, en ces temps modernes, sur la famille Rioux, dont l'origine se perd dans la nuit des temps…

Remerciements

À ma fille, Annie Bourret, pour son soutien moral et son aide en matière de linguistique.

À Bernard Bourret, qui a bien voulu me renseigner sur des sujets particuliers.

À Denise Lemoine, fidèle amie et lectrice, pour ses suggestions.

À Roméo Saganash, Amérindien cri, pour sa disponibilité et ses précieux renseignements.

Table des matières

TROISIÈME PARTIE
Les uns et les autres

Suivez-nous

GARANT DES FORÊTS INTACTES

Achevé d'imprimer en mai 2012
sur les presses de Transcontinental-Gagné
Louiseville, Québec